L'allègement des vernis

Paul Saint Bris

モナ・リザのニスを剝ぐ

ポール・サン・ブリス

吉田洋之 訳

CREST BOOKS
Shinchosha

モナ・リザのニスを剝ぐ

L'ALLÈGEMENT DES VERNIS

by

Paul Saint Bris

Cover image: La Joconde by Léonard de Vinci

Design by Shinchosha Book Design Division

不安を抱える者へ、自信を持つ者へ
過去と未来を
同時に抱きしめる者へ

春にはどんな夢を見たの？
オレンジのように閉じた古い世界で
何かを変えてみよう

ジャン・フェラ

プロローグ

驚異的な変貌

彼は絵画を素材そのもの、その本質、二次元へと還元した。つまり色のついた蝶の羽ほどに脆くて薄い膜、人間の皮膚のように細かな顔料と膠着剤。膜は極薄だったために、それを通じて下絵を見ることができた。無限の忍耐力と引き換えに、彼はこの巨大な膜を支持体として使われていた脆くなった木板から切り離し、亜麻の画布がぴんと張られた木枠の上に張りつけた。彼は自分の魂にもそうして欲しいと願った古くくたびれ果てた肉体から魂を切り離し、新しく、丈夫な身体へしっかり固定することを望んでいた。永遠の命を授けるために。

息子がイーゼルの上に絵を置くのを手伝った。そして作品を裏返しにして欲しいと頼んだ。彼は猛禽類に乗って宙に浮かぶ聖人を十分眺めてきたが、その時、関心があったのは絵の裏側だった。亜硝酸ガスの煙が充満した環境で水膨れを起こし、乾燥して痛々しい手、酸に侵されリンパ腺炎症を起こしてグロテスクに変形した手、それでも熟練した技術を持ち、苦しみと誇りを持ったその神聖な手が棚の中を探し回っていた。熱を帯びたその手は様々な形の瓶、煙を立てる薬品、それらガラスの小瓶の合間に、羽根ペンとインクの壺を見つけ出す。

それから彼は歳のせいもあって用心しながら高いスツールに上ると、いったん動きを止め、一方の手に羽根ペンを持ち、もう一方の手でインク壺を手に取り、静止した。そして単調な生地の上に視線をさ迷わせながら、初めての時のこと、失敗した実験のこと、脅迫や辛辣な批判にさらされた時のことに思いを巡らせた。リュクサンブール宮に《慈愛》を見に集まったざわめく群衆、恍惚感に浸るブルジョワたち、王の賛辞について、与えられた栄誉やヴェルサイユの住居、破格の恩給について思いを馳せた。そして何より、素材の中で出会った天才たち、絵画を通して時空を超えて頻繁に集まり、親交を深めた非凡な才能を有する者たち、勇敢な美の仲間たちのことを思いだした。

こうして、疑念や不信は驚きと讃美に取って代わられた。嘘つきのレッテルが剝がされ、錬金術師となり、魔術師となり、さらには神と崇められた。ただ、良いことはそう長くは続かないのが世の常だ。彼は圧力を感じてはいたものの、自分抜きではことが進まないと思い込ませるために、自分の秘密を明らかにすることを拒んだ。しかし彼抜きでことは進んでしまった。時々、人は神抜きでことを起こすものなのだ。神を遠ざけ、締め出した。より競争力のある価格で、能力的にも高い技術を持った者たちが現れた。彼はもはや失望もしなかった。これが人間の定め。人間の運命に他ならないのだ。少なくとも自分は栄光を味わったではないか。

羽根ペンがインク壺に浸され、続いて鋭い音を立てて画布をひっかいた。彼が燃え盛る感情に包まれたのも無理はない。一生をかけた仕事に終止符を打とうとしていたのだから。集大成の仕事。最後の闘い。

遅く学んだ人によく見られるような、注意深い、慎重な筆跡で彼は次のように書いている。

一五一〇年、この絵はウルビーノのラファエロによって木板に描かれた。そして一七七三年、木板に残っていた下塗りから分離され、ピコーによって画布の上に置かれた。

彼はしばらくの間、祈りささやくように抑えた声で読み返した。何かが足りない。いや、こうじゃない、これがすべてじゃない。これでは十分ではない。彼は首を傾げ、再び手を上げた。宙に浮いた羽根は一瞬ためらいを見せ、その後、最後のピリオドの置かれた正確な画布の位置、灰色の点に再び接する。それから彼は素早く神経質な動きで、ピリオドをコンマに変えると一気に文章を完成させた。技術と職業、知識と方法、そして経験を超えた自分の才能に見合う唯一の、たった一つの言葉、つまり、ウルビーノのラファエロ・サンティとパリのロベール・ピコーを同じ創造という発露の中で、画家と修復士を結びつける言葉によって文章を完成させたのだ。神聖な尺度を持つ唯一の言葉によって。

……画布の上に置かれた、**芸術家**《アーティスト》ピコーによって。

第一部

《ラ・ジョコンド》は本来あるべき姿
つまり二人きりで向き合って
鑑賞されることが決してないように
宿命付けられていた。

ヴァンサン・ドリューヴァン
ルーヴル美術館主任学芸員

スウィーティー

レオナルドの絵のように私を見て
私を見て、でも触らないで
レオナルドの絵のようにセクシーな私
ただ私を欲して、でも触らないで

Look at me like a Leonardo's paintin'
Look at me but don't touch me
I'm sexy like a Leonardo's paintin'
Just want me but don't touch me

「世界的大スター。知ってるよね、マストよ！」ゾエはＡｉｒＰｏｄｓの片方を彼の耳にさし込みながら言った。オレリアンは曲のリズムに合わせて首を動かした。この歌手も初めてなら、この曲も初めてで、確かに中毒性はあったが、学芸員の彼としてはむしろ歌詞の方に親しみを感じた。

ダフネも彼が知らなかったことにびっくりしていた。数字をこよなく愛する館長はいくつか基本情報を記憶に蘇らせて当てつけがましく言った。グラミー賞六回、累計再生回数十億回、ストリート系ファッションブランドのオーナーで、現在、世界ナンバーワンブランドとミューズ契約を結んでいる。彼女の人気を知らないってことは、世界の一員でありたくないのと同じことよ。すみません、オレリアンは謝ったが、ダフネがそういう言い方をしたのは、たぶん彼に何かしらのメッセージを伝えたかったからだ。

重苦しい離婚訴訟の末にファンからしばらく遠ざかっていたスーパースターは復帰を果たすと、

彼女の原点であるデビュー時のR&Bへと立ち戻った。フェミニズムの旗印ともなった『レオナルドの絵画（*Leonardo's Paintin'*）』は発売直後からヒットチャートのトップに躍り出た。彼女はプロモーションツアーの一環でパリを訪れ、ルーヴル美術館を訪問した時には絵画部門ディレクターの同行を強く求めた。オレリアンは気乗りしなかったが、ダフネはこうしたPR機会はまず断ってはいけないことを彼に諭した。

　オレリアンが《サモトラケのニケ》の足元で小さなグループに加わった時、ダフネはもうすでに渉外担当ディレクターの女性とスター歌手、その取り巻きの六人の女性たちと一緒だった。カメラマンが少し離れたところから撮影していた。ピンク色の豊かな長い髪をこれ見よがしにしていたアーティストは虹色に光るつなぎ服を着、反り返った先の尖った靴を履いていた。彼女の胸元には、オレリアンにはオコジョかフェレットに思われた、ダ・ヴィンチがチェチリア・ガッレラーニの腕の中に描いたのと同じ明るい毛並みの動物が寄り添い、小さな舌を尖った犬歯に何度もあてながら、彼のことを苛立たしげに睨みつけていた。彼女は長い爪先でさりげなく動物の頭を撫でた。
「この子、男嫌いなの！《シー・ダズント・ライク・メン・マイ・スウィーティー》」オレリアンは一歩退いた。
「行きましょう！《レッツ・ゴー》」歌手は威勢よく言った。学芸員は一行をひと気のない〈ドゥノン翼〉へと案内した。混乱を避けるために開館を遅らせ、アーティストは気兼ねすることなく作品を鑑賞できた。サインやセルフィーも禁止、ガードマンは一定の距離を保ちながらイヤホンからの明快な指示に従った。

　イタリア初期ルネサンスの作品が陣取る〈サロン・カレ〉に入ると、オレリアンはルネサンスの先駆者ジョットの《聖痕を受けるアッシジの聖フランチェスコ》を紹介した。ルネサンス入門としてはうってつけの作品だ。ビザンチンの伝統の流れを汲む金地の背景に、聖フランチェスコは手のひらを開いて膝をつき、驚嘆して目を眩ませ、きっと不安さえ感じながら、奇妙な熾天使《セラフィム》のようなキリストから十字架の拷問の痕跡を受けていた。ジョットはその動きを表現するために、キリストと聖フランチェスコの手と足を金色の光線で結んでいた。

「レーザー《レーザーズ》よ、まるでレーザーみたい《イット・ルックス・ライク・ファッキン・レーザーズ》!」歌手はそう言い放つと絵画に背を向けた。オレリアンは頷いた。これもきっとひとつのモノの見方なのだ。

時間が許せば、オレリアンは人間界と天上界を対峙させる対角線の構図にスーパースターの関心を惹きつけることもできただろう。そして、この作品を観れば誰もが感じる、聖人の奇抜で意味深な姿勢について教えてあげたかった。神聖なるものを身近なものにしたい、理想化することなく現実らしさを追求したいという画家の願いに、人間中心主義革命の力強い萌芽があることを説明してあげたかった。もしここに遠近法に関するジョットの直感を加えるなら、これらすべての特徴からこの画家は間違いなく先駆者であり、イタリア・ルネサンスの父と結論づけることができるだろう。

オレリアンは何も言わなかった。グループはバラバラになると、しばらく〈グランド・ギャラリー〉をうろうろしたが、すぐに〈国家の間〉へと消えていった。オレリアンはやや不満げだったが、急ぐこともなく、彼女たちを見つけた。スーパースターが《ラ・ジョコンド(モナ・リザ)》の正面に立ち、その両側に六人の男勝りの女性たちが手すりに沿って弧を描いて並んでいた。彼が絵の解説をしようかどうかためらっていると、そのアメリカ人は人差し指を紫色の唇に当てた。

グループがしばらくその場に無言でいると、彼女の脊柱に捉え難いうねりが起こり、太ももに震えが生じ、やがてその動きは小麦畑を撫でるそよ風のようにうなじの方へと広がっていった。絵に釘づけになった視線、振幅を拡げるうねりは身体を駆け巡り、アーティストはゆっくりと身体を屈めてしゃがみ込むと、今度は豊満な肉体に機械仕掛けが埋め込まれたかのように、流れるような動きを急に停止させたり、痙攣させたりしながら、蛇のような動きで身を起こしていった。頭部は首の端で左右にコクコク動き、リズムを取った。扇状に広げた長い指は霊媒師のように空気を撫でている。周りでは若い女性たちがゴスペルのコーラス隊のように身体を揺らしていた。何人かは何かを口ずさんでいた。女主人の肩に乗っていたオコジョは真っ黒なしっぽを振ってリズムを取った。オコジョは時おり、オレリアンに敵意むき出しの表情を向けた。

　iPhoneの執拗な眼差しと《ラ・ジョコンド》の包み込むような眼差しに挟まれて、アメリカ人スターはロボットのような官能的な振り付けを続け、その意図がそれほど無邪気に見えなかった分だけ、少し猥褻だった。〈国家の間〉に舞い降りた異様な雰囲気の中、このデモンストレーションはクラブのダンスというより異教の巫女の捧げものに近かった。ど派手なマニキュア、蝶のようなまつ毛、染めた髪、リズミカルな動き、煌めく衣服の輝き、ヴィーナスのうねり、これらのどこかに気品が感じられた。気品がすべてを包み込んでいた。ストリップクラブで育った少女コゼット（『レ・ミゼラブル』の登場人物）の運命を背負ったブロンクス出身の少女は、アメリカの成功者の代表として、今、自分の人気と五百年前に息を引き取ったフィレンツェの夫人の名声とを対峙させていた。傑作との対抗戦に挑みに来るのは彼女が初めてというわけではなかったが、彼女の作品へのオマージュは、その真実みと純粋さにおいて感動的ですらあった。

　ダフネは頬を緩ませてオレリアンの耳元でささやいた。「来館者数カウンターが爆発するわね！」ガラスケースの向こう側から様子を観ていたリザが静かに微笑んでいた。伝説によると、レオナルドはこの絵を描いている間、繊細な表現を施すためにトルバドゥール（中世南フランスの吟遊詩人）や音楽家を招いて絶えず演奏してもらっていたそうだ。であれば、永遠の笑みは複数のアーティストたちによって創られたことになる。だから時々は、こうしてアーティストによる癒しが必要だったのかもしれない。

ダンスは始まりと同じように突如終わりを告げ、美術館は敬虔な静けさに再び沈み込んだ。歌手はオレリアンの方を向いた。絵の解説を始めるのには絶好のタイミングだった。しかし彼が口を開こうとしたまさにその瞬間、若い女性の肩に乗っていたオコジョが彼に跳びかかり、襲いかかった。彼はかろうじて顔を守った。イタチ科動物の牙が手のひらの脂肪に突き刺さり、彼は鋭い痛みに大声をあげ、びっくりしたオコジョは〈グランド・ギャラリー〉へと姿を消した。

一瞬にしてグループはばらばらになった。十二本のヒールを履いた男勝りの女性たちは磨かれた床を全力疾走し、スーパースターは空しく「いい子だから戻ってちょうだい《カム・バック・スウィーティー》！」と叫んでいた。ダフネはピストルを抜くがごとく携帯を手に取ると、瞬く間にルーヴル美術館の消防団員六人が駆けつけた。アルチンボルドの額縁の後ろや、ピエール・ポランのラウンドベンチの下を探し、逃亡者をおびき出そうと肉の餌をまいたりした。オレリアンはアメリカ人女性の睨むような視線を感じながら傷口に口を当てて吸った。一時間に亘る大捜索の後、我々は敗北を認めなければならなかった。オコジョはかくれんぼに勝利したのだ。スーパースターはラウンドベンチの上ですすり泣き、取り巻きたちは急いでハンカチを渡した。オレリアンはしきりに謝罪した。オコジョは戻ってくるはずです。見つけ次第、ロス・アンジェルスに送ります。もちろんファーストクラスで。美術館はそう約束した。

ルーヴル美術館に人が溢れ始め、賑わいを取り戻す中、オレリアンは疲労を感じながら事務所に戻った。傑作は今日のような世界で鑑賞されることを想定されていなかったはずだ。鑑賞の場を多くの人に提供するという美術館のコンセプト自体、作品との関係性を歪めていると言わねばならなかった。ルネサンスの時代、アトリエという親密空間で描かれたキャンバスや画板は、多くの場合、貴族の屋敷や信徒以外の立ち入りが禁じられた修道院の食堂など、ひと握りの人にのみ許された場所に捧げられていた。そして、それらが一般の人々にアクセス可能な場所に置かれるようになると、フレスコ画や祭壇画は教会のロウソクの揺らめく炎やステンドグラス越しの弱い光にひっそり照らされ、熱心な祈りと神秘に包まれた。しかし、今日、作品はあらゆる角度からつぶさに観察され、文脈からは完全に切り離されてあまりにも大量に拡散され、多量の光束《ルーメン》や数百万ピクセルのバックライトの下にさらされる絵画の生々しい真実には、明らかに違和感があった。

館長《プレジダント》

今年四月、学芸員出身のルーヴル美術館の館長が二度目の任期の末に物議をかもして退任した。彼の辞任により、新たな館長の任命が必要となった。

オレリアンはしばらくの間、この夢を控えめに距離を取りつつ温めていたが、あまりにも現実味がなかったので、周囲が何の素振りも見せないのを見てもさして驚かなかった。長いキャリアにもかかわらず、彼の名前が廊下で囁かれることも、政務次官たちのメモ書きに走り書きされることもなく、夕食会の舞台裏に登場することも一度もなかった。つまり誰一人として、彼がその役職に就くとは思っていなかった。オレリアンの部署に次いで重要な古代エジプト部門の同僚カリム・ブテイエフは野心を抱いていた。彼は文化業界に影響力と決定的な力を持つ様々な人たちと、〈カフェ・マルリー〉の半個室で、濃厚なランチを繰り返しながらキャンペーンを張っていた。

フランス共和国大統領は、あらゆる期待に背いて、そして何よりもあらゆる慣例に背いて、文化省からの提案に基づき、ルーヴル美術館の渉外担当ディレクターを新館長に任命した。これはルーヴル美術館史上初めてのことであり、激しい反発を招いた。これまでの館長と言えば、学芸員の中から選ばれるのが通例であり、美術館のトップが研究者や専門領域外で選ばれたのは初めてのことだった。抗議の声に文化省はこう自己弁護した。いいえそうではありません、四十七歳の女性を館長に選出することは、ただ単に男女平等だとか、若返りといったことだけでなく、無論政府が望む価値観に沿った歴史的選任であることは否定しないにせよ、あくまで能力に重点を置いてのことなのです。週刊誌『ル・ポワン』はこの異例人事についてより詳細に解説した。ルーヴル美術館は国の所有機関であり、毎年何百万人もの来館者があるが、予算の半分は公費で賄われている。この公的資金を減らしていく必要があり、これを実現するための最善策として、いの一番に考えなくてはいけないのは、財政の主体性を美術館に委ねることであり、別の言い方をすれば、収益性を最大化することだった。よって、この年のフランスの文化状況において、二千人の船員を乗せた大型船のかじ取りを行い、様々な経済危機と感染症の危機によって壊滅的ダメージを受けた来館者数を回復させ、〈スタートアップ国家〉という新時代にルーヴル美術館を導く唯一の人物は、カリム・ブテイエフや仲間内での継承しか頭にない学芸員たちが好むと好まざるとにかかわらず、ダフネ・レオン＝デルヴィルの他には有りえなかった。

キャリアの初めに民間企業を経験し、化粧品会社に続いてホテル業界へと転身したエネルギッシュなダフネ・レオン＝デルヴィルは、ルーヴル美術館の広報部にセンセーショナルな入職を果たす。ここでも下働きの期間はほとんどなく、猛スピードで昇進を果たすと、数年後には渉外担当ディレクターに就任した。

ずば抜けた才能と直感力で、彼女はメディアやソーシャルネットワーク上で美術館の露出度を大きく向上させた。ダフネは世界のリズムに合わせて鼓動を打ち、時代の欲望の行き先を見据えていたので、世界のリズムよりほんの少し早くさえあった。彼女は美術館を魅力的で強力なブランドに変えた。固定観念から解放されたブランド力。これにより、多くの障壁が取り除かれ、ポップスターたちはビデオクリップを撮影しに、ファッションデザイナーたちは華々しい大理石の前でショーを行うために、シリコンバレーの巨人たちは有益で素晴らしいパートナーシップを結ぶために、ルーヴル美術館へ集った。ブランド認知度はかつてなく高まった。デジタル課題に関する彼女の理解度、新たなコミュニケーション・ツールを適切に扱う能力は、業界を騒然とさせ、チケット収入はダイレクトに影響を受けた。

「私の前は石器時代でした！」彼女は『コネサンス・デ・ザール』（専門誌《アート》）のインタビューでも、『エル』で行われたインタビューでも、この言葉を繰り返した。ダフネはルーヴル美術館の宣伝と同じくらい自分の宣伝にも力を入れた。これまでのどんな時代よりも、ありのままで親しみやすく、かつ連続した物語を今の時代が求めていることを彼女は理解しており、驚くほどの自然体で自分を物語ることに長けていた。それが彼女の人気に繋がり、同時に業界の権威筋を揺るがしていた。ネットワーク上に投稿していた長めの自己ＰＲには、#résilience（レジリエンス）、#disruption（ディスラプション）、効果のある #businessroutines（ビジネスルーティン）、ハーフマラソンの好成績、ダウトとリバウンド、ガンジーやルネ・シャールを巧みに援用したスティーブ・ジョブズの言葉も含まれていた。彼女の〈サクセス・ストーリー〉は極めて明快だった。裏を読む必要がなく、すべてが額面通りで、率直な言葉は自己肯定感に溢れていた。同時に人の気を引く嫌らしさも持ち合わせていた。中毒性のある言葉。館長に任命された日の夜、彼女は『ツァラトゥストラ』の訓戒をシェアするに留めた。

汝自身の主人であれ、汝自身の彫刻家であれ。

就任してから最初の数週間、ダフネ・レオン＝デルヴィルはコミュニケーションを厳しく制限した。ＬｉｎｋｅｄＩｎのプロフィール上の饒舌《ロゴロレア》さえも突然止まった。注意深い観察戦術を取ることで猶予期間が生じ、新館長は館内の矛盾や改善点をすべてリスト化していった。うまくいっていないところを一切見逃すまいとする姿勢はとても魅力的に映った。彼女の鋭い視線は磁気を帯びているかのように、機能不全を起こしているところ、見苦しいもの、不安定なものに吸い寄せられていった。彼女はトカゲのごとくスピーディーにそれらを分析した。受付スタッフのバッジに使用された規格外の活字デザインから、改善余地のある作品輸送時の二酸化炭素排出量に至るまで、ダフネは前線で取り組んだ。

観察期間を終えた六月初旬、彼女は美術館の各部署を個別に呼び出した。目的は物足りない点や非効率な点を指摘することが一つ、もう一つは課題に対して当事者意識を持たせることだった。彼女の真価はそこにこそ発揮された。ダフネは強制するのではなく、寛容さを持って励まし、変化を促すことが狙いのマネジメント手法〈ナッジ理論〉を実践した。彼女が自らの永遠の微笑によって溢れんばかりの熱意をチームに浸透させ、双方共に傷ひとつなく揺るぎないままでいられたことは驚異的であり、ほとんど嘘のようにさえ思えた。こうした活力に権威が宿ると、ほんの些細なことであっても異議を唱えることは難しかった。

効率重視の彼女は、前館長の取り巻きのエナルク（フランス国立行政学院ENA出身者）や事務局の副館長、顧問たちのアレオパゴス会議（古代アテナイの政治機構）を追いやって、ファイルの直接管理を進んで行った。何人かは彼女のマイクロマネジメントについて悪く言う者もいたが、この意思決定の単純化は彼女の功績という他ない。

ダフネによるこうした奔放な実用主義はルーヴル美術館の職員間で概ね高く評価されたが、施設の古参メンバーからは抵抗にあった。オレリアンはと言えば、彼女からヤコブ・ファン・ユトレヒトの《カーネーションを手にするリューベックの若き女性の肖像》に似た雰囲気を感じ取り、その絵をなるべく自分の目につかない隅の方へと移動させた。

ラベア

オメロは変わった男女から生まれた子供だった。母親のラベアは、五〇年代後半、フランスが復興していくために必要な人的資源を国内で賄うことに限界を感じていたルネ・コティ大統領時代に、両親、叔父、兄弟たちと共にモロッコから移住した。イスラム教の敬虔な信者だった一家は、末娘が瞬く間に西洋の習慣に順応し、伝統に背を向け、自由で生意気な性格に育っていくのを苦々しく感じていた。ベッドの下に隠していたジョニー・アリディのシングルレコードが見つけられた時、彼女は十四歳で、それを聴くためのレコードプレーヤーを持っていなかったが、そんなことはお構いなしでそのジャケットにほれ込んでいた。燃えるような真っ赤なスーツに身を包み、膝をついてギターを持ったジョニーはすでに若者たちのアイドルだった。ジャケットには黄色い文字で〈僕は女の子を探している〉と書かれていた。一家の評判が地に墜ちると感じた父親、叔父、兄弟たちは、この偶像崇拝から彼女の目を覚まさせようと順番に諭したが無駄だった。ラベアは自分の好きなようにした。家族たちはいろんな方法を試してみたが、家庭の中に忍び込む若者の心を捉える自由の息吹を阻む手立てはなかった。無理強い、没収、時には平手打ちさえしたが、少女が同世代と一緒になって共鳴していくのを止めさせることは出来なかった。数ヶ月後には予想した通り、ラベアはミニスカートをはいて外へ出かけ、Ｐ４（タバコの銘柄）を吸い、イエイエ（六〇～七〇年代にかけて流行したフレンチ・ポップス）を聴いていた。

成人したばかりの頃、彼女は歳の離れた年長のブラジル人と会った。どんな仕事をしているかはよくわからず、貿易関係ということだったが、彼女自身ちゃんと理解出来ていたかどうか怪しかった。まるで違う仕事に就いていた可能性もある。それは恋人の紹介というより発覚に近かったが、これにより家族間には冷ややかな空気が流れ、オメロが七〇年代の初めにどこかで生まれても状況は変わらなかった。婚外出産に加えて、相手はカトリック教徒。ラベアと家族との訣別は決定的となった。彼女はもう二度と家族と会うことはなかった。

オメロの父親は、唐突に、そして決定的に二人を放り出すことになるのだが、それ以前の彼は息子にカトリックの洗礼を受けさせることにこだわり、ラベアとの間に確執をもたらしていた。ラベアは自らの宗教と距離を取ってはいたものの、そう簡単に手放せるものではなく、そこには文化的な問題が横たわっていた。口論にうんざりした父親は息子を連れて神父を探し、そして付けた名前がオメロ(*Homéro*)だった。神父は父親の主体性を歓迎していたが、生真面目な人で、この名を背負う聖人がいないことを心配した。そこで、生物学上の父親はしぶしぶロメオ(*Roméo*)の名を挙げてみた。すると神父は、ロメオはオメロと同じく守護聖人がいないので、ローマン(*Romain*)はどうかと提案してみたが、すでにイライラし始めていた父親は、じゃあ、よそに洗礼を受けにいくよ、イスラム教徒になるかもしれないね、と言い返した。神父は子羊をみすみす逃がしてしまうリスクを思い、敵陣に行かせるよりは、ロメオか、オメロの群れを増やした方が良いだろうと判断した。

洗礼を終えてしばらくすると、父親は使命を果たしたと思ったのか、何の説明もなく、ひと言も残さずに二人を捨てた。昼寝を終えた午後半ば、彼はポルト・ド・サン゠クルーに借りていた小さなアパルトマンを去り、それからというもの彼の姿を見るものはいなかった。

オメロは自分の名前がローマン、もしくはモハメッドだったら、どんなに人生が違っていただろうとよく思った。いずれにせよ、自分の名前が両親の合意のもとに選ばれるに越したことはなかったけれど、彼自身、冒険や異国を想わせるこの名前、多くの人にとって想像の世界に開かれた偏見のない未開領域である自分の名前を気に入っていた。オメロは自分の名前から自由を感じた。それが父親から引き継いだ唯一の遺産だったのだ。

見捨てられたラベアにお金は無かったが、パートナーの威圧的な横暴から解放されて、ようやく自分の運命に寄り添うことができるようになった。彼女は思春期の頃から漠然と歌手になりたいという思いを温めていた。しかし残念なことに、シングルマザーであることはキャリアにプラスに働かなかった。ある時、チャンスが訪れた。首の皮一枚で繋がっていた遠い親戚のミカエルを通じてやって来た。ミカエル自身、少年愛を疑われて家族との関係をすべて断ち切っていた。ミカエルは偽名で——本当の名はブライム——、ラベアはその名に慣れることが出来ず、ミカエル・ブライムと呼んでいた。四つの音節を息継ぎ無く、やや低めの声で、一つの名前かのように一気に呼んだ。ミカエル・ブライムはデザイナーで、舞台やサーカス、ミュージック・ホールの衣装を専門に取り扱うメゾン・ヴィケールで働いていた。彼女はロシュシュアール大通りで偶然彼に会い、彼は自分のアトリエに来るよう誘った。彼女はヴィケール作品の素材に使われる煌びやかなプリント生地、ラインストーン、虹色のシルク、繊細なモスリンに圧倒された。ブレードジャケット、パフスリーブボレロ、プリーツスカート、ビスチェコルセット、カンカンペチコート、それから、メゾンの名声を確固たるものにした道化《ピエロ》の見事な衣装。二人は短い間に互いの人生をかいつまんで話した。ただ心のうちを完全に開くことがなかったのは、二人とも家族から追い出されていたにもかかわらず、親族として再会したことに何か後ろめたさのようなものを感じていたからだった。ミカエル・ブライムは話題を変えると、クロード・フランソワのダンサー用にデザインしている最中のスパンコールのレオタードを従妹に見せた。ラベアが望むなら完璧なクローデット（フランソワのダンサーグループ）になれるよ、と彼は言った。彼は彼女がダンスするのを見たことさえなかったが、わけもなくそう思った。ラベアのスタイルは申し分なかった。今からクローデットになるまで、すぐに実行できるのは最初の一歩を踏み出すことだと彼は言った。ラベア向けのプログラムが準備され、彼女はしなくてはならない無数の雑務をこなしながら、残りのわずかな時間を使って全身全霊でスパルタ式訓練に臨んだ。ラベアに才能があったかどうか？　それはわからない。しかし彼女には子供が一人いた。それを知ったミカエル・ブライムは困惑した。彼女は自分の生い立ちを端折りながら語っていたのだが、子供のことはどういうわけか省いていたのだ。「ああ」と彼は短く呟いた。アトリエに衣装の試着に立ち寄っていたクローデットの一人からも難しいことを諭された。「長く預けておける方法はあるの？　ツアー中、任せられる人はいるの？　クロード・フランソワと一緒の時は、移動中もリハーサル中も、子供に居場所はないよ」無理だった。彼女に家族はなく、友達もほとんどおらず、ひと晩でも子供を見てくれる人はいなかった。ダンスを披露する前から道は塞がれた。家へ帰る時、ラベアは隣に預けていたオメロを引き取った。幼児の愛くるしい顔、濃いまつ毛、優しい眼差しを前にして、「やっぱりこの子が私のすべて。夢を叶える別の方法を考えよう」彼女はそう自分に言い聞かせた。彼女は後ろに残していった人生を思いながら眠りについた。コンサートツアーやビデオクリップに奔走する人生。着るはずのない何千もの衣装を身に着け、聞くはずのない拍手喝采を聞き、追い返すことのない過激なファンたちを追い返した。少女たちのあいだで起こる熾烈な競争、ムーラン・ダヌモワ（フランソワの別荘の通称）での疲労困憊のリハーサル、気難しいパトロンから発せられる罵声の数々を聞いた。しかし翌年クロード・フランソワは感電により死亡し、彼女は振り返って正しい選択だったと自らを慰めた。

ラベアは歳を重ね、ダンスの夢からは遠ざかったが、歌手になる夢は終わることなく続いていた

――それは土曜の夜のショー番組で流行りの曲を歌う高齢の女性歌手の数を見れば明らかで、彼女たちは解放記念日の舞踏会で声を限りに歌っていたが、二十五歳過ぎのダンサーたちはほとんど残っていなかった《ワロウ》（wallou アルジェリアのアラビア語で「皆無」）。ラベアは生計を立てて息子を養うために、有名なプロデューサーの家で家政婦の仕事をしていた。夢に少しでも近づくことを期待していたが、雇い主が家にいることはめったになく、たとえ家に戻って来たとしても、再放送されていたダリダの〈アカペラ〉の静けさを好んでいるように見えた。努力が足りなかったわけではない。彼女はいくつかのラジオコンクールに応募したが選にもれ、デュオでアルバムを出すことを約束していた文無しミュージシャンには長い間弄ばれ、目的のデュオはベッドの中で果たされるだけだった。お粗末な打診から絶望的な希望まで、様々に苦労を重ねたラベアは口をつぐんだ。彼女はプロデューサーの家を離れて、華やかさでは劣るものの、やはりパリ十六区に住む裕福な客の元へ移った。彼女はダリダへの純粋な思いを焦がし続け、勇気をもって我慢強く、自分のこの小さな家庭を少しでも良くしようと努めた。

　オメロは不便なくきちんとした生活を保障してくれた母親の努力について何も知らず、ほとんど不安のない環境の中ですくすくと成長した。少しぽっちゃりした愛想の良い少年で、周囲からの愛され方を知っていた。幼少期の思い出はほとんど無く、放っておかれた穏やかな時期と言っても良いかもしれない。ラベアはオメロが成人になるのを待って、自分が重篤なガンに罹っていることを息子に告げた。それから数ヶ月後、幕が下りた。はかり知れない哀しみにオメロは途方に暮れ、隣に母親のいない人生に立ちむかう準備など出来ているはずがなかった。彼女が残した空虚の中で、彼はラベアが自分のために払ってきたありとあらゆる犠牲に思いを巡らせた。

オークと葦

会議は評議員室で行われた。狩猟がモチーフの木製パネル《ボワズリー》で飾られたロココ式の広々とした部屋で、八つの部門と十一のサービスのディレクターを全員集めるだけの十分な広さがあった。ダフネが館長に就任して以来、月に二度開かれるようになったこの会議は新たな展開をもたらした。つまり、作品の貸し出しや入手に関すること以上に、売上の数字について議論したのだ。オレリアンは定刻より少し遅れて到着し、自分が最後なのに気づいて居心地の悪さを覚えた。巨大なクルミ材テーブルの端にダフネ・レオン＝デルヴィルの席があり、予め用意されていたが、彼女はその席には着かず、窓近くのラジエーターに寄り掛かり存在感を放っていた。一方の側に部門ディレクターたちが並び、もう一方の側にサービスディレクターたちが座った。後者の近くには、オレリアンが議題に目を通しておけば誰だかわかったはずの数人が立っていた。

残った席はダフネのちょうど向かいにあるテーブルの端だけだった。館長は毎回オレリアンを妙に戸惑わせるいつもの微笑を浮かべて、彼が椅子に座って完全に動かなくなるまで、澄んだ眼差しでじっと彼を見つめていた。

「すみません、もう大丈夫です」

「了解」ダフネはラジエーターに寄り掛かったまま始めた。

「今日は、私が館長就任時に美術館の来館者数調査を依頼した〈文化芸術遺産メディア〉の皆さんをお迎えしています」

髭を生やした赤毛の若者が立ち上がると、出席者に挨拶をした。外見はアスリート風で真っ白な

Tシャツにグレーのスーツを着ていた。オレリアンは男の頭上で束ねられた団子《シニヨン》をしげしげと観察しながら、リアリティ番組でよく見かけるファッションがどうやってこの評議員室にまで辿り着いたのか訝った。こんなに静かに革命がやって来ているとは思いもよらなかったのだ。

マチューは美術館の課題を専門に扱う会社〈文化芸術遺産メディア〉、略してCAMP（*Culture Art Média Patrimoine*）を設立した。この若い会社は創業者のエネルギーと、彼のマンバンヘア（男性の団子風ヘアスタイル）が苦にならない一定の顧客層のおかげで、わずか五年弱で公的領域と民間領域の垣根の相互浸透を図りながら確たる地位を築き、文化施設に関する重要なコンサルティング業務を勝ち取っていった。

マチューは本題に入る前にダフネが自分に寄せている厚い信頼について謝辞を述べた。違和感を覚えるほど親しげな言葉遣いは、二人の仕事を超えた付き合いを思わせた。彼は示し合わせたかのように、美術館の新時代、つまり3・0時代に、館長と協働できることに喜びを感じると露骨に表明し、そして、このミッションを成し遂げるために最高の人材を集めたと言い切った。マチューは「難所に突入するベン」に話を譲る前に、中国の諺で挨拶を締めくくった。その意味は要するに、変化の風に屈して、その居心地の悪さを吸収していくためには葦のようにしなやかでなければならない。今朝のオレリアンはむしろ樹齢数百年に亘って深く根を張ったとりわけ堅いオークの木のように感じていた。

ベンが評議員室に設置されていたプロジェクターにタブレットを接続すると、プレゼンテーションのタイトルがちょうどプロジェクターとスクリーンの間に座っていたオレリアンの顔に誤って映し出された。オレリアンは席をずらし、ベンはアップルウォッチでストップウォッチをスタートさせると目を見張るようなやり方で難所に突入した。彼は**データ**や**メトリクス**などの一連の数字を示しながら会議メンバーを圧倒すると、そこから多くのKPI（重要業績評価指標：Key Performance Indicators）を抽出し、そのほとんどが意味不明の頭字語《アクロニム》で呼ばれ、その一つひとつがいちいち説明されることもなかった。ベンはCXからDQMへ、SMOからKOLへと誘導し、こうした略語は時々シーディング、マッピング、ファネル、インサイト等の謎めいた英語借用語《アングリシスム》に置き換えられた。オレリアンはこうしたわけのわからない言葉のほとんどが美術館内で一度だって口にされたことのないことを知っていた。しかし彼が理解不能な僻地でさ迷っていると、いくつかの優雅な言葉ではっとさせられることがあった。例えば、古代ローマの勇猛果敢な歩兵隊を想わせる〈コホート〉、心を落ち着かせてくれるに違いない詩情溢れる〈情報の湖〉という言葉に惹きつけられたが、すぐにベンチマークやスクラッピングというおぞましい言葉に汚染されてしまった。オレリアンは自分の仕事に求められる要件の一つとして、複雑な言葉を理解可能な言葉に砕いていくことと考えていたが、逆にコンサルタントにとっては、変化し絶えず刷新される専門用語《ジャルゴン》を使うことは、顧客に自分たちが時代遅れになってしまっているという感覚を持たせる以外の意図はないように思われた。

　ベンの頭に団子《シニョン》は乗っていなかったが、顎を通過して耳と耳を繋げる細い髭を生やしていた。彼は少し肥満気味で、無表情のまま短いフレーズで話し、すぐに息を切らせた。感情を伴わない、とぎれとぎれの話し方はテクニカルな側面を強調した。ベンはデータを映し出した。

　投影された画面によって理解は深まった。オレリアンが惹きつけられたのは数字がスライド上で生き生きと表現されることで、彼はパワーポイントを急いで更新する必要性を感じた。もっとも使われているのがパワーポイントであったならばの話だが。よくよく考えてみると、洗練されすぎていたのだ。プロのデザイナー、ひょっとするとモーションデザイナーが作成したプレゼンテーションであるかもしれず、そうであれば、数字が優雅に、軽やかに動き、溶けて消え、より鮮やかな色へと、ひときわ目立つサイズで表現され、より高価で、より優れたバージョンに置き換えられていたとしても、驚くには値しなかったのかもしれない。

ベンが「頭の整理のために」と形容したこの導入部は約二十分続いた。彼の話を整理すると、美術館の運営は順調ではあったが、ベストではなかった。ベストな状況になる可能性があるのに、順調で満足できるはずがない。美術館は年間一千万人の来館者で賑わった。この奇跡的な数値は二〇一八年に達成され、その後、九百万人前後に落ち着いた。前館長は一千万人の来館者は国際農業見本市に匹敵するとの見解を示し、賢明にも、人流に制限をかける対策を取った。密集した群衆、足踏み、もみくちゃ、いら立ち、汗や足の臭い、おなら、ガードマンへの威嚇、指示無視、作品への接触、自撮り棒の危険な振りかざし。こうした不快指数が来館者満足度調査を壊滅的な結果へ導き、トリップアドバイザーの評点を極端に悪化させた。こうして前館長は敢えて来館者数を九百万人に制限することで、人は依然として多いものの鑑賞ルートに支障のない適度な人流と、コレクションへの配慮を両立させた。

この来館者数の制限の下で売り上げを伸ばしていくためには、これまで以上に大々的なミュージアムショップの展開が必要であり、これまで以上に注目度の高い野心的なパートナーシップ、さらにはチケット価格の値上げが必要だった。しかしショップでの客単価が増え、コラボレーションの成果が実を結んだとしても、あるいは、チケット価格が許容範囲内の最高額に達したとしても、百万人の追加来館者分の収入を補えるものでは全くなく、それに、方法さえ見つかれば、潜在的にはより多くの来館者を呼べるはずだった。〈文化芸術遺産メディア〉の研究目的がまさにそこにあった。

マチューはベンの貴重なプレゼンテーションに謝意を表し、再び話を始めた。「ご存知の通り、受け付けの混雑については、〈グラン・ホール〉のリノベーションによってかなり改善されました。

こうしたインフラ工事と、電子チケットの販売や時間帯予約制の導入等、皆さんの大掛かりなデジタル化の取り組みが組み合わさって、来館者の流れをスムーズにすることができました。目下の課題は館内の鑑賞ルートにおける人の分布にあります」

繰り返しになるが、テクノロジーは我々を助けるために存在する。適切に配置されたセンサーやAIによって、自動バリアシステムはリアルタイムで来館者をより人の少ない場所へと誘導することができるようになるだろう。ただ、バリアの種類にはまだいくつか課題があって、降下遮断の踏切式やスライドレール式があるが、どちらも現段階では満足のいく解決策には至っておらず、検討を続けていく必要がある。それまでの間、インカムを通じてAIにリンクしたオペレーターを適所に配置し、人流を変えるために絡まった紐を解きほぐすようにして、今はやっていく他ないのだ。

他にも、館内の滞在時間を短縮させることを目的とした対策がいくつか発表された。そのうちの一つが音声ガイドの解説を作品理解に外せないギリギリのところまで短縮することを推奨するものだったが、合わせて、読み上げ速度を1・3倍速、1・5倍速にすることも提案された。人の流れを円滑にする必要があった。人々が作品の前で立ち止まることが減れば、美術館はより多くの人を受け入れることができるようになる。

また同じ考え方で、CAMPは『ハッピーアワー・ルーヴル』という心くすぐるネーミングのエクスプレス・プログラムを提案した。ローラースケートやセグウェイに乗ったオペレーターが案内する至上のルーヴル、四十五分の鮮烈体験、すべての人気作品の前で、館内で最も写真映えする地点で立ち止まる。画面上に現れる3Dコンピューターグラフィックスが圧倒的で、この訪問スタイルは公式チケットより少し高めの料金が想定されていたものの、本質を追求する時代の好みに合致しているのは間違いないだろう。

彼らの準備は完璧だった。オレリアンはこうした提案から受ける衝撃を易々と柔軟に吸収しているかに見える同僚たちを、信じられない思いで眺めていた。

「ご覧いただいたように」マチューはまとめに入った。「人の流れを大幅に加速させることは可能です。我々の提案を実践していけば、ルーヴルは来館者数を今より三十％増やすことができます。それでは今度はレアに新たな来館者をどこでキャッチできるかを説明してもらいましょう！」

写真映《フォトジェニー》え

レアはその時までかなり控えめにしていた。マチューは弁舌爽やかでボディランゲージを見事に使いこなしていたにもかかわらず、その忘れ難いヘアスタイルのせいでぼんやりした印象しか残らなかった。一方、ベンは視覚に訴える努力を欠かさずプレゼン技術の高さを見せていたが、この二人とは反対に、レアからは落ち着いた自信が感じられ、それがすぐに説得力へと繋がった。彼女はマチューに感謝の弁を述べると、不安に感じられるほどの長い沈黙が流れた。彼女は皆からの注目が集まったと実感した後で、明朗な声で話し始めた。

今まで来館者をより効率的に鑑賞させる方法について見てきましたので、今度はより多くの人に足を運んでもらう方法について考えなければなりません。これはそう単純なことではなく、状況は複雑に思われます。

ルーヴル美術館のチケット収入は主に外国人に依存していました。近年のパンデミックの危機によって海外からの観光客の流れが損なわれ、現在も二〇二〇年以前の水準には到底届いていません。加えて、二酸化炭素の排出量はオーガニック食品と同様、個人レベルでの心配ごとになってきています。日本人の渡航意欲の減退はすでに指摘されていますが、このことは単なる序章に過ぎません。

それから若い人たちにとって、遺産の集まる場所——遠回しな表現をお許しください——は関心が高くありません。来館者の平均年齢は上がり続けています。それでもルーヴル美術館は他の美術館に比べればまだマシなのですが、その代償はどうでしょう？　客離れを防ぐために、ビヨンセが

《サモトラケのニケ》の下でとてもセクシーに身体をうねらせ、日本製ジーンズを穿いたブレイクダンサーに《ミロのヴィーナス》の足元で息を呑むようなダンスを披露してもらう必要が生じたのです。

メトロポリタン美術館、ナショナル・ギャラリー、アムステルダム国立美術館《ライクスムゼーウム》は次々に解像度の非常に高い作品コレクションをインターネット上にアップしましたが、これは結果的に来館者数に対する脅威となってしまいました。この果敢なチャレンジが引き起こしたブームは想定をはるかに超えていました。数多くのスタートアップ企業がこれらのデータベースを活用し、新世代3Dメガネと連動したバーチャルツアーを展開したのです。自宅の快適なソファにいながらいくつもの赤い部屋を歩き回ることが出来るとしたら、人ごみ、騒音、臭いなど、大変な思いをしたいと思うでしょうか？　もちろん現時点でこのやり方が主流になっているわけではありませんが、これまで説明してきたことに加えて、九百万人の来館者数は実際に望ましい制限ではなく、あくまでやむを得ない数字だったということです。

もちろん慌てる必要はありません。解決策はあります。レアは最初にコミュニケーションにおける強みをアピールした。ルーヴル美術館はＭｏＭＡ（ニューヨーク近代美術館）とソーシャルネットワーク上でしのぎを削っており、リードしています。渉外担当の新任ディレクターのソニアは嬉しくなって顔を赤らめた。レアは次のように説明した。今後、若い人たちが使っているプラットフォームに上手に投資していけばフォロワー数を増やしていけます。ソニアはいくつかの数字を示して意見しようとしたが、ダフネが手で遮った。

レアは型破りなイベント、独占的パートナーシップ、インフルエンサー戦略など、いくつかの方策を提示して見せた。彼女は話している途中で、演劇風にぴたりと動きを止めると、テーブルをぐるりと周ってスクリーンの横に立った。「私がこのまま提案し続けることもできるんですが、もっと多くの人に関心を持ってもらうために何をしなければいけないかはわかっていますよね。すでにやっていることを改善していくんです」彼女は一呼吸置いて続けた。「ただ、それだけでは十分ではありません」オレリアンはすっかり魅了されていた。彼女には度胸があった。彼は彼女の唇に浮かぶ言葉を追いながら、彼女に微笑んでいる自分に気づいてふと我に返った。

「今、私が紹介したことを実践するには、大胆さに加えて、勇気も必要になります。しかし、これが皆さんの足跡をしっかり残す機会にもなるはずです」

オレリアンは彼女が自分のことを見ているような気がしてならなかった。

彼女はタブレットを操作してスライドを再開した。スクリーン上には〈国家の間〉が低速度撮影《タイムラプス》映像で映し出された。カメラがどんどん近づいていく映像の中心付近では視覚効果によって人の動きが絶えずぼやけて見えた。前方に進むに連れて、カラフルな人の動きが断続的に作品を隠し、やがて完全に見えなくなった。瞬間的に明滅する光の中で姿を現すその作品は常に中心にあり、唯一の目印だった。カメラはそこに向けてさらに近づいていった。スタート時にはほとんど聞き取れなかったサウンドトラックは存在感を増し、鈍い低音のシンセサイザーのレイヤーがレアの説明にドラマチックな印象を与えていた。

「ご覧の通り、来館者の目的は《モナ・リザ》です。彼女のためにはるばる地球を周り、彼女のことしか知らない人も珍しくなく、彼女だけで満足するんです」

画面が突然真っ暗になると、映像は判然としない動きによって乱され、背を向けた汗ばむ人々の群れをカメラマンがかき分けて進もうとしているのがわかった。周囲の喧騒にシンセのレイヤーが混じり合い、オレリアンはその濃密で豊かなハリウッド風のサウンドデザインに驚いた。質の粗いブンブン響くベース音と捉えどころのないささやき声に突然の叫び声が加わって、それらが息を呑むプログレッシブな上昇音の中でもつれ合った。

「彼女は芸術そのもの。芸術の姿です。人は彼女を模倣し、コピーし、好きか嫌いか、決してそこから視線を逸らすことがありません」

レアの声が胸を締めつけるようなサウンドトラックと合わなくなってきていた。後になって思い返せば、オレリアンはこの演出された喜劇を不審に感じていた。その時、オレリアンを除けば誰一人ショックを受けていなかったようで、レアは大げさな口ぶりで続けた。

「彼女は美術館の心臓であり、至宝、存在理由なのです」

オレリアンは身を固くした。言い過ぎだ。しかし誰もそう口にすることはできなかった。ルーヴルにある何千もの作品こそがこの美術館の存在理由なのに。彼の部門には、ラファエロ、ティツィアーノ、ヴェロネーゼ、ジェリコー、ドラクロワ、アングル、フェルメール、ルーベンス、レンブラント、プッサンがあり、その他にも《サモトラケのニケ》《ミロのヴィーナス》《書記座像》などの著名作品があった。オレリアンがレアを遮ろうとすると、彼女はスクリーンの方を向いて背を向けた。カメラが人込みを突き抜け、映像が新たな光を浴びると、レンズの絞りは長いトンネルから抜けたドライバーの目が突然、昼の陽光に目を眩ませられるのと同じように、暗い通路から眩しすぎる光を浴びて、照準を合わせるのに少し時間がかかった。不安定な状況が続いた後に穏やかな沈黙が訪れた。その絵を見るのに邪魔なものは何一つなくなり、やがてその絵が画面全体を覆った。

「《ラ・ジョコンド》。皆さんは彼女の特徴をよく記憶されています」レアは優しい声で続けた。

「目を閉じれば、思いのままにありありと彼女の姿を思い浮かべることが出来ます。見れば見るほど作品は記憶に刻み込まれていきます。ここにいらっしゃる皆さんの中で、この絵が時の経過によって変色を起こしていることを知らない人はいないでしょう。酸化して黄ばんだニスはコントラストを狂わせ、肖像画は年々薄暗がりの奥へと沈み込み、曇っています。説明はいらないでしょう」彼女はとりわけオレリアンの方を見ながらそう言った。「《モナ・リザ》は緑の海に浸されています。もう何百回と修復について議論はされてきましたが、未だかつて行動に移されたことはありませんでした。妨げているものは何でしょうか？　技術的なことでしょうか？　今となっては、それは問題にならないでしょう。皆さんが恐れているのは西洋芸術の象徴に着手することで巻き起こる、世界からの反響ではないでしょうか？　しかし、それこそ、皆さんが取り組まなければならないことなのです」

会議に激震が走った。ここにいる誰もが、彼女の話していることが及ぼす影響の大きさを熟知していたからだ。

「考えてみてください。ニスを溶かして除去することで、作品はオリジナルの輝きを取り戻すのです。《ラ・ジョコンド》に真の色を与えることは、世界的なイベントになります。新たな写真映え《フォトジェニー》を熱望する何百万人もの人々が来館することは間違いありません」

レアは意志の強さを感じさせる率直な眼差しでオレリアンを見つめた。彼は戸惑った。会議の出席者全員が彼からのリアクションを待つかのようにじっとオレリアンを見つめた。彼は黙していた。何を言うことができただろう？　レオナルドの技術について、あるいは、修復に伴うリスクについて、アート業界や世間で巻き起こる非難について、それから、彼がまだまったく想像の及ばない反発について、いったいマーケティング会社の人たちと何を話し合うべきなのか？

マチューが再び話し始めた。「《ラ・ジョコンド》を修復すれば、傑作が見たくてたまらない人、繰り返し見たくてたまらない来館者の数が毎年一千百万人から一千二百万人見込めるのはほぼ確実で、一九一一年に《ラ・ジョコンド》が盗まれて以来、かつてないほどルーヴル美術館の話題が人々の口にのぼり、世論に深い議論を巻き起こすのは間違いないでしょう。私たちの考えでは、多くの人を惹きつけるのに、これ以上の策はありません」

会議のメンバーは強烈なプレゼンテーションを目の当たりにし、茫然としていた。マチューはこう結論づけた。「話を聞いて下さり、ありがとうございます。幸運は勇者に微笑むのです！」聞いたこともないたわ言がオレリアンをいらつかせた。ダフネは興味深い発想を展開してくれたエージェント、そして、その代表者を称えた。混乱状況の中、全員が席を立ち上がるタイミングでオレリアンも会場を後にした。

オメロ

予想していなかったことだが、オメロは母親が死んだ後、家政婦の仕事を引き継いだ。主な理由として、彼の説明によると、雇い主は訃報が届くとすぐに彼女の後任が見つからないと不満を漏らし、断ることが出来なかったからだ。有り体に言えば、学校の勉強についていけず、残された家族からも見放され身寄りのないオメロは、暮らしていくためのお金が喫緊に必要になったのだ。

彼は徐々にパリの西側に住む裕福な家庭を中心とした家政夫になった。とりわけ真面目さと慎重な性格が評価された。とある晴れた日に、レバノンの外交官一家からフルタイムの仕事を依頼された。家事だけでなく、接客や管理人の役割も任され、以降、彼は自分自身のことを執事と名乗り、このことは特筆に値する進歩だった。彼はエッフェル塔に面した眺めの良い快適な家政夫部屋に住み込んだ。一家は優しくて思いやりがあり、娘二人は愉快で魅力的だった。アパルトマンはいつも花と音楽で満たされ、笑顔が溢れていた。陽気さに満ちた家庭に引っ越すことができたのは幸運という他ない。オメロは一家から愛され、仕事ぶりも、落ち着いた穏やかな性格も気に入られた。娘たちは彼に興味津々で、ヒット曲を教えてあげたり、最新ファッションを披露して楽しんだりした。バカンスの出発前日に、彼女たちは心からの愛情を込めて、賑やかに、彼のふっくらした頬を挟んでキスをした。オメロはこれほどの優しさを受けたことがなかった。

穏やかで幸せな数年が過ぎた。心地よい単調さに包まれた日々は、レバノン人一家の友人夫妻がやって来るまで続いた。大手管理会社を経営する友人は、チーズが提供されてデザートが届くまでの間に、公募による新規契約について話題にし、彼が「最高の」と強調する契約のために信頼できる人材を見つけるのに難儀していると言った。主人が身を屈めて低い声で何かを呟いた。オメロは聞こえない振りをするという隠れた特技を持っていた。彼の耳は音波水中探知機のように正確で、脳は遠くの会話と、注意を逸らすために使われる鍋の音を容易く識別した。その夜、彼はこの家の執事という牧歌的な立場が終わろうとしていることを悟り、一家が新天地へ出発すること、そして一時的に検討されていたにせよ、自分を同行させる予定がないことを理解した。

　数日後、オメロは建物五階にある灰色の事務所で面接を受けた。ロココ様式のその建物はマナウスにあるアマゾナス劇場と同じくらい素敵な建物だとオメロは思った。アマゾナス劇場は彼にとって、父親に引き取られた場合の、もう一つの別の人生の心の象徴となっていた。というのも、もしブラジルで暮らしていたら、自分はバレエダンサーになっていたに違いなかったから。ネットで検索してみても、ホイップクリームを添えられたイチゴのように食欲をそそるこの建物ほど美しい建築物は南米のどこにも存在しなかった。この並行する人生はオメロがパリで家政夫の仕事をしている間に架空の世界で肉づけされていき、もう一つの世界の中の彼は今よりほんの少しすらっとして、ほんの少し機敏で、ソ・ドゥ・シャ（バレエ用語で猫のジャンプ）やアラベスクを演じ、タキシードやロングドレスを着た観客たちから拍手喝采を浴びていた。パリに住むオメロが退屈な仕事に従事する一方、ブラジル人の分身は柔軟性と優雅さに磨きをかけ、幾多の障害を乗り越えながら人気を博し、成功に向かってまっしぐらに進んでいた。

　パリ版オメロは面接待ちをしながら、これほど壮麗な建物に、こんなにも陰鬱で寂しげな事務所があることに驚いていた。外と内を少しでも合わせようとする配慮があればこうはならなかったはずで、であれば内装担当者が相当に無能だったということだろう。

清掃管理会社ソコプロップは、前のエージェントがストライキを繰り返し財政の健全性が保てなくなったために入札の行われた、ルーヴル美術館の維持管理業務を落札したばかりだった。オメロはプロの清掃員として働いた経験はなかったが、彼の推薦文は見事な出来栄えで説得力があり、性格は穏やかで従順、組合員の雰囲気もなく、契約に関する質問が一つもないなど労働法を気にかける様子も見られず、百近いポストの採用に向けて急いで進めなければならない人事責任者の信頼を得た。面接後に交わされた率直な握手は、オメロが社内の選抜チームに加わるのに相応しいと判断されたことを意味していた。

千載一遇のチャンスに恵まれたソコプロップ社を率いるカステラ代表は、ガラスのピラミッドの下にあるエスカレーターの上方に立ち、下方に集まっていたエージェントと清掃員たちに向かって、この新規取引先の数字が驚異的であることについて改めて言及した。彼はエジプト遠征時の皇帝の演説に着想を得て、心を震わせる雄弁さで次のように始めた。「これらの天井、モールディング、トタンやガラス張りの屋根の下、千年以上も前の作品の陰で、ここで永遠に凍りついた有名無名の人々の眼差しの下で、二十七万平方メートルの敷地が皆さんの活躍を心待ちにしています。寄木張りの床、石、タイル、大理石、花崗岩、セメント、溶岩石……七千平方メートルのガラスのショーケース、三万平方メートルのガラスが皆さんの磨く光沢を待ちわびています」彼は抽象的な規模を示す数字を展開した後に、今度は「実用性と快適さを兼ね備える」理想的な職場環境について触れ、最後に清掃員と芸術家の仕事を奇妙に結び合わせて演説を締めくくった。「ダヴィッド、アングル、ブノワのアトリエがあった場所であるのだから、画家たちの記憶に相応しくあれ！　どうか皆さんの創造力を絶えず発揮し続けて欲しい、視線を研ぎ澄まし、画家が光を追い求めるように、埃を追い求めてください、芸術家の手のように繊細であれ、皆さんの羽ぼうきを――ここで彼は深呼吸した――皆さんの羽ぼうきを絵筆に！」

　彼は最後の言葉にあらん限りの力を込めたが、集まった人々は不思議な沈黙を保っており、カステラは演説の最後の高揚感が、期待したような万雷の拍手を巻き起こさなかったことに落胆を隠せなかった。表現力が十分に豊かでなかったとしても、オメロはこのスピーチが非常に良く練られていると思い、この施設が毎月直線にして五十五万メートルのトイレットペーパーを使用していることを印象付けることができた。

　オメロは古代ギリシャ・エトルリア・ローマ部門――通称AGER――に配属された。経験はいっさいなかったが、彼はギリシャ＝ローマ彫刻展示室の床清掃の担当となり、立派な乗用タイプの自動洗浄機コマックを専用で使用する権限を与えられた。この種の機械を使うにはスキル研修が必須だったが、ソコプロップ社はマニュアルにあまりこだわらず、同僚の一人から基本操作を手短に教わると、あとは自分で手探りしながらすぐにやり方を身につけた。ハイテクノロジーを駆使した二八〇キログラムの機械は、（1）一五〇リットルのタンクに入った洗浄液を床にまき、（2）毎分一七〇回転のブラシを使って表面を洗浄し、（3）続いて汚水を二つ目のタンクに吸い上げ、（4）最後に、すぐに通行出来るようにコーティングを乾燥させるという一連の流れを同じ動作で行った。素早い動きが可能なこの使い勝手の良い機械はバッテリーで稼働し、連続四時間の走行が可能だった。一時間当たり四二〇〇平方メートルの洗浄能力は驚異的な効果をもたらした。シートは快適で、自動車型のハンドルは扱いやすく、派手な赤色も嫌になるほどではなかった。
　人生は苦しかったが、オメロは不満をもらすこともなく、彼にとって人生とはそのようなものだった。人生が時々手痛い仕打ちをしてくることに誰も異存はないだろう。しかし彼は、あの日、人生からこの上ない贈り物を届けられたのだ。レバノン人一家は懐かしく、パセリのタブレ（中東風のサラダ）、ジャスミンの香り、ファイルーズ（レバノン出身の歌手）の曲、少女たちの笑い声は確かに恋しかったけれど、この新たな環境はオメロには申し分なかった。何より彼は、最後の来館者たちが静謐な美術館を後にして車のマフラーの騒音や悪臭を放つメトロの入り口に戻る頃、古代彫刻の迷路の中をこの機械に乗って駆け抜けることがたまらなく好きだった。

彼は完全に放っておかれた。一人きりで。仕事始めに同僚の一人と何となく関わると、あとは時おり作品を巡視する作品管理者と遭遇したけれど、それも稀なケースだった。仕事をしながら音楽を聴いた。時代遅れのウォークマンを携え、幅広いジャンルをミックスさせた自前のプレイリストを聴きながら床の上を縦横無尽に移動した。母の思い出としてリストに入れたダリダ、父の思い出にはボサノバ——父の音楽嗜好は知らなかったので想像の産物に過ぎないが——、それからクラシック音楽、とりわけオメロが愛聴していたヴィヴァルディ。

着任から二年弱が過ぎた頃、執事時代が不意に幕を閉じた時と同じように、彼は自動洗浄機に乗りながら抜群に秀でた聴覚を活かして、ソコプロップ社の責任者と美術館の作品管理者の間で交わされた会話の一部を聞き取った。「だからもう、あなたたち必要ないの」、管理者は埃のかぶった幅木を指しながら苦々しく言った。オメロは深い悲しみに包まれた。彼は自分の仕事をよくやっていた。彫刻との触れ合い、自動洗浄機、美術館の崇高な静寂が好きだった。

会社は輝かしく勝利したその始まりほどには、ミッションの終幕について伝えたがらず、ほとんどの職員は労働法のルールに反して数日前にそのニュースを知った。手紙は確かに送られていたが、行政書類アレルギーのせいで開封されなかったのではないか、あるいは、これもよくあることだが、宛先違いで手紙を紛失したのではないかということが指摘された。お別れ会も、経営陣からの短い別れの挨拶もなく、ただ翌日に業務終了となり、私物は返却されない旨を伝えるメモがロッカーにセロハンテープで貼られるだけだった。

需要と供給の魔法により、後任の事業者としてコプロテク社が契約を取りつけた。パリ近郊のありとあらゆる職業紹介所のショーウィンドゥには一斉に清掃員と作業員の募集広告が貼りだされ、ソコプロップ社が置き去りにした人々は自ずと募集に応じ、ロッカー内に置き忘れた私物のほとんどは所有者の手元へ戻っていった。

翌月曜日、二十二時五分頃、専用の自動洗浄機に乗ったオメロは、ソコプロップ社のグレーの陰気なポロシャツではなく、コプロテク社の色鮮やかなロイヤルブルーとゴールドを組み合わせた作業着に身を包み、気に入りのカセットテープB面に録音されたヴィヴァルディを聴きながら〈カリアティードの間〉へ華々しく帰還した。ウォークマンの〈プレイ〉ボタンを押すと、自動洗浄機が古代彫刻の合間を猛スピードで走り始めた。オメロは数々のヴィーナス像とアポロン像の間でアラベスクのポーズを取り、カーブを曲がるごとに、目に見えない観客たちに作品を紹介するかのように、腕を右に左にと大きくゆったり動かした。指先で彫刻に触れ、彫刻の髪をかき乱すような仕草をし、太ももの美しい曲線に手のひらをかすめ、繊細な乳房を優しく撫で、突き出した尻に鞭を打ち、振り上げたこぶしを突き出して復讐心に燃え上がるポーズを取ると、あたかも大理石の幽霊たちが血液の活発な流れを取り戻したかのようで、オメロは最高速度を維持したまま、くるくる旋回し、イヤホンから流れるバイオリンのスタッカートの猛烈なリズムによって導かれた。

オメロにとって、彫刻と踊るのは至福の喜びだった。踊りたいがまま踊った。コプロテク社の社員として働いた数年間は本当に幸せだった。真面目なオメロは任務に専念した。愛想は良いものの、本当は孤独で、孤独を癒すための交流もなければ、コミュニティーも、家族さえもなく、彼には拠り所がなかった。オメロは決定的に孤独だったが、誰かに自分の孤独を押しつけることはしなかった。彼は野生動物のように、人から逃げることも、煩わしいほど近づくこともしなかった。彼はただそこにいて、いつも同じように熱心で、同時に控えめで、自分の存在が誰かの重荷になっていると感じるとすぐに姿を暗ました。

不眠症

プレゼンテーションがあった日の夜、オレリアンは髪を団子に束ねたマチューの血に染まる頭をほっそりした手で持ち上げるカラヴァッジョの〈ダヴィデ〉になった夢を見た。

彼ははっとして目を覚まし、身体を起こして座った。部屋の暗がりに目が慣れ、夢の不快な感覚——ある意味ではとても味わい深いとも言えたけれど——が消えていくのを待った。クレールが隣で眠っていた。彼は彼女が帰宅する前に寝てしまうことがよくあり、朝起きて彼女が横にいるのはどこか不思議な感じがした。二人の関係はあまりうまくいっていなかった。彼はしばらく穏やかな表情をした彼女を見つめ、彼女は二人の愛の始まりに戻ったかのように眠りながら微笑んでいた。

彼はゆっくり立ち上がるとキッチンまで歩いていき、グラスにたっぷり水を注いでからダイニングテーブルに置いてあったマックブックを開いた。検索バーに「急性不安症状」と打ち込んだ。ドクティシモ（健康関連情報サイト）にいくつか回答が挙がっていた。クレールは彼のことをヒポコンデリー（自分の健康について過度に心配して思い悩む状態）だと得意げに言ったが、それは夫に対して女性がよくする非難の一形態だった。とは言え、客観的に見ても、彼は心配に値する深刻な不安の種を抱えていた。

《ラ・ジョコンド》修復のプロジェクトは昨日今日に始まったことではなかった。繰り返し話題に上っていたのだ。オレリアンはいつも頑なに修復に反対し、それまでは自分の意見を通すのにさして苦労しなかった。前館長は後継者たちに権限を譲って諦めていた。しかし、作品が少しずつ不鮮明になりつつあることは事実であり、彼はＣＮＮの番組で問題提起されていることも知っていたので、根回しは怠らなかった。自信漲るレアの提案とは逆に、修復はオレリアンにとって危険な発想だった。一つには、レオナルドの極めて特殊な技術のために作品を不可逆的に違うものにしてしまうリスクがあり、もう一つには、絶対にやらなくてはならないという必然性がなかったのだ。それに絵画の細部は東芝が開発した三十四のLED照明内蔵のスポットライトによって、よりはっきりと認識出来るようになっていた。《ラ・ジョコンド》はそのようなものとしてずっと認識され、そのようなものとして愛されてきたのだ。過去に遡って何をしようと言うのだろう？ エジプト人はギザにあるピラミッドの削られた石灰岩を覆うように頼んだだろうか？ ギリシャ・ローマ時代の彫刻がオリジナルの色に塗り直されているのを見たことがあるだろうか？ 色彩をふんだんに使った派手な大聖堂はどうだろう？ 人間にとっても、作品にとっても、時間を遡ろうとする試みは無益であり、必然的に失望を招くものだとオレリアンは信じていた。彼の使命は作品を保存し、大切に管理し、不測の事態を出来るだけ避けることだった。次々とオレリアンが現れれば、世界はうまくまわっていく。少なくとも、ゆっくり、時間をかけて衰退していくはずだ。

誤解がないようにつけ加えるなら、彼は修復に反対ではなかった！ 絵の状態を考慮して緊急性があると考えられる時、例えば絵具層の剝離があった時、彼は修復が有効な手段であることを知っていた。しかしそうした状況になるまでは、美的要請による修復はいっさい控えた。修復については、それぞれの専門分野において、それぞれが好きなようにやっていた。同僚の何人かはこういったメンテナンス作業を積極的に行い、自分たちの重要な仕事の一つと考えていた。実際に十八世紀の学芸員はやたらと修復を行っていた。必要であるなら結構なことだが！ オレリアンはルーヴル美術館にあるルネサンスの絵画について、そのままの味わいある状態にしておきたかった。そして時が経てば経つほど、彼の機嫌は悪くなり、あたかも派手な広告イメージやスマートフォンの過剰な明るさとバランスを取るかのように、薄暗く、不明瞭で不穏な作品世界をますます好きになっていった。彼はたぶんロマンチストだった。
そもそも〈修復する〉という言葉自体が不快に思えた。〈おしっこする〉の代わりに〈排泄する〉、〈もどす〉の代わりに〈嘔吐する〉を使う警察の専門用語のように実利的で冷淡な感じのする言葉だ。ただ生理的欲求（マズローの欲求五段階説の最下層に位置）の充足度を表現するためだけの言葉。それに、オレリアンはメス《スカルペル》に不安を感じていた。メスが絵の表面をひっかく音を聞くだけで鳥肌が立った。

《ラ・ジョコンド》に話を戻すと、彼はレオナルドのこの作品に特別な思い入れがあったわけではない。同じように謎めいた笑みを浮かべる作品としては《岩窟の聖母》や《白貂を抱く貴婦人》をむしろ好んだ。オレリアンによれば、人はもはや《ラ・ジョコンド》を客観的に見ることができなくなっている。皆が《モナ・リザ》を好きなのは甘美な記憶の子供時代から何千回もそれを目にする機会があって馴染み深いからだ。誰もが彼女と親密な関係にあると言って良かった。「知れば知るほど好きになる」とダ・ヴィンチは書いている。

《ラ・ジョコンド》の世界的な人気の秘密を別の角度から説明することもできる。つまり印象深くて親しみやすく、作品は人々の目に触れやすかった。宗教色がないので誰もが垣根なく鑑賞することができた。ただ聖なるオーラがないというわけではなかった。髪にかかるヴェール、視線に宿る真の優しさ、世界の起源を彷彿とさせる神秘的な風景は宗教との関係を絶妙に表現していた。一九一一年の盗難事件に始まり、レジェ、デュシャン、ダリのパロディ、ウォーホルによるポップアートは、彼女のアイコンとしての地位を確かなものにさせた。そして彼女の評判がある種のインフレを引き起こし、注目がさらなる注目を集めた。また、《モナ・リザ》にはボッティチェリの描くシモネッタのように、この世ならぬ妖精のような、圧倒的な美しさはなかった。豊かさや権力を表現する象徴《モデル》でもなく、運命に翻弄された悲劇のヒロインでもなかった。リザはどこにでもいるありふれた女性であり、中流階級の平均的ブルジョワ、一家の母、商人の妻であり、控えめで、ほど良い美しさを湛えていた。少し大きめの顔は赤子のように柔らかく穏やかで、栗色とは言わないまでも淡褐色の目をし、誰にとっても親しみやすく、幸福で安心感のある素朴さが表現されていた。こうした点が恐らく人々を魅了し、彼女のような無名の女性が王妃や妖女を打ち負かして、時代を超えてきたのだろう。

何よりオレリアンは学芸員としてこの作品があまりにメジャーすぎるために、その残酷なまでの存在感で他のすべての作品を押しのけてしまっていたことを残念に思っていた。来館者たちが猪突猛進に階段を上って〈グランド・ギャラリー〉を駆け抜け、ヴェロネーゼやティツィアーノ、バッサーノなど、すぐ近くの展示作品には見向きもせずに《モナ・リザ》のいるガラスケースに殺到するのが嫌で、《ラ・ジョコンド》が世界で最も知られた作品でありながら、同時に最も見られていない作品であるという矛盾を憎んでいた。来館者たちはいったん自分たちの願望が満たされてしまうと、かの有名なお姉さんから数メートルのところにある、レオナルドの他の傑作を鑑賞しようと引き返すこともせず、それらは絵画として並外れた価値があるにもかかわらず、絶望的に孤独であるという事実を呪った。オレリアンは人々の目に、あえて表に出そうとしなかった失望感を読み取っていた。たった、これだけのために？　チャーター便による何千キロもの移動、高額なホテル代、不親切なウェイター、渋滞、悪臭のする満員の高速列車《RER》、機嫌の悪いパリジャン、そして、この小さな作品。それはとても小さく、とても遠くにあり、緑色をしていた。ちくしょう、彼らは正しかったのだ。絵は緑色をしていた。緑で、薄暗い。それでも皆それに慣れていたし、それを受け入れるのに何の支障もなかった。目を逸らすことさえできた。論争にいやいや向き合う必要もなかったのだ。巨大な展示ケース、びくともしない防弾ガラス、周囲のすべての作品の息の根を止める張り巡らされたロープ、セキュリティに必要な距離、七人のボディガード、こうしたすべてが過剰だった。ルーヴル美術館にこのような看板作品があるのは幸運だと言われている。他の美術館では自分たちの目玉作品がどれなのかを決めるために高額な査定費用を払っていたのだ。オレリアンはそんな心配をする必要がなかった。

恐らく、オレリアンにとって最悪だったのは今回の修復がマーケティング戦略と営業戦略に端を発していることだった。彼はどうやってこの〈悪魔との取引〉に関われば良いのだろう？　彼の能力と経験をどう活かすのか？　自らの意思で何をするのか？　絵画部門は一万二千点もの作品を有し、十人の学芸員を抱える美術館の中の美術館である。その責任者はいったい誰なのか？　そう、まさにその人こそ、オレリアンなのだ。国立文化遺産学院のシャルル・ガルニエ学級を修了し、十五世紀と十六世紀のイタリア絵画の専門家であり、大絶賛された展覧会の監修者。美術史家ヴァザーリに関する『ヴァザーリ、天才たちに囲まれた一生』という著作と、天才アンドレア・デル・サルトに関する単著をものしている。どうして彼は頼んでもいない作業の責任を負わなければならないのか？　彼が背負わないとしたら、このとてつもないプレッシャーはいったい誰の肩にかかるのか？　《ラ・ジョコンド》修復の発表がどんな大混乱を巻き起こすのか、誰も予想がつかなかった。あの人たちは自分たちが話していることの重みを理解しているのだろうか？　《ラ・ジョコンド》に着手すれば世界的な騒ぎになるのは避けられないのだ。そう思うと、オレリアンは腹立たしくなった。論争の轟音が近づき、美術館内で唸りをあげる鈍い音が聞こえた。

オレリアンは変化する世界から自分を守るためにルーヴル美術館に入職した。この場所で、彼は至るところで消えてなくなってしまったものを大事にしていた。つまり記憶の番人。彼は現実とは別の時間を選び、それはきっとノスタルジーと関係があった。彼にとって美術館は崇拝の場であり、世俗の領域であり、瞑想の神殿だった。聖なる隠れ家、変化の風が渦巻く時代から隔離された避難所。しかし彼の理想が具現化された不変のはずの景色にさえ、変化の波が押し寄せていた。

　専門家や歴史家の学術的な解説は、来館者数を保証し、チケット発券数を伸ばすための広報活動の陰に霞んでしまった。もはや知識だけでは売れなくなり、ウィキペディアが代わってすべてに応えてくれた。体験、より正確に言えば、体験への期待が知識に取って代わったのだ。

　その結果、文化遺産の保管場所に洗練されたマーケティング戦略が導入されることになった。美術館はいわゆる願望《アスピラシオネル》的と呼ばれる発信において、北欧のインテリアか、ターコイズブルーの水を湛えたひっそりとした入り江と同じように、自分を宣伝するための場所として利用された。美術館に行くことはある種の社会的ステータスであり、コールドプレスジュースの試飲やスマートウォッチの着用と同じように、信頼に足る〈ライフスタイル〉の指標なのだ。それを証言できる限りにおいて。ソーシャルネットワークはそのためにあった。たとえ自分の画像に夢中のナルシストたちが、美しき傑作に背を向けていたとしても、それはたいした問題ではなかったのだ。

　逆に、生まれながらに携帯を手にしていた新世代の学芸員は新世界に向けて語りかける術を知っており、デジタルオーディエンスに広く普及した言葉《ウルガタ》から距離を取ろうとするもったいぶったアカデミズムを置いてきぼりにした。こうした状況にあって、オレリアンの立ち位置はどこにあるのか？　彼はいつでも列車を追いかけることは出来たが、それでも、リラックスしながら人と繋がり、流行りの新語《ノヴラング》で知識を発信し、軽いユーモアを挟みながら断片的知識をひけらかして満足するような理想的な男にはなれなかっただろう。五十代に差し迫った彼はもうすでに時代遅れで過去の人だったのだ。夜中のオレリアンは自らに厳しい目を向けた。

　彼はＣＡＭＰの馬鹿げた提案が言葉だけに終わることを期待しながら寝床に就いた。実現可能性の無い願いであることを。早朝、館長から事務所に来るよう求める短いメッセージが届いていた。

交渉

館長室は壁に金装飾を施された黒いパネリングで覆われた大部屋だった。〈モリアン塔〉に位置し、オレリアンの事務所と同じくセーヌ左岸の景色を一望できた。

「こんにちは！」メールの返信を打っていた彼女は顔を上げずに言った。「もうすぐ終わるから、ちょっと待ってて」

彼女の正面の椅子に腰をかけて注意が向けられるまでの待ち時間は彼女を観察する絶好の機会となった。背が高く肩幅もあった。丸くて幅の広い特徴的な顔立ちは肩までかかる銀髪で囲まれ——彼女はそれが明るいグレーでわりと似合っていると思っていた。長くて彫刻のような鼻はとてもシックで、額は高く膨らみを持ち、緑がかったグレーの明るい目は率直で少し間隔が空いていた。キーボードを邪険に扱う彼女の顔つきは冷たく、厳しい表情をしていて、世間に見せる永遠の微笑とは対照的だった。視線を逸らして室内をざっと見まわすと、母の日のプレゼントか、センスを疑われる貝殻で囲まれたフォトフレームに目が留まった。写真には館長の他に、ネックラインの広いセーラー服から亀のように頭を突き出した細身で陽気そうな男と、三人のブロンドの少年たちの姿が写っていた。レ島か、アルカッション湾の海水浴場で撮られたものだろう。テーブルに集まる人々、パスタサラダ、ヨット……純粋な愉しさが伝わって来た。

キーボードを必死で叩く音が何分も続いた後、彼女は彼の方を向いた。顔の筋肉が愛想の良い表情に作り変えた。突然彼に会えて喜んでいるように見えた。

「ごめんなさいね、ここの仕事、次から次へ止まらないのよ！　コーヒー飲むけど、いる？」

オレリアンは丁寧に断った。彼女がパネリングの窪みに収まったネスプレッソマシーンの前に行こうとして立ち上がった時、彼女が裸足でいるのに気がついた。コーヒーを入れながら彼女は絵画部門に関する質問をいくつか投げた後、近々オークションに出品予定のプッサンの絵画に予算をつけようとしている委員会に不満をもらした。

「まだ、プッサンが必要？」

「オルタンスがとても気に入っていて、小ぶりですが、興味深い主題を扱っています。この画家にはとても珍しいものです」

「いくらかかりそうなの？」

オレリアンは返答を少しためらった。

「最低でも四百万ユーロはかかるでしょう」彼はしぶしぶ言った。

ダフネは天を仰いだ。

「どうやって資金を捻出するの？　少しでも考えたことはある？　倹約のためにどれだけ苦労しているか。学芸員はホント使うことしか頭にないんだから！」

かなり重たい沈黙が流れた後、彼女の表情が再び柔らかくなった。

「オルタンスに話しておくわ、ここはプッサン美術館じゃないって！　鶏小屋（プッサンはフランス語でひよこの意）じゃないのよって……！」彼女は手を振って笑いを止めると、頭を振って、デスクの隅に腰掛けた。

「それから、真面目に言うけど、コレクションにもっと女性画家を入れなきゃ。ゲッティ美術館を見て！　アルテミジア（十七世紀イタリアの女性画家アルテミジア・ジェンティレスキ）を展示してから、チケットの売り上げが爆発的に伸びてるから！」

「ヴィジェ＝ルブラン、ブノワ、ヴァライエ＝コステル、すでに素晴らしい女性画家の作品がありますが……」

「わかってる。でも、来館者はパイオニアが見たいのよ。ルネサンスで誰かいないの？」

「ルネサンス当時、残念ながら女性はアトリエにほとんどいなかったんです」

「絵筆を手にした女性は何人かいるはずよ。〈グランド・ギャラリー〉に女性の作品が展示されたら素晴らしいでしょう！」

彼は機械的に頷いた。

「はい、確かに……」


彼女は肘掛椅子に戻った。

「ところで、CAMPのプレゼンどう思った？　リサーチ力が凄いでしょ？　ホント、やるわよね！　マインドセットが半端ない……皆にスケートさせて、ぐるぐる回ってくたくたにさせて、今度は新鮮な空気を送り込んで、快適ゾーンから引っ張り出していく！」

「はい、確かに……興味深いものでした……かなり」オレリアンは言葉を探した。「驚愕の提案でした！」

「素晴らしいって、言いたいのよね！　《ラ・ジョコンド》の修復！　最高よ。あなたはどう思ってるの？」

オレリアンは息を吸い込んで考えをまとめた。

「大胆な発想だと思います……でも、まさか本気じゃないですよね？」

ダフネは驚いた様子を見せて静かに言葉を返した。

「本気よ、オレリアン、完全に本気」

長い沈黙が続いてから、オレリアンは顎をほんの少し上げ、首をほんの少し傾げて、苦渋の表情で厳かに話し始めた。穏やかな声には反抗的なトーンがこもり、彼の興奮が表れていた。

「でも、この修復作業が何を意味するかわかりますよね。あんな風にパワーポイントで決められるようなものじゃなくて、文化遺産学芸員、専門家、研究所、作品管理者と合意形成に向けて協議を重ね、長い議論、とても長い議論の果てに辿り着く結果でなければならないはずです。そのリスクについては計り知れません。画板にはひびが入っていて動かすことすら容易ではなく、レオナルドの技術には最大限の配慮が必要で、とても損傷しやすい作品であることに加え、《ラ・ジョコンド》には途轍もない責任が伴うんです」オレリアンは次の言葉がなかなか出てこなかった。「これは……不可能です。誰も私たちの思うようにさせてはくれないでしょう。責任が問われるんです。《聖アンナ》で起きたことを知っていますよね。信じて下さい。それでも《ラ・ジョコンド》で起こることに比べれば何でもないんです！　館長は我々に何が待ち受けているのか、考えが及んでいないんだと思います」

オレリアンが挙げた《子羊と戯れる聖アンナと聖母子》の修復は前任者の指示のもとに行われ、激しい論争を巻き起こした。専門家たちは物々しく委員会を退いた。美術館は最大限の注意を払って行動していたが、どういうわけだか事態の新局面を次々にマスコミが嗅ぎつけて大々的に報じた。それが連続教養ドラマのようになり、定期的に専門誌や一部一般誌の編集部を賑わせた。結果は割れた。ある人たちは上辺だけで人を惑わせる作業に憤慨し、ある人たちはニスの除去作業がレオナルド作品の際立った特徴である起伏を失わせるとして非難した。しかし一方では、空に広がる新たな明るさ、鮮やかになった聖母の服の色、ドレスの繊細な緋色、マントのシアンブルー、遠くに見える峰々のディテール、今でこそ見ることの出来る女性の足元に流れる川の水、そして、新鮮さを取り戻した女性の顔色が称賛された。

ダフネは心から心配な様子で頷いた。「不安はわかる。時間をかけましょう。当然、すべきことを決めるために学術委員会を開催します」声の調子が安心モードに切り変わった。「ここだけの話にして欲しいけど、私たちのペースで進めましょう。慎重にね。あなたの言う通り、専門家を招集します。会議の日までは目的を伏せて、秘密厳守でやりましょう」彼女は話しながら立ち上がると彼を入り口まで連れていった。「私も同じように考えているわ。分かり合えるわね。最高、オレリアン、最高よ！」

大根役者のオレリアンは、今起きたばかりのシーンに実感が持てないまま、館長室から追い出されてしまった。彼は修復の発想をスパッと断ち切らせる説得力を持ち合わせなかったことを悔やんだ。協調的な性格、優しすぎ、つまりはクレールとの決着を先延ばしにしてきた気弱な性格のせいだ。過去には前館長と多様なテーマについて長く難しい議論をしてきた経験があった。その時は意見が違っていても、彼にはいつも聞いてもらっている、尊重されているという感覚があり、それにほとんどのケースにおいて彼の意見は通っていた。今は明らかに状況が変わっていた。しかし幸いなことに、レオナルドの傑作の修復について委員会が出す結果に思い煩う必要はさしてなかった。何にせよ、この問題が提起される度に専門家の間には猛烈な反発が沸き起こり、《モナ・リザ》が修復のためのアトリエに辿り着く日が来るとは到底考えられなかった。そう思い、彼は少しほっとした。

エレーヌ

最初のうち、彼女は気にも留めていなかった。おかしな人はどこにでもいるもので、美術館も例外ではなく、そういう人にまともに取り合うことはない。しかしセルジュはしつこく「見ないとまずいよ」と言った。根負けした彼女はモニター室でビデオを見せてもらった。セルジュは見せたいところまでテープを巻き戻すと「しっかり見て」と言った。エレーヌは古代彫刻の作品管理者として、赤い自動洗浄機が《ヴェルサイユのダイアナ》をかすめるのを見ながら不安を覚え、少なくともセルジュと気持ちは共有された。しかし同時に、この男のおかしな振り付けで、プラクシテレスとレオカレスの彫刻が結びつけられている様子は彼女にある種の喜びを与え、感動させた。操縦士の独創性、運転の巧みさ、ダイナミックな振り付けに、エレーヌの表情は輝いた。

ビデオを見てしまった以上、彼女はその存在を無視することはできなかった。画面上では清掃員が《ボルゲーゼのケンタウロス》の筋肉質な尻を撫でていたのだ。セルジュは口をクジラのようにあんぐり開けて繰り返した。「ああ、バカ、ああ、バカ！　カメラがあちこちあることも知らないのか！」エレーヌは静かに微笑んだ。

「彼の名前、わかる？」

「調べておくよ」とセルジュはクスクス笑いながら応えた。

「テープのコピーもお願い！」

翌日、オメロは彼女の事務所のドアを叩いた。小柄な男が彼女の目の前で両腕をぶらっとさせて立っていた。エレーヌはコプロテク社の責任者には伝えず、直接自分のところに来るよう指示していた。彼女は非常事態に備えた監視用DVD内蔵型モニターに近づくと、セルジュが焼いて持ってきたディスクを挿入した。

ビデオの中身は想像を絶するものだったが、驚いたことに、隣の男はとくだん困った様子を見せなかった。彼は腰に巻いていた革製のウェストポーチに手を入れるとパナソニックのカセットウォークマンを取り出した。長い間、見かけなかったタイプのものだ。彼が「いいですか？」とおずおず尋ねると、彼女は男のするままに任せた。男はヘッドホンのアーチをずらしてオレンジ色のイヤークッション二つを彼女の耳に当てた。男はいったい何をしたいのか？　エレーヌは腕を組んでどうすれば良いか迷っていたが、好奇心からヘッドホンを外そうとはしなかった。男には心の琴線に触れる何かがあった。三十代半ばくらいから五十代前半と思われ、捉えどころがなく、体格は良いものの鍛えられてはいなかった。表情は優しく、苦しみに耐えてきた眼差しには深い人間性が宿っているように見えた。

オメロは選択したところまでビデオを巻き戻すと、映像用モニターとウォークマンの〈プレイ〉ボタンを同時に押した。モノクロ画面上で自動洗浄機が動きだし、ヘッドホンでは『夏：プレスト』の冒頭部の壮麗な音楽が響き始めた。音楽が瞬く間に映像から滑稽さを取り除き、雄大でありながら、同時に無限に詩的な息吹を映像に吹き込んでいるように思えた。バイオリンの洪水によって変容が起こっていた。マシーンの上の男の熱狂は心揺さぶる滑稽なスペクタクルから、崇高なバレエに移り変わっていた。自動洗浄機は曲がりくねったロープに沿って動き、旋回した。曲のリズムは優しさと激しさ、人を欺く瞬間的な静けさと熱狂的な速さを交互に交え、清掃員はそこから生じるありとあらゆる衝動に全身で応えた。

エレーヌがこの不思議なパントマイムに夢中になっている間、オメロは彼女を見つめ、反応を窺っていた。彼女は少し戸惑っているように見えた。画面上のオメロのシルエットはハンドルから手を離して、頭を後ろにのけぞらせ、両手を開き、手のひらは天に向け、出口に向かってカリアティードの列柱の間を抜けようとしていた。彼女はサッカー南米選抜のゴールパフォーマンスを想わせるキリストのポーズを前にして微笑み、オメロは彼女が微笑むのを見て表情を明るくした。彼女はヘッドホンを外すと彼に返した。「オメロ、オメロ、彫刻に気をつけて、とんでもなく価値のあるものなんだから」「約束します」オメロは短く応えた。このことはコプロテク社に報告した方が良いだろうか？　彼女は彼らが事情を汲んだりはしないことを知っていたので、自分の中に留めておくことにした。

時よ、動き出せ

彼女の気高く自信に溢れた姿はトートバッグを持ち歩く俯いた人々とは一線を画していた。イザベル マランのロングコートに、マルジェラの褐色のチュニックを着たクレールは歳を重ねるごとに独特の美しさが増した、五十代の綺麗な女性だった。彼女の顔はこれまでの歳月ではなく、今の年齢に合わせて造られていて、鋭く彫りの深い顔立ちは和らぎ、目鼻立ちを調和させ、それまで競合していた様々な特徴——大きな口、猫目、二角帽のような眉毛——が今では完璧な場所に収まり、唇はややふっくらし、まぶたがわずかに官能的に垂れ下がって表情は優しくなり、しとやかで温厚な気だてに変わっていた。

オレリアンは通りを渡ると、彼女の待っている相手が他ならぬ自分であることに心をくすぐられた。ブルレック兄弟の手がけた、猥褻に波打ちながら煌めくシルクの旗——オレリアンは高く評価していた——の下で彼女に会った。近くでは奇抜なルックスのスケートボーダーたちがいくつかの技にチャレンジしていた。旧証券取引所の敷地に入ると、彼はクレールの頬骨辺りにキスをし、それから彼女がささやいた。「あなたが気にいるかどうかはわからないけど、ランディは小さい頃からの友だちだから失礼な発言だけはしないでね」一緒に暮らしている彼女から似たようなことを言われるのは慣れっこだったので、オレリアンはさりげなく肩をすくめると、彼女から渡されたチラシの虹色の文字を読んだ。《時よ、動き出せ》（ラマルティーヌの詩の一節「時よ、とどまれ」を暗示）ランディ・ドゥヴァンレ。

二人は受付で招待状を見せると、シャンパングラスを手に取り、安藤忠雄の設計したコンクリートの円形の大空間の中を進んでいった。オレリアンは天井を見あげ、巨大な天井ドームの内部に描かれ、見事に修復されたフレスコ画に目を奪われた。ステレオタイプに満ちた資本主義への賛歌とも言うべきこの場所が現代アートの殿堂として利用されるというのは逆説的で、広報部をひどく悩ませたに違いなかった。

　少し歩いて空間の中央に出ると、ドーム真下に位置するところに《時よ、動き出せ》と題されたインスタレーションが設置されていた。しかし実際には、不透明で錆びた色の不気味な液体で満たされた巨大なガラス製の円筒があるだけで、上方には水に浸された物体を鎖で繋ぐクレーンがせり出していた。オレリアンは興味津々に水槽に近づいた。微粒子でいっぱいの水中に何か長方形のオブジェがあるように見えた。感じたことをクレールに伝えようと思って彼女の方を振り返ると、自動アームが動き始め、培養液から黒く酸化した木製パネルを取り出した。観客は興奮を抑えながらどよめき、レセプション《ヴェルニサージュ》の雰囲気は感情を伝えるのにはあまり適してはいなかった。オレリアンはオブジェをいぶかしげにじっと見つめた。支持体の端から濁った水が滴り落ち、徐々に間隔をあけながら一滴ずつ水槽に加わっていくと、やがて一つの絵画がはっきりと姿を現した。絵には十五世紀前半の特徴を持つターバン状のシャプロン（帽子の一種）を被った四分の三正面像（斜めを向いた肖像画）が見えた。彼はそれをどこかで見たことがあった。

　クレールを探すと、彼女は集まった人々との会話に夢中になっていた。そのうちの一人に革のパンツと胸元の大きく開いた黒いTシャツ姿のボディビルダーのような体つきの男がいて、この男がアーティストであるとオレリアンは推察した。

　来場者用アプリの音声ガイドによれば、作品の趣旨は次のように解説されていた。

一九七二年生まれのランディ・ドゥヴァンレのインスタレーション《時よ、動き出せ》は作品感

受に及ぼす時間の影響を真っ向から扱った作品である。造形芸術家はリスクを積極的に取りにいき、時間の尺度を人間が把握できる長さに縮めるという意味深長な手法を確立し、物議をかもした。芸術家が所有するコジモ・ロッセリ（十五世紀イタリアの画家）の作品は酸化を促進させる酸性の細菌環境にさらされている。自動クレーンにより三十分毎に明らかにされる絵の状態によって鑑賞者は時間の影響、物質の劣化、肉体の破壊、ここでは絵画という物体の破壊、不可避の侵食を理解し、絵が水槽に浸されると、劣化の現状に想像力を働かせるようになる。ランディ・ドゥヴァンレは二〇二〇年の《ヌーヌー》と二〇二二年の《ヌーシュカ》で頭角を現し、子供時代のテディベアと死んだ愛犬を対象に同様の加速酸化プロセスを行い、こちらもピノー・コレクションに所蔵されている。

コジモ・ロッセリ。オレリアンは思いだした。数年前にサザビーズのオークションに出品されていた作品だ。ためらいがちに描かれた有力者の肖像画で、画家のフィレンツェ時代、まだ若い頃の作品と思われた。オレリアンは所属部門でこの作品の購入を検討していたが断念していた。この作品は画家が多少有名であるということ以外に何ら特筆すべき点のないものだった。しかしその価値云々は別にしても、ルネサンス時代の絵画の作為的な腐敗は衝撃的だった。オレリアンはこれ以上ない冒瀆と感じて吐き気を催すほどだった。そしてまだマスコミがこの作品について騒ぎ立てていないことに驚き、この件については追跡しなくてはならない、と心に誓った。

オレリアンはアーティストを囲んでいた小グループにしぶしぶ近づいた。クレールが彼を紹介しても、二人の男性は互いに言葉を交わすことはなく、困惑したクレールはもう行かなくちゃならないけど、近いうちに夕食でも一緒にしたいわ、と伝え、オレリアンとランディは双方ともに、この約束が実現するとはこれっぽっちも思わずに弱々しく同意した。

「ちょっとは振りでもしたらどうなの！」クレールが出口に向かいながら声を荒らげた。

オレリアンは、あのアーティスト気取りの詐欺師野郎に向かって本音をぶつけてやりたいと思ったが、何も言うまいと腹を決めていたんだと説明した。作品のプロセスは極めて不快で、このインスタレーションは美術史に対する侮辱であり、作家はさらし台にかけられるべきなのだ。

「オレリアン、悲しいわ。言おうとしていること、いつも全部わかるんだもの。私は良かったけどね」

諦念

オランピア劇場（パリのミュージックホール）の正面に赤い文字で表示されるグループ名がわからない瞬間がくる。その瞬間はあなたが思うより早くやってくる。あなたは一度もその名を聞いたことがなく、どうでもいいことなので気に留めたりはしない。地下鉄構内の四×三メートルのシャネルの広告のミューズの顔に、その幾何学的な目鼻立ちに、ただぼんやりと綺麗だなと感じる程度にしか刺激を受けない瞬間がある。そしてあなたはそのことを意識しない。まったく。言葉がそのまま素通りしていく瞬間がある。若い世代が街中で変装しているように見える瞬間がある。あなたは彼らを楽しくて遠いエキゾチックな人たちのように面白がって眺めるのである。

　自分が世界のノイズからゆっくり引き離されていくのに気づく瞬間がくる。その時、あなたは自分の好みや欲望によって作られた凍りついたままの現実、つまり並行現実の中で快適に過ごしているが、社会の衝動からは隔絶されている。あなたはその瞬間から〈以前《アヴァン》〉について語り始めるのだ。そして新たに、それまで気づくことのなかったことに感情移入を始める。こうして、あなたは周りの人々を、あたかも差し迫った破滅の危険にさらされているかのように、懐かしそうに眺めるのである。しかしこの〈以前〉が自分の現在に留まり、同時に、すでに過去にも属していると感じるのは、自分自身がすでにわずかに過去に滑り込んでいるからである。もしあなたが〈以前〉について話すなら、同様に、あなたはあたかも自分とは関係がないものであるかのように〈今〉について話している、あたかもその〈今〉が見知らぬよその土地からやってきたものであるかのように、あたかもその〈今〉が生きているすべての人々にとっての共有財産ではなく、あなたにとって理解不能な他人に付与された特権であるかのように、〈今〉について話すのである。

美の束縛

オレリアンが四十歳になったばかりの頃に死んだ母親は美に対する嗜好――〈嗜好〉という言葉ではまだ弱いのだが――を遺産として残した。〈美へのこだわり〉と言った方がより適切かもしれない。穴の空いた屋根と傾いた壁を持つ不動産、あるいは時間が経つに連れて荷物になっていく物件、こうしたものを子孫に遺すのと同じように、彼女はオレリアンに美の教えを遺した。彼は直ちにその美が自分の一生につき纏い、その影響から逃れられないことを悟った。無論、彼自身の美しさのことではない。彼の容姿はむしろ平凡で、感じが良いというくらいなもので、そうではなく、彼を取り囲む世界の美しさのこと。

母親は彼が幼い頃からモノの美について考え続けるよう教育していた。刃物を研ぐように研ぎ澄まされた彼女の批評感覚は切れ味鋭かった。彼は五歳の頃にはすでに色の組み合わせや花束の色の調和、洋服のパターンについて、はっきりとした自分の意見を持っていた。その後、彼は素材の見分け方や美しい着こなしについて学んだ。もちろんそれは複雑なヒエラルキーと緻密なルールを持つ母親の趣味を当てはめているに過ぎなかったのだが。彼は美について趣味の良さを決定づける暗黙のルールを記憶していたが、それはただのルール以上に、ブルデューの「趣味とは、何よりもまず嫌悪なのだ」という絶対原則に従って、何よりもまず拒絶から始まった。彼はルールと感情をごっちゃにしていたのだ。

オレリアンは成長するに連れ、このルールをいったん身に着けると、才能さえあれば、これらのルールは乗り越えられるものであることを理解した。母親には明らかに才能があった。彼女は自分でそれを完璧に証明していた。洋服選びはいつも見事で、派手になることなく服を合わせる才能があった。上品さを失わずに、斬新な組み合わせができた。アクセサリーの身に着け方も素晴らしかった。毎日、新しいやり方で髪をまとめ、物腰は抜きん出て、彼女は部屋に入るのではなく、部屋に現れた。彼女は歩いているのではなく、滑ったり、浮いていたり、飛んでいたりした。滑らかさを表現し、努力を感じさせない動詞であればどれを選んでも良かった。オレリアンは彼女に魅せられていた。

長い間、オレリアンの趣味は母を観察することだった。本を読んだり、仕事をしたり、料理をしたり、静かに迷うことなく片づけしたりする姿を観察した。彼女の生きる姿。こっそり見ていたわけではなかったけれど、彼女はさして気に留めなかった。父親もオレリアンと同様、彼女の虜で、二人は時々大きなダイニングテーブルに座りながら彼女を観察したが、そこにこの神聖な生き物をじっと眺める以外の意図はなかった。

オレリアンの父親は後援者と思われていた。自分自身の芸術家であるこの女性の後援者、父親は彼女のことを心から愛していたが、その気持ちが双方向であったかどうかはオレリアンにはわからなかった。触れるものを片端から調和の取れたものへと変えていく錬金術師の女性を、父の人生に送り込んだのは神のお導きだった。それ以来、父親は彼女のすべての要求に応じ、リビングを〈オラクル・イエロー〉に塗り直したり、あるいは、牡丹の花で飾らなければならなかった。

この風変わりな家庭において大切なのは審美に関わることで、家族の幸せに直結していた。それは必ずしも容易なことではなく、時には避けて通りたくなるほどの重荷となった。彼は母の日にプレゼントしたパスタネックレス（子供たちが幼稚園などでつくるアクセサリー）がすぐにゴミ箱行きになったことを思い出した。「嬉しいけど、坊や、でも、私がこれをかけているところ想像できる？」彼はまた中学時代の友人を思い出した。友人は不幸にも魅力に乏しい近代建築のアパルトマンに住み、すこぶる優秀なインテリの両親は外観や内装のコーディネートにまるで関心がなかった。要するに見苦しかったのだ。あらゆるものがちぐはぐで、オレリアンの母はそこに行くたび、息子にこう言わずにはいられなかった。「目でも悪くなければ、あんなひどいところ、耐えられるわけがないわ！」だからと言って、オレリアンがその友人に対して感じていた友情や、彼の両親への親しみの気持ち——彼の優しい母親はブラウニーを準備してくれていた——が損なわれるものではまったくなかったが、いずれにせよ、この話題について、あまり神経質になりたくはなかったのだ。ある意味で、彼の鑑賞眼は母親の見かたに支配されていた。すでに取り除くことが不可能なウィルスのように、鋭い美意識に感染していたのだ。

　美は主観的であり、コンセンサスなど有り得ないという昔からある主張に対し、それは真実を見ようとしない態度だとする反論があった。誰もが夕日を前に恍惚となり、美しい人がいれば振り返り、名画に感動するということを知っていた。男性を口ごもらせ、女性の頬を赤く染める普遍的な美というものが存在すること、物事に階層をつけたがらないのは世紀の病であることを知っていた。ここでは共通の信念のもとに、個人と全人類を結びつける、美に関するカント哲学に負っている。美に対するこの共通認識は、社会における必須の前提があると主張されてきた。もちろん個々に感情は違うこと、自分だけが密かに美を見いだす甘美な感情があることはわかっていた。もちろん、人は同じ時に同じものに感動することは出来ないし、蓼食う虫も好き好き、好みは千差万別である。それでも、人は時々異口同音にその美を称えた。オレリアンの母にとって美を拒むことは世界の破滅に繋がった。

母親と同じように、オレリアンは美が四方八方から攻撃されているのを目撃した。最初に目につくのは、通りのバス停広告や店のショーウィンドゥ。それから車体デザイン、行き交う人々の服装、声、ラジオのスピーカーやテレビ画面から流出する音。いたるところで美は損なわれていた。インパクト、スピード、効率性が優先され、有用性、快適さ、安全性のために美は隅に追いやられた。母によれば、美は六〇年代に最盛期を迎え、少なくとも美意識についてはそれ以降退化し続けていた。これは多くの工業製品のプラスチック化や消費社会の到来、匠の技や伝統をなおざりにする新しさの台頭、利潤追求に支配されたグローバル社会の拡大と時期を同じくした。「オレリアン、わかるでしょ。これは抵抗の問題なのよ。私たちはレジスタンスの闘士なの」母親は言った。抵抗とは、つまり、エアクッションの爽やかなスニーカーがヨーロッパの若者たちの足を席巻していることの時代に、青いフランネルのショートパンツと、履き心地の悪い革のローファーを履くことを意味していた。抵抗とは、現代性を真っ向から否定し、時代遅れと罵られながら、クラスからつまはじきにされることを意味していた。抵抗とは政治なのだ。

彼は時々重苦しく感じたが、もし母という標準的な模範がなく、圧倒的なオーラを放ちながら彼女が学校から出て行くのを眺められるという恩恵に与れなかったとしたら、彼は早晩断念していただろう。

ガールフレンドを母に紹介することを思うと、オレリアンはぞっとした。何ひとつ見逃さず執拗に彼女を見る母の視線を想像した。彼は積極的な方ではなかったが、十九歳の時にその機が訪れた。マチルドという名の女の子だった。

彼はマチルドに好意を抱いていた。彼女は天真爛漫な自然体で、愛にまつわる様々なことを優しく手ほどきしてくれた。彼女は嬉しそうによく笑った。潑剌として感じが良く、繊細だった。アウトドア派で、パリを北から南までローラースケートで突っ走った。肉づきがよくセクシーで、少しふっくらしていた。彼女は下着姿のまま踊るのが好きで、目のやり場に困ったオレリアンは服を着るよう力なく言った。性的なことに執着の強い年頃で、彼女は時おり試着室や階段の死角に彼を誘い込むと、オレリアンが想像もしていない恩恵を与えたが、彼はそれをどう受け止めれば良いのかわからず、罪悪感を覚え、その行為に自分を解き放つことができなかった。彼女は恥ずかしそうにしているオレリアンを見るのが好きで魅力的に感じた。マチルドは彼の心が上からの力によって支配され、彼の意思が完全に自律しているわけではないことをすぐに見抜いた。母親が息子に与えている影響力の強さに気づくのに、関係を持ち始めてから数週間あれば十分だった。彼は自分の母のことを話し過ぎていた。「ママはたぶん気に入らないだろうな」といった不用意なフレーズをよく口にした。

違和感を覚えた彼女は母に会わせるよう頼んだ。しかしこれは、この年頃の女の子の年相応の関心事ではなかった。十九歳という年齢において、恋人の母などに正直関心はない。望んでいるのは、他人の目で見られることであり、人の目を通じて自分自身を発見し、見つめ直したいということだけなのだ。彼女たちが友達の輪を広げるのもまさにこのためだった。後先を考えず、家族となれば尚更だった。しかしこの見えない母親の存在がマチルドにつき纏って離れなくなり、この女性を知りたくてたまらなくなってしまった。オレリアンが感じている彼女の魅力を知りたかった。人生花盛りのマチルドは無敵の若さを誇り、彼の母親に挑む準備はできていると思い込んでいた。オレリアンは耐え難い不安を覚え、会わせるのを延期し中止させようとさえしていたが、そうしたところで、マチルドの好奇心を刺激するだけだった。オレリアンの不安をこんなにもかきたてる母親とはいったいどんな女性なのだろう?

彼女はフランドラン大通り沿いの優雅なアパルトマンの玄関を越えるとすぐ、目を見張るほど美しい女性の目に、自分が期待にかなわないことを悟った。説明は不要だった。ただそう感じ取られた。この面会に他の誰かが立ち会っていたとしても、特別な何かがあったとは気づかなかっただろう。育ちの良い二人の間の礼儀正しい会話、年の離れた二人の穏やかなやり取りくらいにしか思わなかったに違いない。しかしオレリアンの目からは景色がまるで違って見えた。母親の隣にいるマチルドは間抜けに見えた。直視できないほどに。彼女の溌剌さが突然、押しつけがましく、馴れ馴れしいものに感じられた。彼女の素直さは慎しみを欠き、沈黙を埋めるやり方が不器用だった。おしゃべりは軽く、うわっ面で浅はかに見えた。恐れていたことが現実になってしまった。彼女はここで自分が一体何をしようとしているかわからなくなった。しかしマチルドは愚鈍ではなかった。ここの何かが彼女を拒んでいたのだ。彼女は持ち前の魅力的な性格で雰囲気を和ませようとしたが、女性の凍りつくようなオーラ、わずかに見下すような態度から、自分がここに相応しくなく、ここにいられないことを悟った。マチルドは勇敢に振る舞ったけれど、自分の限界を感じ取り、泣き崩れる前に、待ち合わせがあるのを忘れていたと言ってその場から逃げ去った。オレリアンの母親は意見を口にするのを控えていたが、もう明白だった。その後、毎晩マチルドは絶望的なまでに無反応の電話の側でしゃくり声を上げながら、頬に涙して過ごした。オレリアンは電話をかけることができなかった。説明しなくちゃいけない。でもいったい何を説明すればいいだろう？　説明する意味はあるだろうか？　そんな感じだった。二人はもう二度と会うことはなかった。しかし若きオレリアンは教訓を得た。もう二度と自分の女性関係を母親の強烈な視線にさらすことはしない。

ロデオ

最初の事件以来、セルジュは監視カメラのビデオテープの抜粋をＤＶＤに焼いて、エレーヌのデスクの上にいくつも置いた。クラフト封筒にはメモ書きでひと言か、ほんの短い言葉が添えられていた。「叙事詩」「超絶喜劇」「ファイナル四つ星」「オリンピック金メダルに匹敵」エレーヌは毎晩仕事を終えると邪魔の入らないことを確認してからビデオ映像を見た。映像のことをしょっちゅう思い出し、やがて封筒が届くのを待ち、モノクロ映像に映る貴重なコレオグラフィーを観るのを心待ちにしている自分に呆れていた。

彼女は毎回映像に見惚れた。自動洗浄機の上の創造性豊かなオメロには驚かされ続けた。際立つ独創性とその技術。ナルシスト的な自惚れをまるで感じさせないところが好きだった。このバーレスク的な祝祭に捧げられたエネルギーは純粋なものだった。自分を取り囲む美に圧倒されたオメロはますます大胆になっていき、ひたむきで壮観なコレオグラフィーの賛歌を捧げた。

彼は少し前に自動洗浄機のペダルを固定する方法を知り、この発見によってコレオグラフィーの可能性の幅が大きく広がった。彼は今や馬の鞍に立つジンガロの騎士のように、革張りの椅子の上に立つことができた。ベルトにクリップ留めした旧式ウォークマンとヘッドホンを欠かさず、片方の足で立ち、もう片方の足はピンク色のフラミンゴのように折りたたんで、自動洗浄機はギリシャ＝ローマの神々の合間を駆け抜けた。彼は天使やナーイアス（水の妖精）との衝突を避けようと手のひらで大理石を優しく撫でながら寸前のところで方向転換した。最も印象的だったのは、彼が靴を脱ぎ、両手をハンドルにしがみつかせたまま、稼働中の機械の外側に身を投げだしてピカピカに磨かれた床の上を滑ろうとした時だった。マシーンに引っ張られたオメロは航跡から飛び出す水上スキーヤーのように、全速力で疾走する金属ボディに重心を近づけたり、遠ざけたりするような技を披露した。それから今度は片手を離して、相手に応じて威嚇して見せたり、友好的な身振りを示しながら彫刻に語りかけた。このように戦闘グループに対しては復讐心をむき出しにして挑発し、豊満なヴィーナスには次々と悩ましげなキスを投げた。

時々彼は前腕で身体を支えながら、両足を揃えて伸ばし、鞍馬の体操選手のようにコマックの座席を飛び越えて反対側に移った。自動洗浄機が強情な牛で、オメロが勇敢な闘牛士、まさに闘牛のようだった。エレーヌは不安で震えていた。技はどんどん過激になっていき、彼女の神経をすり減らしたが、彼女は演技に魅了され、ああ、と歓喜に沸き、おお、と驚愕の叫び声をあげた。

しかしエレーヌは彼をそのままにさせておくことはできなかった。セルジュが誰かに話してしまえば、彼女はこの舞踏会を止めさせなかったかどでポストが危うくなるだろう。彼女はセルジュが自分に恋心を抱いているのではないかと疑っていた。彼は良い思い出を残す方法として、言わばプレゼントを渡すかのように、映像の内容を彼女に知らせ、あれこれコメントすることに喜びを覚えているのは明らかだった。しかしセルジュが夕食に誘われるなどの見返りを待っているように思えて、彼女は複雑な気持ちだった。彼は嫌な奴ではなかったけれど、元彼のパトリックと同じように鈍感で、彼女はしつこくねちっこいユーモアセンスの男にはもうこりごりで、自分に向かないことはわかっていた。

いずれにしても、彼女は毅然とした態度を取らねばならなかった。この曲芸が作品に及ぼす脅威は現実のものだったからだ。状況が容認されるべきではないのだ。清掃員は彼女の警告を公然と無視し続けており、就業中ずっとおどけていた——きちんとしたやり方でないにもかかわらず、仕事は完璧になされていたにせよ。とにかく止めさせなければならなかった。事務所に呼び出したくなかったのは、前回の呼び出しがなんの効き目もなかったからだ。本音を言えば、彼の若々しい純粋さ、その存在から溢れる深い善良さに、心乱されることを彼女は恐れていた。オメロの上司に報告することもできたが、良心に照らして、解雇を望んでいたかどうか自分でもわからなかった。彼女は犯行現場を押さえに行くことにした。

　二十一時頃に事務所を出ると、彫刻展示室を覗いていくことにした。彼が機械の上に座って壁に沿って引かれた線を辿りながら作業に集中しているのが見えた。彼は彼女の存在を感じると頭を上げて微笑み、彼女は監視している最中に気づかれてしまったことに気詰まりを覚えながらも微笑み返した。

　十一月のある夜、彼女はようやく現場を押さえた。オメロは床の表面のワックスがけをするために室内の隅々を旋回した後、空間の中央に馬を進ませた。ウォークマンをいじって、しばし黙とうがあり、大きな深呼吸――ハイレベルなアスリートの深呼吸――をするとスタートさせた。本物はスクリーンで見るのと違ってずっと素晴らしかった。同時に、もっと不安になった。モニターで映像を見ていた時には、意識していたかどうかは別にしても、責任下の作品に被害が及ばないことがわかっていた。しかし今回は現場を目の当たりにすることで、自動洗浄機があちこちに動く軌道に恐怖を覚え、腹部が締めつけられた。

　カリアティードの柱廊玄関の前で、無表情な女像柱《カリアティード》と恐怖に怯えたエレーヌの眼差しの下、マシンは風に煽られ、竜巻に巻き込まれ、同心円状の渦の中で遭難した帆船のごとく、二輪で傾き急旋回した。

　激しい叫び声が展示室を突き抜けた。自動洗浄機は鈍い音を立てて車輪ごと後退し、オメロはすぐにヘッドホンを外した。深い本能に突き動かされたエレーヌは危険を察知した瞬間《子ディオニュソスを抱いたシレヌス》の前に駆けつけ、腕をクロスさせてそれを守ろうとした。時間が不意に止まった。二人の肉体は近くにある彫刻のように動かなくなり、彼女は彼の表情に動揺の色を読み取った。

「オメロ、約束したはずよ」彼女は囁いた。

彼は恥ずかしそうに頭を垂れた。

エレーヌはそれ以上何も言わなかった。ただじっと見つめていた。

それから、オメロはゆっくり立ち上がった。目を上げ、真っすぐ優しい眼差しでエレーヌの目をじっとのぞき込み、彼女に手を伸ばした。ためらい、時間が止まり、不安定な瞬間が訪れた。それから、エレーヌはそうしようと思ったわけでもないのに、彼の動作に自然と反応しているのに気がついた。二人の指が触れあい、背筋に震えが走った時、オメロはわざと約束を破ったのではないか、彼女がそれを見ることを知りながら、監視カメラという媒体を通じて祝典のすべてをわざと伝えようとしていたのではないかという考えがエレーヌの脳裏を過った。そもそも今、まさにこの瞬間も、監視室のＰＣ３で、セルジュは画面の向こうで腹をよじって笑っているかもしれなかった。あるいはただ単に眉間に皺を寄せているのかもしれない。でも、もう彼女にはどうでもよくなった。外は暗く、〈シュリー翼〉に人影はなかった。恋人のように、指先でわずかに触れ合いながら、オメロは彼女を自動洗浄機の方へと引き寄せた。彼は彼女を抱き寄せると、事務所でしたように、ヘッドホンを彼女の耳に当て、穏やかな表情で安心させながら、自動洗浄機を再びスタートさせた。

その時、彼女はこのスペクタクルがただ観られるためのものではないことを知った。体験されるためにあったのだ。いくつもの彫刻が二人の周りを旋回し、飛翔するヴィヴァルディの旋律は彫刻家の手に込められたありとあらゆる意思で彫刻に息吹を与えた。彫刻が息を吹き返す様子が、目まぐるしく動く二人の視界に映った。大理石の像は、彫刻家にインスピレーションを与えたモデルの弾力性を取り戻し、丸みを帯びた乳房は欲情した。腕は蔓のように腰に巻きつき、指は二人の抱擁をぎゅっと締めつけた。サテュロスは踊り、騒然とした牧神は顔をしかめ、アルテミスは雌鹿と並んで軽やかに駆けていた。ニンフとディオニュソスの巫女から冷たい視線を浴びたヘルマフロディトスはため息をつき、英雄〈瀕死のガリア人〉は太ももから流れる血をじっと見つめていた。シレヌスは母の優しさでディオニュソスをあやし、キューピッドはケンタウロスに必死でしがみつきながら、彼の後ろ脚蹴りが空ぶるのを見て笑った。そして〈苦悩するマルシュアス〉の最期のわずかな息吹が突き出た肋骨を震わせる時、アポロンに皮を剝がされる運命にある、ずぼらで大きなトカゲはまだ何も知らずに幹の上を這っていた。

オメロは展示室の中を巧みに移動した。エレーヌの方へ何度も顔を向けた。彼女は彼の肩に頭を置き、頰には涙が伝っていた。

翌日、デスクの上に封筒が置いてあった。クラフト紙の上に直接大文字でコメントが書かれていた。

〈Xランク〉

黄色い水仙の花の女の子

彼女が初めて彼の前に現れたのは眩い二十代のこと。ソルボンヌ校舎前のベンチの背もたれの上に座り、二人の友だちと話していた。そよ風が黄色いプリーツワンピースを着た彼女を水仙の黄色い花びらのように可憐に見せていた。彼女は満面の笑みを浮かべ、口もとから顔全体で笑った。目、頬骨、鼻さえも笑っていた。彼が彼女をぎこちなく見つめると彼女が微笑み返してくれているように思えたが、確信があったわけではなく、彼女は大きな声で会話を再開した。

その後、彼は知り合いのいないサン＝ジェルマンのパーティーで彼女に偶然再会した。アパルトマンの壁は木炭で黒ずんでいた。天蓋付きベッドが部屋の真ん中に置かれ、最もクールなゲストたちが争奪戦を繰り広げていた。アヴェドン（ニューヨーク生まれの写真家）やパオロ・ロヴェルシ（イタリア、ラヴェンナ生まれの写真家）の巨大なプリントが直に床に置かれ、壁に立て掛けられていた。わざわざ壁に吊るす必要もなかった。そこはまさに彼が想像していた通りのサン＝ジェルマンのアパルトマンだった。平米当たりの法外な価格により実現した、適度なボヘミアン・スタイルの中で、酔っ払うか、あるいは、ブドウ判（五〇×六五センチ）に描かれた物憂げなオダリスク（ハーレムで奉仕する女奴隷）の曲線をなぞるための場所。彼はどうやってここに来たのか？　彼を連れて来た友人はフレンチキスの相手の女の子をすぐに見つけると、ウィスキー・コークと一緒に彼を残していった。その時、彼女が目の前に神々しく現れたのだ。夏のドレスを着て、見事な美脚をしていた。彼はすぐにあの黄色い水仙の花の女の子だと気がついた。彼女がライターをお願いすると、彼はたまたま後ろに置いてあったディプティックのイチジクの香りのキャンドルを手に取り、しばらく一緒にいたかったので、喫煙者でなかったものの、彼女からタバコをもらった。質問をいくつかすると、彼女はジャンヌとクロエの知り合いで、向こうにいる革ジャンを着たアレックスのことも知っていた。あなたは？　そう聞かれた彼は二、三人の名前を口からでまかせに言ったが、タバコの煙でむせ込み、咳き込んだ。彼女は咳を鎮めようとグラスを差し出すと、彼は渋みの強い赤ワインをひと口飲んでグラスを返した。それから彼女は彼の唇のすぐ近く、唇の端にキスをして立ち去った。彼はあまりに混乱していて、彼女の名前を聞くのを忘れていた。

長い間、彼はあの唇の端のさりげないキスが忘れられなかった。彼は共通の友だちを口実に、彼女とプラトニックな関係を続けた。彼はあちこちで乏しい情報を集め、いくつか小さな手がかりを得、クレールという名前を突き止めた。クレール、その名が気に入り、彼はその名を繰り返した。彼女に話しかける日がいつか来ることを期待しながら言葉を洗練させた。関係を発展させるチャンスはきっと来るはずだ。その日には準備が出来ているだろう。しかしそんなチャンスが都合よくやってくは来なかった。自分から電話番号を聞くことも出来たのではないだろうか？　彼には出来なかった。内向的で優柔不断、最初の一歩を踏み出そうとすると身がすくんだ。今の状況であれば、あらゆる可能性が開かれていたのだ。

仕事を始めると、彼は自信を持つようになっていった。彼は自分が好かれることを知り、特別な努力をしなくても女性が彼のもとへ近づいた。そのうちの何人かと関係を持ったが、いつも長くは続かず、満足のいくものではなかった。理想に縛られ過ぎだと相手から非難されたが、その批判が的を射ていないわけではなかった。彼にはまだどこか期待しているところがあったのだ。

そして、もうあのことに過剰な期待を抱かなくなっていた頃、人生から思いもよらないプレゼントが贈られた。三十八歳になったばかりの彼は初めて大規模な展覧会『完全無欠なデル・サルト』展を開催した。それまで一緒に展示されることのなかった作品を集めるのに四年を費やした。彼は彼女が自分の方へ近づいてくるのがわかった。作品に夢中な彼女は頭を傾げ、わずかに顎を上げていた。数々のイメージが洪水のようにどっと押し寄せ、首に沿って熱感が広がり、息が短くなり、オレリアンはそれらが不快感に変わる間際でその場に固まった。十五年という歳月を経ても感情は少しも衰えておらず、即座に蘇り、差し迫り、燃え上がった。十倍になって。

姿を消すという選択肢もあったはずだった。脇に一歩寄ればそれで十分だったし、作品に没頭していた彼女は彼に気づかなかったはずだ。しかし硬直していたオレリアンは動かず、彼女は文字通り彼にぶつかった。「クレール」、声がもれた。彼女の名前が口からこぼれた。彼女はそう声をかけられても珍しいことではないかのように、驚いた様子は見せなかった——彼女が持つ美しさの特権なのかもしれない。彼は彼女の記憶を呼び起こそうとしたが、好奇心旺盛な若い女性ジャーナリストにつかまってしまった。クレールは自分のことを知っていると言うこの男が、目の前に見えているものと、見えていないものをとても正確に説明するのを不思議な思いで見ていた。解説は的を射ていた。記念碑的な完璧な構図、ヴェネチア派の眩いばかりの色彩、繊細な表情、レオナルドから借用したスフマート技法（輪郭線をぼかして立体感を表現する技法）——しかしより顕著に——、写実的な細部の描写、そしてさらに際立つのが明暗法の明らかな使用である。この作品は専門家だけにそれとわかる隠された秘密を明らかにするのではなく、逆に、デル・サルトの普遍性を示すものだった。女性ジャーナリストもクレールと同様に魔法にかけられ、モレスキンの手帳を夢中で黒く塗りつぶしながら学芸員の説明を貪るように聞いていた。クレールはレセプション《ヴェルニサージュ》の喧騒の中、二人の会話をよく聞こうと本能的に近づいた。彼女はもう彼から離れたくなかった。オレリアン自身、このパーティーがこれ以上ない絶好のチャンスであることに気づいていた。控えめな態度から一転して、彼はクレールの腕を取ると、ジャーナリストをその場に置いたまま、残りの展示を一緒に見てまわった。彼は絵画を巡る、生まれながらの才能と目を見張るような熱意を総動員して作品について熱弁を奮った。彼女は彼の言葉の虜となり夢中になった。そしてデル・サルトが描くすべての聖母《マドンヌ》のモデルとなった、画家の最愛の女性ルクレツィア・デル・フェデの美しい表情を見せられた時には心を震わせた。画家はルクレツィアのためにフランス王の願いを放棄した。クレールはしばらくの間、この若い女性の暗く、どこか陰のある眼差しを見て立ち止まり、画家が眩暈を起こすような宮廷生活よりも彼女を選んだことを難なく理解した。

彼女はオレリアンのことを覚えていなかった。でも、そんなことは気にも留めなかった。彼は祝福に駆けつけた大臣にクレールを紹介し、続いて芸術愛好家として知られる歌手に紹介した。忘れられがちな画家に脚光を浴びせた功績を称えようと人が次から次へと彼のもとへ訪れた。彼は画家を蘇らせたとあちこちから称賛された。二人の周りでたくさんの顔がぐるぐる渦を巻き、もはや誰が誰だかわからなくなっていた。パーティーの間、二人は皆の注目の的となり、光を放った。大勢が二人に向かって押し寄せ、彼女は身体を彼に密着させた。会場を後にする時、オレリアンはピラミッドの足元まで彼女に付き添った。そして携帯番号を交換した。彼女は急いでメモした。夫が待っていたから。

彼女の夫。

パーティーの成功は失望感で台無しになり、喜びは無意味になった。あたかも窓を開き、光り輝く地平線を垣間見せられたかと思うと、ひと言で、たったのひと言で、突然、目の前で窓がぴしゃりと閉められたかのようだった。彼は彼女の夫の存在に気づけなかった自分に腹が立った。結婚指輪をしていたはずなのに、絶好の機会に気を取られるあまり、見落としていたのだ。

携帯に殺到する祝福のメッセージにも、彼にしては珍しく尊大な態度でざっと目を通すだけだった。彼女からは数行の短いお礼のメッセージが届いたが、何の役にも立たなかった。彼は丁寧に返信を打った。

数年後、彼女が夫のもとを去った時、あるいは夫が彼女のもとを去った時——どちらなのかオレリアンには見当もつかなかったが——、彼女から連絡があった。彼はサン＝タンヌ通りの日本食レストランの夕食に彼女を誘い、自分でも驚くほどの思いつきで、パラッツォ・カッファレッリで開催されるフラ・アンジェリコの展覧会を観にローマへ行こうと提案した。

振り返ってみれば、あれは偽りの約束だった。ローマ滞在のことではなく、あの衝動と熱意が偽りだった。自分らしくなかったのだ。彼女はすぐに気づくだろう。いずれにせよ、数日後二人はオルリー空港で再会し、オレリアンは機中でどうしたらこんな偉業が達成出来たのかと自分でも不思議に感じていた。

宮殿巡りからアイスクリームの露店まで、即興の建築探訪からチルコ・マッシモ周辺の歴史復元に至るまで、二人の逃避行は観光案内のプロモーションビデオのようだった。彼は思春期を迎えた少年のように興奮気味に廃墟や教会を案内した。彼の魅力的な情熱の虜になった彼女はパラティーノの丘で、ブルネレスキとドナテッロが研究のために羊の群れに混じって彫刻を素手で掘り起こしたという逸話を聞いた。二人はトラステヴェレ郊外でフィナーレを迎え、キャンティとローマの空気に酔いしれながら、照明に照らされたレストランのパーゴラ（テラスの上部に組む蔓を絡ませた棚）のもとでキスをした。ローマは成功だった。四ヶ月後、彼女は彼の家へ引っ越した。四十を過ぎると恋物語の展開は時間を無駄にしなかった。ゲストルームとメザニン付きのアパルトマンはクレールの十代の二人の子供、セザールとゾエが隔週で住むのに十分な広さだった。

こうしてオレリアンは黄色い水仙の花の女の子を摘み取った。ある勘違いのもとに。彼は意図せず彼女を欺いてしまった。彼女自身だまされたままでいたかったのかもしれない。彼は自分が装っていたのとはまるで違う人間だったのだ。衝動的ではなく思慮深く、冒険家ではなく出無精だった。彼は規則正しい生活を望んでいた。

あれから約十年が経ち、オレリアンが二人の関係に抱いていたイメージは徐々に現実から乖離していった。彼の心の中にはまだ若い頃の二人の姿が理想として残っていた。ローマで過ごした数日間の二人の軽やかな姿が。しかし、もうすべてが遠くにあった。二人の関係が、遠慮のない言葉のやり取りや、互いを軽蔑するような態度に変わっていったというわけではなかった。二人はもう一緒にいなかったのだ。というよりも、もう一緒に歩んでいなかった。いや、それもまた違う。二人は同じ屋根の下に住み、食事や友人、ベッドさえ共有していたが、別々の道を歩んでいたのだ。方向性の違いという以上に——人生も半ばになると、その行きつく先がよりはっきりわかるようになる——、二人の居場所《トポロジー》の問題なのだ。つまり、クレールは退屈さから逃れようと様々に手を尽くすタイプだったが、オレリアンは美術館の沈黙の中で、気に入りの作品と一緒にいることでしか幸せを感じられない人だった。

気落ち

オレリアンはアパルトマンの玄関ホールで自分の姿が映っていることに気がついた。彼はまだ若者と間違えられる中年男性だった。このつかの間の状態を、自分でわかっていた。数年も経つと、自分の年老いた顔に、かつてそうであったはずの若者の徴《しるし》を見いだすことさえ不可能になる。白髪交じりのこめかみはやがてすっかり白くなり、眉間の皺は絶えざる心配ごとの痕跡を額に刻むだろう。表情に見られた元来の明るさや若々しい無邪気さは年が経つに連れて失われ、この肉体的な衰えが性格に影響を及ぼして不愛想になっていくのか、それとも、この老化現象の根本にあるのが気持ちの変化なのか、彼にはよくわからなかった。

振り返って考えてみれば、六年前に絵画部門のディレクターに任命された時から、正直に言って、気持ちは落ち始めていた。学芸員として働いていた間は刺激的な研究と、人との出会いに夢中になり、充実した時期を過ごした。関わる範囲が広がっていくことで美術館の見方も変わっていった。しかし新たな責任と管理上の負担が情熱に冷水を浴びせた。同時に、新たな任務に伴う政治的側面が彼を疲弊させたのかもしれない。ルーヴル美術館は国の延長線上にあり、文化の執行官であり、外交の道具であり、そのため必然的に権力闘争の舞台だった。その熾烈さと水面下の動きは彼の理解を超えていた。しかし、それですべてが説明し尽くされるわけではなく、彼の苦悩はもっと深いところにあった。

マーケティングの影響や、新たなデジタル技術の活用による抜本的な変化よりも、もっと気になることがあった。それは絵画作品を理解する手がかりが失われつつあったということだ。描かれた主要テーマは聖俗どちらにしても、現代人の関心からはほど遠いところにあった。古代の寓話や登場人物の多くは謎のままだったが、その謎は退屈な謎であり、ウィキペディアで検索するほどの関心もなかった。ホラティウス兄弟が何者であり、兄弟の誓いの本質がなんであるかを知る者はほとんどいなかった。継続的な世論調査では、宗教という巨大市場において無神論が大きなシェアを占め、美術館のガイドは学生グループ相手に、洗礼者ヨハネとは何者か、時にはイエスやマリアについてさえ、説明しなければならなかった。要するに、前提となる基準がわからなくなっていた。オレリアンが、エジプト美術の宇宙論や儀式について無知なために、それに感動することがないのと同じように、現代人は絵画の単純な美的評価を越えようとするが、ほとんどの場合、作品がどんなに美しくても意味を欠いたままだった。それはあたかも、この芸術、つまり彼自身の関わる芸術が、世界を説明する力を少しずつ失っているかのようなのだ。

　心配し過ぎる必要はないと言われた。紀元前四〇〇年のソクラテスにしたって社会の崩壊を嘆いていたのだから。人々がローマ数字を読むことができなくなったら、アラビア数字に置き換えれば良い。よりいっそう歴史的背景を伝えたければ、キャプションを拡張していけば良いのだ。スマートフォンのアプリケーションは目覚ましい教育的な役割を果たしていた。ネットワーク上ではインフルエンサーが宣伝媒体として新たな可能性を示し、多くの人に呼び掛けていた。ラテン語を惜しむ必要もない。これが世界の流れなのだ。

　しかし、この変化が彼を悩ませた。もはや人と触れ合うツールを持ち合わせていないかのように、伝えようとする気力が薄れていた。さらに言えば、美術館に向けられる新たな視線が気になった。マイノリティへの冒瀆や迫害、家父長的な抑圧や男のまなざし《メイル・ゲイズ》ばかりをクローズアップする視線が現れた。彼は永続的支配システムにおいて芸術が果たしてきた役割を否定しなかったし、美術館のイデオロギー的側面、つまり美術館にはしばしば権力者に与する側面があることに異論はなかったが、彼は物事をより大局的に捉えていた。賠償の必要性は感じなかった。それはあくまで昔の話だった。しかし美術館はオレリアンの思いとは裏腹に、彼が苦手とする政治闘争の舞台となった。情熱は徐々に失われ、時には落胆して、打ちひしがれた。ノスタルジーを出来るだけ頭から振り払おうとしたが、それは彼をひどく暗い気持ちにさせた。

エルナニ（ユーゴーの悲劇『エルナニ』に端を発したロマン派と古典派の激しい論争）

集まった人々が〈国家の間〉に入るとざわめきが起こった。彼らは《モナ・リザ》の前の空間中央に弧を描くように並べられた折りたたみ椅子に腰を掛けた。ガラスケースの近くに立っていたオレリアンは参加者たちの反応を観察した。ある者たちは天を仰ぎ、ある者たちは「やっぱり」と次々に口にした。オレリアンは彼らをじっと見つめていた。

船を降りてもなお自分を船長だと信じ込んでいる前任の絵画部門の元ディレクターが二名、震える手と白内障が原因で引退を余儀なくされた高名な修復士が数名、国際協力という名のもとに派遣された海外施設の学芸員が二名、加えて、レオナルドの研究者、美術史家、大学教員が数名、こうしたルーヴル美術館の〈仲間たち〉二十名ほどが集まり、修復という厄介なテーマを検討する任を負った。参加者はそれぞれに顔見知りだった。

彼らは招集の理由を知り、腰を抜かしていた、と言っても過言ではないだろう。《ラ・ジョコンド》の修復話は定期的に浮上しては消えていく海へビ（話題が乏しい時の埋め草）のようなものだったが、これが非公式の議題でなく、こうして公式会議で検討されるのは初めてだったのだ。もうこのことだけで十分に刺激的だった。会場は和んだ雰囲気だった。専門家たちは遊び心から冗談を交わし、休館日である火曜日に、ワクワクするようなメンバーたちの間に身を置きながら、作品に対面できるという特権に酔い痴れた。美術館側は彼らに守秘義務のための機密保持契約書にサインさせたが、オレリアンは彼らの様子を窺いながら、この約束が守られるのは難しいだろうと感じた。

ダフネは見開き二ページの掲載を予定していた『タイム』のインタビューに応えるために会議には出席しておらず、司会を務め、議論をまとめていけるのはオレリアンただ一人だった。しかし、今回の任務にはルーヴル美術館の協力機関であり、シグリッド・アンベールが所長を務めるフランス博物館修復研究センター、通称C2RMF（*Centre de recherche et de restauration des musées de France*）のサポートがあった。

オレリアンは参加者を一人ずつ紹介し、簡潔に現在の状況を説明した。今日、ここに皆さんに集まって頂いたのは当館から《ラ・ジョコンド》の修復について検討要請があったからです。声のボリュームが一段上がった。もうすでに手を挙げて自分の意見を述べ始める人も出てきた。オレリアンは参加者の気持ちを鎮めた。この委員会の目的は、まさに今日お集まり頂いている著名な専門家の皆さんの意見を伺うことにあり、すべての意見を検討していくつもりでおりますが、まずは会議の構成と今までの経緯をご説明させて頂きます。

彼はプレゼンテーションを続けた。CAMPの結論や修復作業を正当化する経済的な動機に関する説明は控え、あくまで絵具層を鑑定するという立場から、誰もが知っていることを繰り返すに留めた。ニスの酸化によって絵の色は元の色調から離れていきますが、オリジナルの色に再び近づけようとすることは検討に値することだと思います。

C2RMFのメンバーが《モナ・リザ》の診断記録を参加者に配布している間、シグリッドはこのレオナルドの傑作が多くの絵画と同様に、長年に亘ってニスの塗り直しを繰り返し行ってきたことを短い言葉で想起させた。それは多くの場合、モデルの細部を確認したいという模倣者《コピスト》の要請から行われており、古いニスの上に新しいニスの膜を塗ると一時的に透明度を回復させる利点があった。このプロセスは〈再生〉と呼ばれ、これはティツィアーノというよりはロレアルのクリームを彷彿とさせた。ただ、新しい層もまた酸化のプロセスを避けられず、今度はそれが不透明で黄色い膜となり、更なるニスの上塗りを必要とした。このようにして《ラ・ジョコンド》にはシェラックや樹脂を使った様々な配合によるニスが何層にも重ねられ、変色し、モデルの女性は暗い霧の中へと沈み込んでいった。

シグリッドは研究室で行った分析の概要を説明した。断層撮影法の多様な技術により素材に触れることなく、塗料を玉ねぎのように剝がし取り除いていくことで、絵を構成するすべての層を明らかにすることが可能になった。それは作品の着想や歴史について貴重な情報を提供してくれたが、その外観について何か新しい展開をもたらしてくれるわけではなかった。つまり、ニスは黄色いままで、問題はそれを取り除くかどうか。


熱風が展示室を吹き抜け、ささやき、頷き、しかめ面、そして抑制された感嘆の声がざわめきとなって聞こえた。オレリアンは参加者に向かって、防犯ガラスケースが特別に外された絵の近くに来るよう促した。防犯ガラスケースが外されるのは、原則年に一度、湿度と温度のセンサー点検時に限られていた。しかし、ある年、この儀式がオークションにかけられたことがあった。八万ユーロという少なくない金額で北京の富裕層がこの権利を勝ち取った。稼げるところで稼ぐのだ。

ばらけたクラスのように、鼻息を荒くした何人かのグループが作品の前に集まった。オレリアンは絵の右側に立ち、専門家たちは二人ひと組になって、ニスの酸化やひび割れ、誰もが知る周知の事実を間近で確認するために順番に作品に近づいた。オレリアンは何度も絵から数ミリのところまで指骨を向ける不謹慎な人差し指を手のひらで払い落さねばならなかった。それから参加者たちは自分の意見を大声で伝えたい気持ちをぐっと抑えながら元の席へ戻っていった。

絵画部門の前ディレクターのアンドレ・メスクランが敵対心を露わにした。彼はたとえわずかであっても修復プロジェクトに直ちに反対する、と気持ちを堪えて説明した。任期中はそんなことにならないように細心の注意を払っていたし、そんな火遊びはとんでもないことだ。彼は怒りを鎮めようと深く息を吸い込みながらゆっくり話をした。彼の憤慨は想定内のことだった。アンドレ・メスクランは美術館を辞めてからというもの、部門がやることなすことすべてに対して一貫して反対の姿勢を示してきたのだから。口火を切ったこの反対声明が集会を激しく動揺させ、次々と反応を引き起こした。小グループごとに活発な意見が交わされた。議論は熱くなり、会場の雰囲気に変化が起きた。

アンドレ・メスクランの前任者ジャン・ヴァノーは自分の後継者に対して多くの組織に見られる暗黙のルールに従って、オレリアンに対するのと同じ敵意を感じていたが、驚いたことに彼はメスクランの支持にまわった。

「今回だけはメスクランの意見に賛成だ。《ラ・ジョコンド》に着手するなんて無責任にもほどがある。これは我々のものじゃない！ 我々はただ預からせてもらっているだけで、そもそも共有財産なんだ。八十億の人々の。それから、この地球上で我々の後に続く世代、何十億もの未来の人々の資産なんだ。我々はただこの値段のつけようのない財産の保証人に過ぎない。この修復プロジェクトにはなんだか思い上がりを感じるよ。そもそもまったく必要ない。《モナ・リザ》は危険な状態でもないんだから！」

「その通りです」予期せぬサポートにしばし呆気に取られていたメスクランが加勢した。「どれだけの宣伝効果があるのか知らないが、怪しげな理由から作品に手をつける悪癖は正さないと！ 美容手術と興行目的の打ち上げ花火は当然ストップだ！ 《ラ・ジョコンド》に修復は必要なし！」

メスクランの白髪の巻き毛が月桂樹の王冠のように、真っ赤な顔の前に下りて興奮で震えていた。

オレリアンは二人の意見に賛同しながらも同調することは控えていた。立場上、中立性が求められていた。重い沈黙が流れた後、不協和音はよりいっそう激しくなった。「私たちに求められているのは行動すること！　何を望んでいるんですか。彼女に辺獄《リンボ》の中へ姿を消して欲しいとでも思ってるんですか？」部屋の奥から元部門長の二人に向けて声が発せられた。

他の人の声が次々に上がった。「判別不能！　もう見えないよ！」

「黄色だよ！」

「緑色だよ！」

「こんな状態で作品を展示していること自体が恥ずかしい！」

声のボリュームがさらにエスカレートしていった。オレリアンは何とか状況を落ち着かせ、会話を成立させようとした。

今度はヴァノーか、あるいはメスクランのどちらかが叫んだ。「皆さんが嘆いておられるこの姿は《ラ・ジョコンド》の歴史的な状態です！」

「レキ・シ・テキ！」もう一方が言葉を繰り返した。

「彼女はずっと前からこうだった！」

「レオナルドに色は必要なかった！」メスクランが言葉を吐くと、ヴァノーは同意のしるしとして大きく頷いた。

二人の間には知らぬ者のいない長年に亘る憎悪があった。憎しみ、嫌がらせ、致命的なスキャンダル、誹謗中傷の数々。しかし今こうして二人が共通の大義のもとに結束する姿は人の心を温かくさせた。それは人間の条件に対する神聖な希望ですらあった。

二人の依拠するところは紀元前のヘロデ大王まで遡った。『博物誌』の中で大プリニウス（古代ローマの博物学者、政治家、軍人）はインドから届いた新しい顔料の登場を嘆き、色彩範囲の拡大が絵画芸術の衰退の原因であると述べていたのだ。大プリニウスによると、傑出した画家は色彩に頼らず、灰色だけで十分に才能を発揮することが出来る。このことの正しさを証明しようと、大プリニウスは当時の最も偉大な画家であり、抑制の利いた色彩の信奉者であるコス島のアペレスを例に挙げた。アペレスとレオナルドはその天才性と未完癖などの共通した特徴を持っていたために、大プリニウスのアペレスへの見方が自然とレオナルドへの見方に置き換えられた。ボードレールも「深くて暗い鏡」と表現していた。しかしこの評価は当たらなかった。というのも修復作業を通じて、レオナルドの色彩の豊かさが発見されていたからだ。レオナルドの『絵画論』からも彼自身色彩を重んじていたことがわかる。加えて、近年、レオナルドと同時代のアトリエで複製されたプラド美術館所蔵の《ラ・ジョコンド》の調査により《モナ・リザ》の本来のニュアンスを伝える鮮やかな色調が明らかになっていた。しかし、オレリアンは敢えて沈黙を保ち続けた。

混沌とする中、儚げな人影が立ち上がった。集まった人々は委員の最高齢である著名な女性修復士に気づき、大先生に遠慮して静まった。「紳士淑女の皆さん、親愛なる同胞の皆さん——身体はとても小さかったが、声は〈国家の間〉によく響いた——、ここにいらっしゃる皆さんすべてがご承知のように、レオナルドの難しいところは、独自のスフマート技法を実践するため、ほんのわずかに色づいた、とても薄いグラッシ（極度に薄められた絵具、またはその絵具を塗り重ねた層）を用いている点です。《ラ・ジョコンド》はこの技術を駆使した最高峰の作品です。ニスを溶かせば、その下のグラッシを一緒に溶かしてしまう危険があります。ニスの膜を取り除きすぎると色彩情報を失い、グラデーションを硬化させ、繊細なディテールが消えてしまいます。絵具層を完全に変質させてしまう恐れがあるのです。こうしたことが、今までこの作品への介入を控えていた理由です。今は違う、とでも言う根拠があるのでしょうか？」

場内がさらにざわついた。技術は進歩しています、と反論の声が上がった。ジェル状の溶剤が表面に残ることで、ニスの急激な溶解を防ぎ、作業を適切にコントロールできるようになっています。

それに、現代のテクノロジーでは残存するニスの層の厚みを正確に測ることもできる。定期的に測量を行えば、致命的なミスを防ぐことができ、ほぼリアルタイムで調査ができるんです。この考え方は特に説得力があるように思われた。C2RMFの記録には四〇から七〇マイクロメートルとの記載があり、さらにその下層ではそれ以上の値が記載されていた。グラッシに到達するまで余裕があった。加えて、委員会の存在があった。委員会メンバーはニスの溶解過程を注意深く監視することになる。いいや、本質的な問題は審美的なことなのだ。修復の必要性に疑問を持たない者は次のような質問を投げた。どのような結果を得るために、どこまでニスを薄くしないといけないのか？不透明で薄暗い黄緑色に代わって、輝く明るい色彩に溢れる作品を目の当たりにする心の準備は出来ているのか？

「ニスは色を調和させ、コントラストを和らげ、様々な構成要素を一貫性のあるものに仕上げます！　ニスはアルベルティ（初期ルネサンスの建築家）の繊細さ《フィネストラ》を可能にするのです。ニスが無ければ、絵はただ生々しく、どぎつい素材にすぎません！」

「まったくナンセンス。何も見えないじゃないか！　ニスを除去しなくては！」

その後もアレコレと続いた。

再びメスクランが話し始めた。役割と責任、使命と継承、古代ピラミッドと人間の儚さ、年配女性の気品、保護者の愛、父性愛、そう、彼が語ったのはまさに作品への父性愛だった。それから時代を揺るがす恐ろしい大混乱について、指標の喪失、新しい世代の常軌を逸した思い上がりについて話をした。彼はエンターテインメント社会の飽くことを知らぬ眼差しを厳しく批判し、ウォーキズムやキャンセル・カルチャーについても矛先が向けられた。彼の話はやや難解だったが、才気煥発、演説はアイディアからアイディアへと次々に飛び移り、絵画分野を越えて対象範囲を大きく拡大しながら、現代の怪物と戦うために、過去の勇ましい英雄ユイスマンスとペギーを蘇らせ、鋭利で雄弁なモノローグは生き生きとうねりながら川の流れのように展開した。彼はさらに、傲慢な虚栄心や、まがい物の金の子牛（旧約聖書の『出エジプト記』に登場）について描写し、危うく神まで引き合いに出しそうになったがかろうじて自制した。その代わりに、かつてのルーヴル美術館館長ローザンベールに触れたが、それはほとんど神を引き合いに出すに等しかった。「彼の時代であれば、とうてい思いもよらなかったはずなのに！」、このセリフはすでに起きてしまったことを悔やんでいるように聞こえた。そして最後に彼は締めつけられたような声で嘆願した。「友よ、私は聞きたい……なぜ変えるんですか？」ここで彼が話していたのはもはや《ラ・ジョコンド》に限った話ではなく、もっと広い範囲に及ぶもの、それは彼が知り、愛していた無数の事象と関係していた。子供の頃の甘い記憶、プロヴィダンスの小学校、大きなマロニエの木陰でのビー玉遊び、父親のダブルのスーツ、高級車ファセル・ヴェガの美しいボディライン、女の子たちの無邪気な笑顔、接続法半過去、変化の風に吹かれて消えて、今は懐かしい愛すべきすべてのこと。「なぜ変えるんですか？」彼は繰り返した。それはもはや《ラ・ジョコンド》に限った話ではなく、そうではなく、世界全般に関することだった。すると、押し寄せる感情で声を乱した彼がすすり泣いているのに気づいた。メスクランはノスタルジーの重みで崩れ落ちた。彼は今、捨てられた雛鳥のように見えた。華奢な首の喉仏が素早く動き、肩は小刻みに震えていた。メスクランの率直さがヴァノーの戦意を喪失させ、彼を励ましたいという猛烈な欲求が沸き起こった。ヴァノーは寛容にも数十年に及ぶ諍いを気にも留めず、ぎこちない優しさで後任の背に手を当てた。

委員会はしばし呆気に取られ、オレリアンは合意形成のために挙手による投票を提案した。会場は凍りつき、彼はこのままの状態が永遠に続くことを願った。しかし、恐る恐る指が一本上がると、今度は別の指が全体的な動きを引き起こし、やがて最終的にはほぼ全員が手を上げる結果となった。メスクランとヴァノーは同時に勢いよく立ち上がると、遠ざかりながら、しばらくの間、〈ドゥノン翼〉に足音と罵声を響かせた。「冒瀆だ。ひどい傲慢。めちゃくちゃだ」

オレリアンは、当館は《ラ・ジョコンド》の修復を望む皆さんの声をしっかりと受け止め、近々に会合をまた開きます、としぶしぶ締めくくった。彼はこの結果に影響を及ぼすこともできたかもしれないが、専門家たちの保守性を信じ、成り行き任せにし過ぎていた。見込みが甘かったという他ない。会場を後にする時、どこからか、最終的な責任は溶剤に浸した綿棒を扱う手にあるだろう、と言う声が聞こえた。

オレリアンが〈ナポレオン・ホール〉に入ると、《サモトラケのニケ》の下でロングドレスを着たダフネが『タイム』の記者に注視される中、写真撮影をしているのが見えた。館長はまんざらでもない様子だった。メイクアップアーティストとスタイリストが無駄のない機敏な動きで彼女の周りを動いていた。スタッフが髪をなびかせようと扇風機を彼女に向け、風量の調整に四苦八苦している。カメラマンは相反する指示を出し、二人の研修生はソーシャルネット用に携帯でメイキング動画を撮影していた。オレリアンはそっとグループを迂回してカルーゼルに出ると、エスカレーターを上がり、リヴォリ通りに出た。

ファロー&ボール

帰りのバスの中で、オレリアンの視界が突然かすんだ。見えない万力で胸郭が圧迫されたかのように喘ぎ、息が切れた。大粒の汗がこめかみを伝って足元に落ちた。手すりにしがみついていると、乗客が異変に気づいて、サン＝ジェルマン大通りのどこかで降りるのを手伝ってくれた。ベンチの上で意識を取り戻した。夜になって雨が降り始めると、車のヘッドライトが地面に反射してぼやけて伸びた。歩道では人影が身を屈めながら夜道を押し分け、温かい家族が待ち受けている我が家へと急いだ。ホームレスが近づいて来たので立ち上がると、罵声を浴びながらその場を離れた。歩いてアパルトマンに帰ることにした。夜の染みるようなキスを頬に感じられるのが心地良かった。

雨に輝くパリは美しく、愁いを帯びていた。気持ちが落ち着き、呼吸は少し楽になっていた。彼は今でも街の魅力に敏感で、期待通りのステレオタイプな街の姿に情緒を感じている自分に驚いた。ムッシュー＝ル＝プランス通りを進んでエドモン＝ロスタン広場まで歩き、そこからマルブランシュ通りに入った。アパルトマンには誰もいなかった。コートも脱がずにそのままリビングの肘掛け椅子に倒れ込んだ。冷めた視線を空間に泳がせた。彼はもうここがどこだかよくわからなくなっていた。

クレールがここに引っ越して来た時、ここはあくまで仮の住まいにして、もっと自分たちに合った場所を探しましょう、と彼に約束させた。その時の彼は力なく頷いたが、本心ではなかった。この界隈が好きだったし、他のところに住んでいる自分を想像できなかった。クレールが引っ越してきた頃のアパルトマンは本で溢れ返り、壁は絵で埋め尽くされ、彫刻の施された木箱や大きさの違ういくつかの棚が収納として使われていた。オブジェは個人の思い入れや歴史的な関心に照らして厳選されたものばかりだった。初めのうちは、彼女もネオゴシック様式の大聖堂の椅子や色褪せた大きなタピスリーを面白がっていたが、すぐにそれらを全部地下収納庫に仕舞い込んでしまい、スカンジナビアの無味乾燥な家具へと置き換えてしまった。彼は必死で抵抗したが、毎月、アパルトマンからは彼のアイデンティティとなるようなものはすべてはぎ取られていった。

この独裁者による殺風景な光景に胸を痛めたオレリアンは立ち上がると書斎へ向かった。書斎は彼の避難所だった。自分が何者であるかを証し得る唯一の場所。しかしこの聖域さえもクレールからインテリアについて絶えず難癖をつけられた。「こんな散らかった場所で、どうしたら仕事が出来るの？　明かりを入れれば？　週末に壁を塗りなおしたらどう？　見て、このファロー&ボールのパビリオングレー（優しいクールストーン色）、明るくて素敵でしょ？」彼は抵抗した。

何百冊もの書籍と展覧会のカタログがいくつもの棚にぎっしり詰まり、床の上に直に置かれた数冊の単行本の上にはランプや骨董品が飾られていた。ある棚にはアンドレア・デル・サルトに関する重要な書籍だけが集められ、オレリアンの著作も何冊か収められていた。これまでの人生を振り返れば、恐らくこれらの著作が一番の社会貢献だった。

彼はそこから一冊を手に取り、もの思わし気にページをめくった。彼はアンドレア・デル・サルトの《慈愛》を全面に掲載しているページで手を止めた。作品はアンドレアがアンボワーズに滞在していた一五一八年に制作されていた。同じ頃、同じ街でレオナルドは人生の晩年にさしかかっていた。ほんの小さな街だったので、フィレンツェ出身の二人が会っていないはずがなかった。二人はお互いをどう思っていたのか？　アンドレアはレオナルドを尊敬していたが、レオナルドはアンドレアをどう思っていたのだろうか？　デル・サルトがクロ・リュセ城を訪れていたことは確かで、

《ラ・ジョコンド》や《聖アンナと聖母子》を間違いなく目にしたはずだった。特に後者の構図は明らかに《慈愛》に影響を与えていた。

オレリアンはなぜレオナルドではなく、デル・サルトを専門に選んだのか？　オレリアンは妥協知らずの圧倒的博識、天才レオナルド・ダ・ヴィンチと対峙するのを恐れていたのだろうか？　結局、彼はデル・サルトへの愛情で何を語ったのか？

繊細で確実なデッサンの名手、想像力豊かな色彩画家〈誤りのないアンドレア〉は当時のあらゆる絵画技術の進歩を作品に取り入れていたが、自然の模倣に限っては威光を放つ先人たちの業績を絶対に超えられないことを知っていた。デル・サルトはどうやら到着が遅すぎたようで、席はもうすでに埋まっており、見事なまでに入り込む余地がなかった。彼は美術史にとって扱いにくい芸術家だったのだ。人柄の良い従順な夫であり、類まれな才能は変わりゆく運命や現実的な悩みにあまり適していなかったようだ。デル・サルトは無策で仕事を選ばず、夫婦間の問題、控えめな野心、内気でお人よしな性格など、どことなく平凡で威厳が無く、取るに足らない存在と見られており、それはミケランジェロの激しさ《テリビリータ》やラファエロの壮大で圧倒的な優美さ、ダ・ヴィンチの途方もない天才性とは対照的だった。

心配ごとに悩まされた画家の姿は容易に想像でき、不安な性格が作品に透けて見え、それが苦悩に満ちた暗い雰囲気の作品に深みを与えていた。デル・サルトは人間的だった。あまりに人間的だった。あまりに人間的だったために、圧倒的な才能を疑われていた。そしてまさにこの理由のために、オレリアンはデル・サルトを愛していた。年を重ねれば重ねるほど、理解が深まり、デル・サルトを好きになった。兄弟のような優しさで彼を愛した。翻弄される運命に疲れ果て、ひと筋の愛を捧げた女性からは見返りをもらえずひどい目に遭わされたデル・サルトは、オレリアンにとって欲求不満の同志でもあった。

クレールは帰っていなかった。ぞんざいなメッセージが届いたのは二十一時のこと。「会議中。夕食、先に食べてて。冷凍庫にラザニアがあるから」オレリアンはクレールが自分たちの生活に満足していないことを知っていた。彼女は彼が年のわりに老けていると言って非難したけれど、彼は若い時からずっと老けていた。彼はベストを着て、シルクのスカーフを巻き、パイプをくゆらせ、懐中時計を身に着けるような、十九世紀から身動きが取れなくなった学芸員ではもちろんなかったが、お洒落なジャケットに、メリノのタートルネックを着こなす一見リラックスした外見とは裏腹に、心の中では、幻想の抱き具合は別にしても、彼らと根はそう変わらないことを自覚していた。彼は自分が人をうんざりさせることがあるのを知っていたが、それを久しぶりに実感して我ながら驚いた。彼は彼女がいつも通りに一緒に夕食へ出かけ、展覧会のオープニングに一緒に行って、彼女の退屈しのぎになるのであれば、いちいち干渉することもなく、帰りの移動中に会話が無くても平気だった。

この一年間は身体の接触もほとんどなく、片手で数えられるほどしかなかったが、オレリアンが近づこうとするとたいてい拒絶された。時おり彼女の方から欲しがることもあったが、なぜだか理由はわからなかった。彼は愛するクレールの身体を抱きしめると、肌の触れ合いや呼吸にシンクロする愛を求めたが、彼女の目は絶望的なまでに閉じたままで、彼女が彼のいないファンタスムを脳内で追いかけているのは間違いなかった。

二十三時三十分、クレールはまだ帰っていなかった。眠気が勝っていた。《ラ・ジョコンド》について話すのはまた今度にしよう。いずれにせよ彼女は修復の意向を歓迎するはずだ。やっと反応がもらえる。これはチャンスよ、あなたのキャリアにとってチャンスよ、とさえ彼女は言うだろう。

ヴァロワ通り

委員会が《ラ・ジョコンド》の修復に前向きな見解を打ち出したことで、ダフネは省庁へこの計画について報告をしていた。その翌日、ダフネとオレリアンは困惑した大臣から緊急招集を受けて、ヴァロワ通り（文化省の住所がある通りで省の愛称）へ駆けつけた。

まだ朝の早い時間だった。低い雲の天井から陽光が突き抜け、ビュランの円柱に斜めに降り注いでいた。綿にくるまれたような、いくぶんか超自然的に感じられる光の中で、ビュランの円柱はSFに登場する寺院跡のように見えた。オレリアンはこの〈囚人の幹〉が立ち並ぶ場所で母の言葉を思い出した。ここは美の終焉を教えてくれる場所よ。教育して育てていくより、低いレベルに合わせて均そうとするポピュリストたちの力で組織的に美観が損なわれてしまった、と彼女は言った。その結果、完璧な古代の冴えない模倣は、もはや模倣であるということさえ主張せず、ただ遠い昔のオリジナルを図式化し、単純化して造形していた。古代の天才たちと対峙する力はすでになく、自らの弱さをさらけ出し、誤解を恐れずに言えば、退廃の兆しだった。間違いなく、世界の終焉は良識や美的価値の喪失によって押し寄せる醜悪の激流の中でやってくるだろう。

しかし数年後、人々がポンピドゥー・センターに徐々に慣れていったのと同じように、ビュランの円柱にどのように慣れていったのかを知るのは興味深いことだった。その構想さえも揺るがせた激しい論戦を忘れて。ビュランの円柱はミッテラン＝ラングの二人組（ミッテラン大統領と、ミッテラン政権下のジャック・ラング文化大臣）を巡って少し後に巻き起こったペイのピラミッド論争（イオ・ミン・ペイはアメリカ人建築家でガラスのピラミッドの設計者）の前奏曲でもあった。現在、ビュランの円柱は身近な存在となり、恐らくパリ市民は気に入っている。オレリアン自身も、今朝の陽光の中、円柱に対する自身の評価は曖昧で、嫌いとまでは言い切れないように感じていた。

二人は中庭を横切るとヴァロワの柱廊を通過し、オレリアンはダフネの生気漲る足取りについていくのがやっとだった。ガラス張りの玄関をくぐり、グランド・ホテルにあるような回転ドアを抜けた。ダフネはガラスドアをすごい勢いで押したので、後ろにいたオレリアンは危うくドアの一枚にぶつかりそうになった。二人はロビーで迎えられると、金色に輝く煌びやかなサロン・ジェロームの部屋でしばらく待たされたが、恐らくこれはここの主人に会う前の儀式みたいなものだった。ルーヴル美術館の住人である二人はさして感銘を受けず、ダフネの顔は携帯に釘付けだった。彼女は靴を脱ぎ、足の指先でさりげなく靴をいじっていた。とは言え、オレリアンはサボヌリー絨毯の上品な色彩のコントラストに見惚れていた。やがて扉が開き、大臣が現れた。彼女はすぐに、近隣住人の来訪に謝意を表し、隣の事務所について来るよう促した。

大臣はとても愛想が良く、物腰柔らかで、顔立ちも丸みを帯びていた。彼女はさも得意げに気取った様子で、デリケートな色合いの洋菓子を用意した。ピーチピンクとカーマインの同系色の配色でコーティングされ、上からパウダーがかけられていた。オレリアンは彼女の善良そうな笑顔の裏に目ざとさを示す機敏に動く警戒のまなざしを見て取った。彼女は単刀直入にこう言った。この修復は本当に意味のあるものですか？　総選挙が終わるのを待てないんでしょうか？　政府にとっても簡単なことではありません。皆が今、背中に悩ましい課題を抱えている状況ですから。争いがすごい勢いで続いています。もう少し時間をかけて検討できれば……

ダフネは黙って大臣の話を聞いていたが、肘掛けを指でコツコツ叩く音がいら立ちを示していた。そして大臣の話が滞ったタイミングを利用して割って入った。彼女の声の調子に微妙な刺々しさを感じ取れるようになるまでにはある程度の経験が必要だった。永遠に先延ばしにすることはできないんです、と彼女は言った。誰かがやらなくてはいけないんです。出来るだけ最高の状態で作品を紹介するのが当館の使命です。ルーヴル美術館の名声がかかっています。行動しなくてはなりません。責任逃れは苦手です。

大臣の表情が凍りつき、ダフネの目を見つめた。この空白の瞬間、二人の女性は互いに値踏みし合っていた。大臣の優しそうな表情に何か鋭く尖ったものが浮かび上がった。オレリアンは蜂蜜を入れた壺に浮かぶガラスの破片を思い浮かべた。

一方、ダフネも大臣から視線を離さないまま、最大の武器である静謐さを湛える揺るがぬ笑みで応酬した。言葉はもはや重要でなかった。それは別の場所で、つまり目鼻の微妙な位置や口元の皺、まくれ上がった唇、口角の正確な角度で展開された。言葉を超えて繰り広げられたのだ。あらゆる気分を表現し得るこの比類無き笑みの何がそんなに特別だったのか？　ダフネは恐らく苦しい時も悲しい時も同じように微笑み、他のあらゆる感情が湧き起こる局面においても、同じように喜んで微笑んでいたに違いないとオレリアンは想像した。この短くも激しい戦いにおいて、ダフネは明らかに状況を有利に運んでいた。見ていて惚れ惚れするほどだった。

大臣はようやく好意的に話し始めた。

「責任逃れ、とは違います」、彼女は落ち着いて応えた。

大臣はオレリアンの方を向いた。「それで、あなたはどう思いますか？」

もし彼にあと少しばかり勇気があったなら、緊急性はないでしょうと応えたはずだ。もう数年かけて慎重に検討すれば良いことです、と。しかし代わりに、彼は自分に期待されているもの、委員会の見解を伝えてしまっていた。作品は可視性が損なわれ、修復しなければなりません。

「ああ、なんてことを！」

　大臣は立ち上がると部屋中を歩き回った。彼女は条件付きで計画を述べた。実行に移すなら、入札を実施して、修復マニュアルを定めていくなど、時間をかけて慎重に進めていかなければなりません。その時期が来たら改めてお知らせします。それまでは国を代表する専門家委員会を拡充しなければなりません。文化遺産局のモーリセ氏が仕切り役として適任だと思います。何より、少しでも躊躇があればプロセスは中断されるべきです。不安ばかりが募ります。時機を見て大統領に報告しなければなりません。私も各段階のプロジェクトの進捗状況を確認します。自分の目で確かめなければ気が済まないでしょう。時々、会議の隙間時間を利用して、隣人として抜き打ちで行きますよ。当然でしょう。修復士の名前は挙がっているんですか？　彼女はあるイタリア人のことを聞いたことがあった。彼はいまだに現役なんですね？　とにかく適当な人物を見つけてくるのは美術館の責任ですから、信じていますよ。それにしても、今、こんなことが起こるとは、なんて残念なことでしょう！　後ろ倒しにする方法はないんですか？　ダフネは断固として譲らなかった。

　大臣の声の調子がわずかに積極性を帯びた。《ラ・ジョコンド》の修復というとんでもない発想が他人事ではなくなっていた。観念したオレリアンは大臣の変化を見て取った。

「広報をサポートしてくれる会社を探さないといけませんね。丸腰で臨んではいけないし、誰かが助けの手を差し伸べてくれることも期待しない方がいいでしょう。こういうことにはひどいヒステリー現象がつきものなんです。少しも動いていないうちから、あの手の人たちは破壊者だと叫びますから。準備が肝心です。マッキンゼーですか？　うん、いいね、マッキンゼー。信頼できます。でも、とにかく、どうしてそんなに急ぐんでしょう？」

　大臣は話しながら二人を入り口まで連れて行った。正面の中庭に出ると、オレリアンは空高く上る太陽に目がくらんだ。雲が消えて現れた明るい光は前日から残る水溜りに反射して輝いていた。

数メートル進むと、ダフネは彼の方を振り向いた。「ブラボー、完璧だったわ！」彼女はハンドバッグの中から電子タバコを取り出した。「大臣、顔になんかやってるでしょ？」彼女はとぎれとぎれに電子タバコを吸い、ポップコーンのひどい臭いが辺りに充満した。「もう、これからはあなたの出番よ！　さぁ、行かなくちゃ。待ち合わせがあるから」彼女は彼をその場に残して足早に遠ざかった。そして数メートル行った先でまた振り返ると、彼に向かって親指を立てた両拳を振りかざした。オレリアンは彼女に手を振り返し、円柱の間で茫然と立ち尽くしていた。

ダフネは正しかった。ひとつ段階が進んだのだ。この段階において、もう後戻りはできなかった。大臣とのやり取りが《ラ・ジョコンド》と自分自身の運命を決定づけたのだ。こうした事態に陥らないようオレリアンは何をしたのか？　実のところ、たいしたことは何もしていなかった。

フランスにおいて、文化は国が重きを置く最重要事項だった。修復が正式に決まった以上、今度は行政装置がロードローラーを引いていく。大量の報告書や議事録の作成が必要になるだろう。段階ごとに、正確に文書化しなくてはいけない。こうしたことは絵画を観たり、文献を読んだり、考えたりするオレリアンの情熱からまたもや離れていくものだった。それを想像するだけで腕の力が抜けた。

目の前で、子供たちが鬼ごっこをしてはしゃいでいた。そのうちの一人がオレリアンにタッチすると「鬼だよ！」、そう言うや否や猛スピードで自分の背丈の二倍はある円柱によじ登った。次の瞬間、興奮した子供たちがオレリアンの周りをぐるぐる回り、ぶんぶん唸るミツバチの群れのように彼の側を通り過ぎていった。「鬼さん、こっち、こっち」子供たちはからかうように合唱した。彼はやみくもに腕を振りながら自分に振りかかった災厄から逃れようとしたが、ぎくしゃくした動きをするばかりで何の役にも立たず、子供たちは捉えどころがなかった。子供らはいっこうに動きを止めようとせず、彼の指から数センチのところまで接近してはバネを効かせて後ろに飛び跳ね、ウナギのように身体を捩じった。鬼役のオレリアンが無能でやる気のないことがわかったので、子供たちは口をそろえて「この鬼はダメだー」と宣言し、つまらなくなっていた遊びの活力を取り戻そうと、一人が自分からわざとオレリアンにタッチさせた。鬼以外の子供たちは危険が再び迫ってきたので蜘蛛の子を散らすように素早く円柱に上っていった。ビュランの真の意図はここにあったのかもしれない。つまり、ビュランは世界で一番の鬼ごっこ用遊技場を作りたかったのではないか。〈ポルト・デ・リオン〉に戻ろうとピラミッドを迂回しながら、オレリアンは数年前に死んだミシェル・ラクロットのことを思いだした。彼の経歴は驚異的だった。両大戦間に生まれ、エコール・ド・ルーヴルで学んだラクロットは、オレリアンと同じく、イタリアとフランスのルネサンスの専門家だった。フランスに保存されていたトスカーナ地方の絵画を扱った博士論文は、地方美術館に散らばっていた無数にあるカンパーニャ・コレクション（ジアンピエトロ・カンパーニャによる十九世紀前半ローマで設立された個人コレクション）をアヴィニョンのプティ・パレ美術館に集める仕事に結びついた。その功績と展覧会の見事な実現により、彼はアンドレ・マルローによってルーヴル美術館の絵画部門ディレクターにわずか三十七歳で任命された。実力は年齢で決まるものではなかったのだ。

ある夜、ルーヴル美術館から徒歩で帰宅していたミシェル・ラクロットはカルーゼル橋を渡ると使われていないオルセー駅の中へと入っていった。そこは五〇年代の終わりにＳＮＣＦ（フランス国有鉄道）の手を離れ、ホテル建設のために解体予定となっていた。何人もの建築家が招集され、その中には三十四階建てのブルータリズム建築を提唱したル・コルビュジエも名を連ねていた。最終的には世論《ブロンカ・ド・ロピニオン》による批判が旧駅舎を救ったかたちとなった。オルセー駅はどうにか歴史的建造物として分類され、それ以降は修復計画を待ちながら細々と存在していた。その夜、ラクロットは線路を覆うガラス屋根を見上げながら、旧駅舎を十九世紀絵画と印象派コレクションを所蔵するためのルーヴル美術館の別館として活かせるのではないか、という神の啓示を得た。彼がこのアイディアを時の大統領ジスカール・デスタンに伝えると、間違いないと確信した大統領はこのプロジェクトと作品移譲の責任者にラクロットを任命した。旧駅舎がオルセー美術館として改修され、良く知られた壮麗さで満たされると、彼はルーヴル美術館の職責を離れることなく、オルセー美術館の主任学芸員となった。頑なさと温厚さを併せ持ったラクロットは、グラン・ルーヴル計画とペイのピラミッドの建築が発表されて大論争になった時も、ジャック・ラングを公然と支持するために学芸員を集結させた。彼が八年間に亘ってルーヴル美術館の館長を任されたことは妥当であり、その後、国立美術史研究所の創設に参画した。まさに華々しい経歴という他ない。

　オレリアンはどうして自分が絵画部門のディレクターに任命されたのかを不思議に思うことがあったが、合理的な選択の結果だったと考えるに至った。当然、研究者としての厳格さを有し、同時に作品について語る時の輝きや気持ちのこもった語り口は見受けられたが、そのような資質は他の多くの学芸員も持ち合わせていた。自分が選ばれたのは、状況を少し落ち着かせる必要があったからではないか、と考えることもあった。要するに、彼は何十年も部門に君臨してきた圧倒的な存在感を放つ有力者《マンダラン》たちと、すべてを破壊したがっていると思われていた若い世代との間のこれ以上ない落としどころだったのである。彼の融和的な性格、角を立てず、皆の自尊心に配慮するやり方は有利に働いたに違いない。彼は控えめな性格と受け止められていた——クレールからは「野心の欠如した情けない男」と形容されていたけれど。オレリアンは確かに大臣を目指すとか、アカデミー会員を目指すとか、早い時期に回想録を書くとか、そんなつもりは毛頭なかったのである。彼に期待されていたのは継続という選択肢だった。彼は保守的な価値観を持っていたものの、現実社会を通じてその保守性は侵食され、言わば軟化した保守主義者であり、わきまえた運命論によって丸くなっていた。彼は反動的な人間ではなく、ましてやその類の展覧会を無理やり開催しようと企てたりもしない。バロック絵画に二十一世紀の概念を重ね合わせることに固執するようなタイプでもなかったのである。要するに穏健派だった。

　結局のところ、彼の唯一の、本当の意味での欠点は戦略的ビジョンが欠けているということだった。その名が時代精神〈ツァイトガイスト〉であれ、時代感覚であれ何であれ、より広く、より大きな何かを捉えるために個人的な文脈を超え出ていくことができないということだった。彼は自分の仕事が世界の共感を呼び、同時代の人々の期待を先取りしていくような人物になりたかったはずだ。しかし人は心底から時代の動きを恐れて初めて、ようやくそれを受け止めることができるのだろうか？

　ラクロットの比類なき軌跡は、飛びぬけた歴史知識と先見の明のある直感力、そして美術史家にしては珍しく開かれた精神が結びついたという点において驚愕に値した。ルーヴル美術館の絵画展示室の色彩デザインを任されたピエール・スーラージュの親友であったラクロットは、現代アートにも情熱を持ち、エコール・ド・ルーヴルの学生たちにいつも同時代の作品に関心を払うよう諭していた。彼は二つの顔を持つ素晴らしいヤヌス（前と後ろに反対向きの二つの顔を持つローマ神話の守護神）だった。一方の顔は過去に向かい、もう一方の顔は未来に向いていた。変化の人であり、時間の媒介者だった。クレールが好きなタイプだろう。未来を受け入れる男は《ラ・ジョコンド》の修復に躊躇いがないはずだ。それが世界の進む姿だから。

イメージの役割

口数の少ないセザールは母親の連れであるオレリアンを毛嫌いし、ほとんどコミュニケーションを取らなかったが、ゾエとは彼女がまだ幼かった時にわりと仲良くしていた。ゾエが手首を捻挫して学校から連絡を受けた時、クレールは会議中で席を外せなかったので、オレリアンがネッケル小児病院へ連れて行くために学校まで迎えに行ったことがあった。その時はほんのつかの間、自分が本当の父親になったような気がしたことを覚えている。ゾエが病院で添え木をしてもらった後、二人はマクドナルドへ一緒に行き、女の子はとても喜んで、レヴィ＝ストロースがパプア人に関心を示すような熱心さで、メニューの内容をこと細かに説明してくれた。また、ある機会に、彼がルーヴル美術館に彼女のクラスメイト全員をプライベートで招待したことがあった。その時、ゾエの誇らしげな様子にいたく感動したが、残念ながらそんなことはその時一回限りだった。思春期になると、実の父親がゾエの通う高校の近くに住んでいたということもあり、彼女は父親と一緒に過ごす時間が増えていった。オレリアンにクレールの気持ちを理解するのは難しかったが、そのことがクレールの許容範囲を超えていたようだった。子供たちは夫婦の崩壊に合わせるかのように、年月が経つに連れて遠ざかり、オレリアンに会うことも少なくなっていった。

ごくたまに、子供たち二人が一緒にいる時があり、二人とも自分たちの画面に没頭していたが、クレールは気にも留めていないようだった。オレリアンはそんな二人をずっとほっといていたが、ある日、ちょっと口を挟んでみた。「君の子供たち、二人とも、本を読まないの?」「本、何のために? 周りを見てみなさいよ。これが未来よ! 子供たちを信頼しないと」クレールの反応には寂しさを覚えたが、オレリアンは何も応えずにいた。ある意味でクレールの言っていることが正しく感じられたからだ。セザールはオーストラリアに出発し、〈プロゲーマー〉のチームに加わった。彼はピクセル上の男どもを殺して、金の橋をゲットした――オレリアンにとっては別世界の話だった。兄と較べると、ゾエは明るく社交的で積極的な高校生で年の割に大人びていた。彼女はバカロレアを取得した後、デジタルコミュニケーションに専念した。彼女が得意げに〈コミュニティー〉と呼ぶソーシャルネットワーク上のフォロワー数を見れば、彼女がこの分野に秀でていることは明らかだった。

ゾエは空いた時間のほとんどを、携帯を見ながら写真や動画をスクロールして過ごした。これは一時間当たり数十冊分の雑誌に目を通すことに相当した。蛍光色に縁どられた特大の爪で補強された親指が、無限に続く画像の列を何気なくスクロールさせていった。時おり指先で画面に触れて、それまでの惰性的な動きをストップさせると、〈いいね〉を押したり、コメントをこっそり書き込んだりした。それからまた、無駄嫌いのミニマルで怠惰な動きを再開した。ごくまれに何らかの感情が一瞬彼女の顔を波のように通り過ぎたが、たいてい、眉毛を物憂げにぴくりとさせるだけだった。これは真剣な仕事だったのだ。

オレリアンが関心を示すと、彼女は喜んで見せてくれた。彼女はオレリアンのｉＰｈｏｎｅにインスタグラムとＴｉｋＴｏｋをインストールすると、カルチャー・インフルエンサーのアカウント〈さぁ、あなたのために！〉をフォローし、同時に、ジャスティン・ビーバーも面白がってフォローした。彼女は彫刻の尻に夢中なひげ男の〈フィード〉や有名な絵画からバズるコンテンツ《ミーム》を生み出す若い女性の〈フィード〉をスクロールさせた。《メデューズ号の筏》（ルーヴル美術館所蔵、テオドール・ジェリコーの傑作）に乗った漂流者の一人が「うんざりだ」と呟いていた。オレリアンは広報部に見せようと思い、出て来た名前をこまめに手帳に書き留めた。このおかげで、彼は絵画部門の若手学芸員からだけでなく、ダフネからも、ポイントを稼いだ。ぽかんとしたダフネは思いもよらず現代性《モデルニテ》に関心を寄せるオレリアンを冷やかした。


「画像を見終わった後はどうするの。保存するの？」

「うん、そう、ときどき。でも、あまりしないかな。今は〈ストーリーズ〉とか〈ライヴ〉とかをもっと見てると思う」

「ストーリーズ？」オレリアンには何のことかさっぱりだった。彼女が説明してくれたばかりのはずなのに、彼はすでに何のことだか忘れていた。

ゾエは彼を見ながらすまなそうに言った。「すぐ消えちゃうコンテンツ、って言った方が分かりやすいかも」

彼は頷いた。

「僕も若い頃は画像をコレクションしてたよ」

「携帯で？」

「いや、ノートに」

「面白いね！」彼女は応えた。

ゾエの周りにオレリアンほど時代遅れな人はいなかった。


オレリアンは物心ついた頃からイメージの虜だった。子供の時にはもうすでにそれを一生懸命に分析していた。彼は美的魅力とは違う、イメージが内包する意味について絶えず考察していた。お気に入りはどこか自分を惑わせるようなもの、つまり、その神秘さによって考察を刺激してくれるものが好きだった。そして内容も由来も多種多様な、何千ものイメージを駆り立てられるように集めていた。ノートには自分にしかわからない謎の構成でそれらが貼りつけられ、もし誰かがその分類を解読しようとするなら恐らく、気分によってまとめられていると説明するだろう。〈甘美なノスタルジー〉、〈くすぶる熱狂〉、〈輝くメランコリー〉、〈奇妙さの考察〉などなど。

ノートの一冊をゾエに見せると、彼女は身をのけぞらせた。「何これ、ドン引き《クランジュ》！」彼はたちまち恥ずかしくなってノートをしまい込んだ。「うん、たぶん個人的なものだからね……」彼はしぶしぶ認めた。彼女はオレリアンの気持ちを傷つけてしまったと思い言葉を繋いだ。「まぁ、ムードボードと同じよね。私は十四歳の時に〈タンブラー〉を使ってたけど、そんなに良くはなかったな」「タンブラー」、オレリアンはゾエの言葉を繰り返した。


オレリアンはいつの日か世界中のありとあらゆる視覚創作物を手中に収められると素朴に信じていた。しかし時代が彼に限界を突きつけた。イメージはスピードを加速させながらどんどん増加し、押し寄せてはあっという間に混沌の渦の中へと消えていった。誰にもそこに含まれた意味や独自性について考える余裕はなかった。オレリアンはこの過剰なイメージの氾濫に眩暈を覚えた。欲望は決して満たされることがなく、深い嫌悪感だけが残った。

こうしたイメージの氾濫に飲み込まれないように——それは彼の精神的な安定にも少なからず関わる問題であったので——、彼は関心領域を絵画芸術に絞った。オレリアンは絵画領域、もっと正確に言えば、国際ゴシックやイタリア・ルネサンスに加えて、北方ルネサンスからマニエリスムに至るまでの領域に逃げ込んだ。要するに、絵画が自然模倣をするために、中世美術の象徴的性格を徐々に放棄し、精霊から人間精神の領域へ、知性から感情へと移行していった時期。

この刺激的な時代において特に気に入っていたのが、画家たちの研究活動を遡及的に調べ、彼らと一緒になって新たな発見に驚くことだった。彼は芸術家から芸術家へ、師匠から弟子へと定まらない視点が統合されていき、解剖学によるデッサンの進歩によってぎこちなかったプロポーションが洗練され、色彩範囲が豊かになり、その素晴らしい成果が現代人の良く知る傑作へ繋がっていくプロセスを辿るのが好きだった。彼は画家の人生が絵画に影響を及ぼしていくのを辿るのが好きだった。はっきりとわかるような変革ではなく、むしろ直感が共有され、進歩的で繊細な小さな発見、たどたどしい進歩が、一人の天才によって突然加速していく様を見るのが好きだった。あたかも、サンタ・マリア・デッレ・グラツィエ修道院の食堂で、レオナルドが《最後の晩餐》を描き、同じ時期にモントルファーノが《磔刑》を描いたが、前者は後者を百年先取りしていたかのように。

コプロテクの終わり

エレーヌはオメロとの関係をどう考えれば良いかわからなかった。二人の間に起きていたことが従来の男女関係の枠組みを大きくはみ出していたから。親友に説明しようとした時には話の途中でぴしゃりと遮られてしまった。「ごめん、でもそれって、セフレのことでしょ」この過激な言い方にエレーヌは納得がいかなかった。確かに二人は何度もセックスし、本当のことを言えば、一緒にいる時はたいていセックスばかりしていたのだが、それでも二人を結びつけていたものは単なる衝動的な肉欲に留まらず、それをはるかに超えゆくものだと彼女は感じていたからだ。

例えば、今夜、二人はひと気のない美術館で、月明かりに照らされた〈カリアティードの間〉で抱き合った。警備員の頻繁な出入りがあり、緊張感のある中で、二人は息を潜めて互いをむさぼり合った。カメラの死角となった牧神の陰で、凍てつく床の上に胎児のように身体を丸め、繋いだ手を絡め合わせ、丸めた服の上に頭を置いて互いの目を見つめ合いながら夜を過ごした。懐中電灯の光が定期的に暗闇を引き裂く中、二人は皮膚の毛を逆立てながら警戒姿勢を取った。アドレナリンに酔いしれた二人は震え、指で軽く触れ合っただけで相手の姿を思い浮かべることができた。

またある時は、古代彫刻グループの薄明かりの中、彼は彼女をゆっくり後方へ連れて行くと、しんと静まるギャラリーに、深い波音のような二人のリズミカルな呼吸を響かせた。行為が終わると、彼は彼女の身体の中に留まったまま彼女を抱きしめ、彼女は彫刻に身体を寄せて、二人の身体は合体したまま引き延ばされた。彼女の乳房に当たる冷たい大理石が次第に温まり、肌の匂いを染み込ませ、生き返ったような気がしたことを彼女は思い返していた。

彼女は恋人について何も知らなかった。二人はほとんど言葉を交わしたことがなかったのだ。マリナは感情を押し殺して断言した。「そんなの愛じゃない」わかってる。それが愛ではないということ。愛とは欲望を超えたもの。ものの見かたや気持ちを分かち合い、計画を共有する必要がある。相手の習慣に入り込み、日常の現実的な物事の中で、何が彼を動かし、何を恐れているのか、彼の思いや心配事を知る。そうするためには、自分の人生を投じなければならず、逆もまた然りだった。愛とは恐らく、紅茶派か、コーヒー派か、エメラルド海岸派か、コートダジュール派か、マーベル映画派か、デプレシャン派かといったとても具体的な質問に答えを用意してくれるものなのだ。愛とはたぶん相手を徹底的に知り尽くしたいとする中で、意味を見いだしていくようなものではあるまいか。そうでないかもしれないが。

オメロはまったく見も知らぬ人だったけれど、彼女は寝ても覚めても彼のことを考えていた。クリスマスイヴを待つ子供のように、会う機会を今か今かと待ち望んでいた。それが何と呼ばれるものであれ、その感覚は眩暈を引き起こすほど甘美だった。

二人が会うようになってから一年が過ぎようとしていた。しかし恋人同士と確かめたことはなかった。正直に言えば、エレーヌはどこか物足りなさを感じないではなかったが、それを口にすることで、彼女がひときわ大切にしてきた関係が不意に終焉を迎えてしまうのではないかと怖かった。オメロは摑みどころがなかった。彼が彼女を迎えに来ることは一度もなく、彼女が何をしているのか気にする様子もなかった。彼の方からはいっさい連絡がなかったのだ。エレーヌはこの依存症を断ち切るために一ヶ月間会わないよう連絡を絶とうとした。待ち続けるのは止めようと覚悟を決めた。しかし、彼女は取り返しがつかないほど参ってしまい、彼の居場所へ向かうと、彼は変わらずそこにいて、喜んで彼女を受け入れてくれた。

こうした状況が続く中、彼女は美術館とコプロテク社の契約が終了したことを知った。怖かった。欲望の対象が彼女の手から永久に離れてしまうかもしれず、彼はことの成り行きに抗うようなことはいっさいしないと思ったので、彼女は必要な手はずを整え、オメロはルーヴル美術館の人事部に呼び出された。経歴についていくつか質問がなされ、外部委託サービス事業者として働いた勤続年数の確認があり、翌週、オメロは週三十五時間の仕事のオファーを受けた。職務内容として、〈ドゥノン翼〉にある絵画展示スペース〈グランド・ギャラリー〉の維持管理を割り当てられ、床清掃はなくなり——さようなら、自動洗浄機よ——、家具調度品の他、額縁、キャプションの粉塵除去等の任務が課せられた。加えて〈国家の間〉の管理を依頼され、安全柵の設置、ベンチ、柵、ロープなどの可動物品の清掃を引き継ぎ、《ラ・ジョコンド》のガラスケースや保護手すり等、不動物品の管理も行うことになった。

ベルトランと修復士たち

オレリアンは人で溢れんばかりの大講堂に滑り込んだ。最後部の座席に座り、横の学生グループが彼の方を遠慮がちに見ていた。自分のことを知っているのかと思い、確信は持てなかったが、彼らの方にさも知り合いであるかのように笑顔を返した。すると視線を逸らされた。一部の修復士たちが〈ロックスター〉のようにみなされていたとしても、彼の場合、そうでないことは明らかだった。演壇で見事な演説を始めた男はオレリアンに気がつくと、良く響く声を止めることなく控えめに手を振った。

「なので、修復士というのは変わった人種なんです！　絵画について言えば、たいていの場合、画家が誰かはわかっている。所有者も、発注者も、スポンサーまでわかることも珍しくはないし、時にはミューズの存在まで知られている。画商や仲介人に関心が向くのは作品の正当性に関わるから。こうしていろんな関係者がいる中で、修復士だけは永遠に忘れられ続けていて、影の存在、言ってみれば幽霊のような存在であり続けています。かつて修復士は疑われていました。画商と闇取引をしていると疑われることもあれば、自分の世界観を表明したり、市場の要求に応えるために、作品を偽装し、整え、自分で解釈して歪曲しているのではないかと疑われていたのです。彼らは混合物を用意し、溶剤や顔料を操り、オカルト化学物質で紙を漂白し、目的を実現するために奇怪な術を駆使する錬金術師のように思われていました。ある意味、創造主《デミウルゴス》である画家は、純粋な湧き水に向かって川を遡るように、汚れなき初期状態に遡ることを可能にする魔法に怯えながらも、その技術に魅了されていたんです」

　達弁を振るう男は少し興奮気味だった。修復士＝錬金術師について説明していた時、彼はフラ神父（人気番組『フォール・ボアイヤール』に登場する老人）の身振りを真似て、滑稽かつ不安げに目の前で指を揺り動かした。オレリアンと同じく文化遺産学芸員のベルトランは引退が間近に迫り、キャリアの夕暮れ時に最後の波乗りをする人が有する、テーマと会場の雰囲気を完璧に操る肩の力の抜けたしなやかさを身に着けていた。彼はルーヴル美術館とその所属機関C2RMFの間を行ったり来たりしながら二つの組織の調整役を担っていた。オレリアンはベルトランに人脈と行政面でのサポートをお願いしてきた。候補者への声かけ、調査と選考、条件明示書の作成と送付、オファーの分析、競争入札等々。ベルトランは職務の傍ら、修復の歴史を専門にしていた。数冊の出版業績があり、中でも『修復理論事典』は文化遺産を学ぶ学生たちの参考図書になっており、エコール・ド・ルーヴルでは修復の起源に関する講義を受け持っていた。

　オレリアンが彼に《ラ・ジョコンド》の修復について伝えると、ベルトランはただ「いよいよか……」と言った。その時、彼の顔にはせり上がってくる興奮を抑えるような何とも言い難い表情が浮かんでいた。ベルトランの振る舞いにはいくぶん野暮ったいところがあるものの、洞察力に優れ、オレリアンが修復を望んでいるのではなく、苦しい立場に置かれていることを即座に理解した。彼はロアン大講堂の講義に来るようオレリアンを誘い、講義の後、〈カフェ・マルリー〉でビールを一杯飲むことを約束していた。

「よく知られていることですが、初期の頃の修復作業は王室コレクションを管理する画家たちに委ねられていました。マエストロは先人たちの作品に自らの才能を注ぎ込んだんです。ル・プリマティス（フランスで活躍したイタリア人画家プリマティッチオの別称）はフランソワ一世所有のラファエロ作品を引き受け、シャルル・ルブランはヴェロネーゼの《エマオの巡礼者》に介入し、この作品を拡大することに躊躇いませんでした。しかし画家たちは塗り直しを行うことによって起こる絵具層への影響については知っていても、虫に食われた木板や、虫に齧られて破けたキャンバスの支持体の扱いについてはまったく無知でした！　これらの作業は特殊で複雑なノウハウを必要とし、そこに、修復士という職業が現れてくるのは至極当然の成り行きでした」

ベルトランは早口で説明し、階段席ではキーボードがカタカタと音を立てた。

「一六八八年、未亡人ランジュはティツィアーノの《パルドのヴィーナス》を使ってキャンバスに移し替える技術を開発しました。一七四四年、ロベール・ピコーはフランスで最初の移転《トランスポジション》を行った人です。このイエスの生涯の重要な出来事のような響きを持つ〈移転《トランスポジション》〉という名称には、絵具層をある支持体から別の支持体へと転写《デカルコマニー》するような興味深いプロセスが含まれています。ピコーはアンドレア・デル・サルトの《慈愛》を木板からキャンバスへ移したことで一躍スターになりました。当時の王がヴェルサイユ宮殿での食と住まいを提供したほどです。ロベール・ピコーは変わった性格で、作品を裏側から透かして鑑賞することを誇りにしていたんです！　彼は死ぬ時まで、自ら〈秘密〉と呼んでいたものを明らかにするのを拒みました。一方、ライバルのジャン＝ルイ・アカンは、木材の自然な変化に合わせて、絵の描かれた木板に可動式の寄木細工を設置する技術を開発していきます」

「当時の修復は先端分野でした。修復士は魔術師見習いであると同時に化学者であり、実験者だったのです。パリの、ここのすぐ近くで事業が繁栄し、そのほとんどが家族経営でしたが、国家コレクションを扱うのと同様に個人客向けにも仕事をしていました。一族はアトリエで内密に作業を行っており、そのプロセスについては守秘義務が徹底されていました。当時の彼らはキャンバスの移し替え職人、または修繕屋と呼ばれていましたが、〈修繕屋〉という呼び方が彼らのためにならないことはわかるでしょう。彼らは警戒されていたと先ほど言いましたが、修復という言葉には実に多くの意味が背負わされていたのです」

すべてはオレリアンの学んで知っていることばかりだったけれども、ベルトランは溢れんばかりの情熱を伝播させながら話していた。オレリアンは肩幅の大きなベルトランの上着のポケットからスカーフが痛ましく垂れている様子を見て、シラク風だと思いながら、ベルトランの緩やかに老いていく姿を優しく見守った。シャツは太鼓腹で膨らみ、顔は赤らんで、髪はもじゃもじゃしていた。やがて美術館は広告代理店で見かけるような、スニーカーを履いて、ネイビーのメリノタートルネックセーターを着、スマートフォンを手にしたスポーティーでリラックスした着こなしの躍動感溢れる若者たちで占められるだろう。ベルトランは昔の名残であり、オレリアンはそんな彼に愛着を感じていた。

「それから、明らかに」ベルトランは額をぬぐいながら続けた。「啓蒙時代にはこれらすべてを整理し、実験の時代に終止符が打たれようとしていました。そして根源的なテーマが百科全書派を揺さぶったのです。つまり、描かれた作品は絵具層だけに留まるのか、それとも支持体を含んだ三次元の物体となるのか、という問題が生じたのです。後者の考えを支持する人は、技術者が自由に支持体を変形させたり、交換したりすることを心配しました。一七七五年に〈王室コレクションの修復士〉という職務が廃止されたのは、行政が必要に応じて作品に手を入れることができるようにしておきたかったからでした。一八〇二年にはアカンの息子が準備を進めていたラファエロの《フォリーニョの聖母》の移転について詳細な報告が求められました。彼は行政機関限定で使われるものとばかり思っていたので、指示に従って報告書を忠実に作成しますが、これが出版されてしまいます。修復に関するすべての方法がここで明らかにされてしまい、アカンの息子は憤慨しました。しかし秘密主義に終止符を打つこと、誰もが願っていたのはまさにこれでした。芸術家にとって秘密は良いことです。しかし職人は透明性を元に活動しなくてはなりません。私が言いたいのは、この瞬間から今日に至るまで、修復士を職人のカテゴリーに収めるために、やれることはすべてやってきたということです。芸術家の仮面から遠ざけ、修復プロセスを管理、訓練し、教育し、権力を制限するために競争原理を働かせ、自由を制限しました。なぜでしょう？　なぜなら、二人の芸術家の衝突が危険であることは、諸君も容易に想像できるかと思いますが、同じ作品を分かち合うとなればなおさらだからです！　生命の息吹を与える者と、命を引き延ばし、こう言って良ければ、永遠の命を授ける者と……一方はすぐに、もう一方が同等であると思うでしょう……」

会場が騒めいた。ベルトランは聴衆の惹きつけ方を知っているのだ。

「こうした予防措置にもかかわらず、修復の数だけ、スキャンダルは発生したのです！　一八六一年、絵画部門ディレクターのフレデリック・ヴィヨは、ラファエロの《聖ミカエル》を洗浄させました。評判がすこぶる悪く、彼は辞任させられました」

オレリアンは身震いした。

「ヴィヨは自己弁護のために、修復結果は一般人によって評価されるのではなく、専門家によってなされるべきだと主張しましたが、彼は間違っていました。一般の人が判断を下すのです。一般人だけがそれをする。十九世紀末、修復士クロード・シャピュイがレンブラントの《エマオの巡礼者たち》に着手しましたが、その時もクレマンソー（首相を二期務めた政治家）が巻き込まれるほどの騒動になりました。議論の中で、哀れなシャピュイは日没後のルーヴル美術館をスクレイパー（物質の外面を削るへら状の器具）とブラシを手にして徘徊し、誰にも知らせず、自分の好きなように作業する奇怪な人物として証言されてしまいました」

「それから四十年後、再びレンブラントにまつわる事件が起こります。才能に恵まれた画家のグリナは修復工房のディレクターでした。彼は《ティトゥスの肖像》を任されますが、当時、この作品はレンブラントのオリジナル作品であると信じられていたのです。ここでまたしても、新たなスキャンダルが起こります。作品はまるで洗濯機から出てきたようにぴかぴかで明るかったのです。加えて派手。国民はもう立ち直れませんでした。オランダ絵画の他の傑作と較べると贋作のように見えた。そして、いつものニス論争が起こります。二つの派閥が対峙しました。ニスの完全除去を支持するアングロサクソン派と、往年の輝き《ゴールデン・グロウ》、美術館の味わい《ジュ・ドゥ・ミュゼ》の信奉者であり、それが無ければ展示するに値しないとするラテン派の対立です。後者は古色を好みます。爽やか過ぎれば、疑わしく見えてしまうということです！」

いかにもパリらしいベレー帽をかぶった赤茶色の長い髪をした若い女性が最前列で手を挙げた。

「とは言え、チェーザレ・ブランディはこの議論に一石を投じたのではないでしょうか？」

「これからその話をしようと思っていたところです。確かに、この職業は二十世紀半ばのブランディの仕事によって大きく変わったと言えます。先を見通す力のある人で、実践家というよりは思想家に近い。チェーザレ・ブランディは私たちに何を伝えたのでしょうか？」

「修復は創作行為とは別ものだと彼は言います。修復は作品の歴史の一部となり、作品の可視性を保証する役割を果たしますが、オリジナルの状態を取り戻すとは言えない。ブランディは時間の流れを遡る必要はないと説きます。素材に及ぼすありとあらゆる影響というよりも、彼は作品との精神的な距離、つまり作品の誕生から自分たちを隔てる長い歳月が作品の見かたを変え、そこに生じる文化的隔たりについて考察したのです」

「実際の修復作業は作品の潜在的な統一性を再現しなくてはなりません。作品に損傷、剝落、変異などがあっても、作品が理解されるようにしなければなりませんが、同時に可逆性を保証される必要がある。つまり絵画の場合で言えば、ニスで塗られた層は後で上塗りされた箇所と元の絵具層とを区別する必要があります。もう少し言うと、修復士は画家のタッチを真似しようとしてはいけません。修復された箇所は、一メートル以内の場所でオリジナルと区別できないといけません。ブランディはそのためにトラテッジョという技術を考案します。印象派のプロセスを借用し、欠損箇所を肉眼で見える細かな線で埋めていく技法です」

「ブランディは修復士という職業の枠組みを提供してくれました。今日、我々が実践しているルールの生みの親なのです。『修復の理論』の読み込みが大切です。難解だけれども、ぞくぞくするような本です！」それからベルトランはここで説明したことは自著の『修復理論事典』に解説が載っており、彼の個人サイトから注文すれば特別価格で購入可能なことも言い添えた。


彼の言葉に会場は震え、オレリアンは演壇へと下りていった。

「ブラボー、素晴らしい講義、見事です」

ベルトランは満面の笑みで賛辞を受けた。「楽しんでもらえたかな？　とにかく早く出よう。死ぬほど暑いよ！」

　二人は〈カフェ・マルリー〉のアーケードのテラス席で落ち合った。

「さて、オレリアン、何があったのかな」ベルトランは椅子に崩れ落ちるようにどさっと腰を下ろした。彼はジョッキビールを注文し、同僚の友人を落ち着かせようとした。ベルトランは基本温厚な性格で一緒にいて親しみを覚える感じの良い人だった。《ラ・ジョコンド》の場合でも同じで、公式プレスリリースまでは秘密厳守だが、それ以外は、従うべき手順はいつもの修復作業の場合とくだん変わらないはずだと彼は言った。しかしこの機密性に配慮するために順番を変える必要はあった。

「ざっくり言うと《グロッソ・モド》、まずは作品の名前を明かさずに候補者を募る。学歴、経験、参考資料から一次選考を行い、それから、具体的内容を説明するために各候補者のところへ訪問するんだ。その後は君もよく知っての通り、いつもの手続きに戻る。依然として関心のある候補者はフレームの外された作品を調べにルーヴル美術館までやって来て、費用、技術、期間等を含めて我々に提案するまで、だいたい一ヶ月半はかかる」彼がビールを頼むと二杯目にはプレッツェル（ドイツの伝統的なスナック菓子）が添えられていた。

　オレリアンはしばらく考えごとに耽っていた。

「チェーザレ・ブランディで講義を締めくくりましたね。ブランディはニスを除去することについてどう思うんでしょう？」彼は尋ねた。

「うーん」ベルトランの上唇は泡で覆われ、口いっぱいだった。「ブランディが作品の古色について議論すると挟み撃ちにあった。一方は古色を歴史的事実として捉え、古色は流れゆく時間の痕跡であり、その証言としてそのままの形で保存するのが妥当だとする考え方。もう一方は、彼が

〈美 的 要 請〉と呼んでいるもので、作品においては美的側面が優先されるべきとする考え方がある。つまり作品は見やすいものでなければならない。この意味において、酸化したニスは作品理解を確かに損ねるものだよ。加えて複雑なことに古色を取り除くと、素材が絵に勝ってしまう、とブランディは説明するんだ。ブランディにとって、古色は作品のバランスを保証するものであり、言い換えれば、素材を元あった場所にそのまま残しながら、色調を調和させるピアノのソフトペダルのようなものだったんだ。大丈夫、ついて来られてる?」

集中して聞いていたオレリアンは頷いた。

「こうした理由から、画家の中には自分の作品に及ぼす時間の影響をむしろ好む人もいて、絶妙な色合いのニスの膜で作品を仕上げようとした画家もいたと言われている」

「ベッリーニ効果と呼ばれているものですね」

「そう、その通り」

オレリアンはゾエが携帯で見せてくれたポラロイドのフィルターを思い出していた。昨日撮られた写真に、懐かしさを吹き込んだ写真で、流行りはもう過ぎていたが、一時期はありとあらゆる家族写真が七〇年代のキューバで撮られたもののようだった。

「それでは、今回の場合、ブランディなら何と言うでしょう?」

ベルトランは頷いて見せたが困惑していた。自分の解説が無力さを露呈していたからだ。

「魔法は存在しないよ。たとえブランディがオリジナルの瑞々しい色より、古色を好むラテン精神に与することが明らかだったとしても、彼は修復士に歴史的価値と美的評価という二つの価値観の狭間で、落としどころを見つけさせようとしていたから」

オレリアンは茫然としていた。現代修復の第一人者と言われるブランディでさえ、修復の手続きについて明快な答えを持っているわけではなかったのだ。本質的に美に関する、言ってみれば、それぞれの好みに関する問題に決着をつけられる理論などは存在せず、したがって、この問題は差し当たり万人に開かれていると言って良かった。

「いずれにせよ、彼の可逆性の原理を作品に適用することなんか出来ませんよ。土台無理な話です！　どんな行為だって取り戻すことは出来ないし、それが出来ると思うのは、それこそ幻想じゃないでしょうか！」

「ああ」ベルトランは自分の考えかのように表情を曇らせながら認めた。「彼の修復理論に古くなっているところがあるのは確かだ。ニスの除去における大問題は、元に戻せないということ。やってしまったら、それまでで……」

ベルトランは何とか気持ちを切り替えながら続けた。

「確かに、君の目の前にあるのは簡単なことではない。でも必ず乗り越えられる！　慎重かつ繊細な腕のいい人を見つけよう。修復士選びが要だ。感覚の良い人がいい。誰が応募してくるかをまずは見よう。とにかく、力を貸すよ！」ベルトランが一気にビールを飲もうとすると、小さなイーゼルのちりばめられた柄のネクタイにビールがこぼれた。彼は手の甲で顎を拭った。

「女の子たちがブラジャーをつけてないのに気づいた？　あれって……」彼は囁くように言った。「不安定じゃない？　世界は変わるね。オレリアン、まったく、なんて変わりようだよ！　自分が置いてきぼりにされるんじゃないかって、時々怖くなるね……」彼は最後の言葉を半分冗談半分真顔で言った。二人は物思いに耽り、気まずい思いに考えを巡らせていた。しばらくすると、ベルトランは手のひらで太ももを叩いて言った。「さぁ、僕は行くよ」オレリアンは足を引きずり気味にぎこちなく遠ざかっていくベルトランの姿を眺めていた。

職人の才気

オレリアンはベルトランの助けを借りて、対象となる修復作品の名前には触れずに募集要項を作成した。そこにはただ「十六世紀イタリア絵画の傑作」とだけ記した。およそ十五人の修復士が関心を示した。発注者の名声と謎めいた表現がプロの関心を惹き寄せた。応募書類を整理しながら、オレリアンは何かが引っかかっていた。候補者は誠実に仕事に従事している人たちばかりだったが、今回の任務にもっとも相応しく思われる人物の名前がなかったのだ。ガエタノ・カザーニの不在が目立っていた。しかし彼の耳にルーヴル美術館のプロジェクトが届いていないとは思えなかった。

修復業界を知る者にとって、ガエタノ・カザーニは伝説の人だった。オレリアンは彼が国立遺産研究所に外部講師として招聘され、『保存原則入門――絵画作品の修復』という授業を受け持っていた時にこのイタリア人を知った。オレリアンの女友達がこの筋肉質の先生の講義を受けた時の反応が忘れられない。彼女たちは講義が終わるとたちまち先生の机を取り囲み、口を花のようにして山ほどの質問を浴びせかけた。彼女たちは羨望の眼差しでガエタノの手を見つめていた。絵画の最高傑作に触れてきた手。丁寧に整えられたあご髭や、アイスミント色だったり、クラッシュラズベリー色だったりしたピチピチのポロシャツを着た上腕二頭筋や胸筋の膨らみを滑稽に思う女生徒は一人もいなかった。彼は崇拝の対象だったのだ。

ガエタノは繊細な分野で活動していたが、生徒たちに自分のノウハウや技術について話すことはいっさいしなかった。彼にとって修復とは何よりもまず、感情や直感、そして作品との対話の物語だった。ガエタノは職人の才気を信じていた。修復が単なる作業、単なるテクニックとみなされることを極端に嫌った。そして探求と刷新を繰り返しながら作業に留まるのではなく、技術を超えてゆく職人は画家と同等の価値を持つと挑発的に宣言した。というのも、彼の考えでは、修復とは何よりも精神的な作業だったから。外科医である前に診断医であり、研究者であり、何より哲学者なのだ。作品の歴史に自らを刻み込むために、作品について考えを巡らせ、自らの人間性と独自の目線で作品と対峙しなければならなかった。この点において、ガエタノはチェーザレ・ブランディの教えに近かった。

オレリアンは直接彼と仕事をする機会は一度もなかったが、ガエタノの名前は長い間、主要な国立美術館のプレスリリースに頻繁に登場していた。このイタリア人は困難と言われた数々の介入を見事に成功させ、ペルジーノ、ウッチェロ、ブロンズィーノ、そしてラファエロといったイタリア・ルネサンスのもっとも麗しき名前に自らの名を並べた。オレリアンは本当に彼に会いたかった。いったいどこにいるのだろう？　今、何をしているのだろう？　ベルトランはガエタノが最近アラブ首長国連邦で仕事をしていたという話を聞いていたが、仕事内容については知らず、その他の情報はいっさいなかった。

届いた応募書類の中から、今回の課題に取り組むに当たり、必要なキャリアを有する六人の候補者が選ばれた。オレリアンはベルトランのアドバイスに従って各候補者とアポイントを取り、今回の対象作品を決して漏洩させてはならない秘密事項として伝えるために、候補者の自宅やアトリエで会うことにした。

候補者リストの一番目はジャクリーヌ・シャンパーニュだった。彼女はＣ２ＲＭＦと数多くの仕事をしており、彼女の保存技法は高く評価されていた。また、国立美術館で行われたあらゆる修復を分析し、そのほとんどのケースを酷評した雑誌『ル・シュヴァレ』の創刊者でもあった。彼女は性格がきつく詮索好きで美術館からは警戒されていたが、敵陣に入られるよりは味方にしておきたかった。とは言え、作業は確実、慎重で、予定通りに進めることができ、彼女はこの調整の巧みさで知られていた。

オレリアンとベルトランはモンスリー公園を囲む通り沿いの、ロンドンのシックな区域にあるようなレンガ造りの洒落た家で彼女に再会した。ラズベリー色を帯びた赤い口紅、薄く青みがかった目の色が、二人の案内されたラベンダー色とアシッドグリーンの絹で飾られた彩り豊かなリビングを見事に引き立てていた。彼女の髪の白さは全体を明るく輝かせ、こうした様々な色の輝きがオレリアンに《カナの婚礼》に招待された客たちの豪華な衣装を思わせた。

修復の対象作品を知ると、彼女は陶器のマグカップを置き、ローテーブルのガラスに音を立てた。「辞退します」彼女は言った。「危険すぎる。私は引き受けないし、こんなリスクを背負う人がそもそも見つかるとも思えない。やろうと思うこと自体がナンセンスだと思いますよ。急ぐ必要はあるんですか。《モナ・リザ》はまだ明瞭です。こんなむちゃなことは後世の人に任せた方がいい！」

彼女はオレリアンの手を取ると彼の目をじっと見つめた。「オレリアン、自分の身に降りかかる結果について考えたことはある？　やめて頂戴」

議論する気のなかったオレリアンは反論をしなかった。彼はもっと長居しようと思っていたベルトランをよそに、チョコレート《アフターエイト》とジャスミンティーを残して立ち上がった。「あなたの言うことが、恐らく正しいのでしょう」オレリアンは冷ややかな丁重さで応えた。ジャクリーヌは玄関のオーニングの下まで彼と連れ立った。「慎重にしましょう」彼女は意地悪い笑みを浮かべ、空に向けて人差し指を横に振り、それから二人の前でドアを閉めた。彼女が真実を言っていることはわかっていた。修復のニュースが公式に報道されれば、彼女と彼女の雑誌が自分の人生を台無しにすることはわかっていた。

翌日、彼らはさらに三人の修復士と会ったが、ジャクリーヌ・シャンパーニュと同じように対象作品を耳にすると、報酬や修復作業のテクニカルな話に入るまでもなく、途端に志願を取り下げた。断る理由はいろいろだったが、実際、オレリアンには彼らの熱意に水をかけているのがプレッシャーであることが手に取るようにわかった。とんでもなく巨大なプレッシャー。仲間、同業者、専門家、メディアからのプレッシャーがあり、国民、政治家、外交からのプレッシャーもあった。このことはこの職に携わる人であれば誰でも容易に想像することができた。というのも、ほぼすべての修復士が次元は異なるものの、自らの仕事と切っても切れない論争を経験していたから。

「出だしが悪いな、こんなの初めてだよ」ベルトランは言った。

予定の候補者はまだ二人残っていた。

ブリューノ・マガシアンは、数年前、不幸なことに修復に失敗し、激しい攻撃にさらされた。彼はいくつかの大きな国立美術館で真面目に長くキャリアを積んだ後、ラベル張りのたった一つのミスにより、ティツィアーノの作品に強すぎる溶剤を使用してしまい、ニスを越えてグラッシが取り除かれ、絵具層が損なわれてしまった。マガシアンは自分のミスを帳消しにするために努力したが、今でもなお、不幸なダナエの顔から豊かな厚みが失われてしまったことを悔やまずにはいられなかった。マガシアンとはスフロ通りにある事務所に改修された薄暗い一階で会った。彼は取引の対象が《ラ・ジョコンド》の修復だと知っても顔色一つ変えなかった。オレリアンは面会の間ずっと彼が本当に理解しているかどうか疑問に思い、確認しようと機会があるたびに作品の名前を口にした。哀れな修復士はすべてに「はい」と応えたが、茫然とした表情は気の弱さを露呈していた。彼はためらいがちな手で、弱々しく震えながら秘密保持契約書にサインした。オレリアンが注意深く観察していると、突然、強めの息が鼻孔を襲った。アルコールの刺すような臭いがした。彼は面会を早々に切り上げた。午前十時だった。

最後の候補者、アニエス・バロは三十四歳の女性で、すこぶる有能に見えたが、肩にのしかかるプレッシャーを考えると、年齢がネックになる可能性があった。ベルトランはC2RMFから抜けられず、オレリアンは一人でクリシー広場のカフェで彼女と会った。カフェ〈ル・シラノ〉は主に隣接するコメディ劇場の観客にグラスの赤ワインを提供していた。テラス席は美術学校の非正規職員や生徒たちでいつもいっぱいだった。アールヌーヴォー様式の装飾、白熱電球による果敢な抵抗、大衆的な雰囲気が、この小さな店に近隣のビストロにはない本物感を醸し出していた。二人は密度の濃い時間を過ごした。アニエスは聡明で修復技術について百科事典並みの教養を備えていた。新たな画像技術にも精通していたが、古いプロセスや溶剤の化学も重視しており、後者については論文さえ執筆していた。オレリアンは彼女が今回のミッションを遂行するに当たって十分な才能と知性を兼ね備えていることを疑わなかったけれど、どうやって委員会に彼女の相対的な経験不足を説得すれば良いのかわからなかった。何はともあれ、アニエスはそれが大きな賭けであったとしても、立候補を取り下げたりはしないだろう。彼女と別れた後、彼はもう少し話しても良かったかなと思った。ポケットに入れていた携帯電話が震えた。クレールは今夜も帰らないだろう。

しばらくして二十一時頃に着信音が鳴り、オレリアンはクレールの声を期待して無雑作に携帯を耳に当てると、ダフネの声がした。

「こんばんは、オレリアン。今、電話大丈夫？　進捗が聞きたくて！　募集はどんな状況？」

オレリアンは咳払いをした。

「ちょっと、今のところ、有力な候補者はまだ一人もいません」

「どういうこと？」

「誰も《ラ・ジョコンド》を修復するリスクを背負いたがらないんです」
しばし沈黙が流れ、ダフネが口を開いた。
「オレリアン、きっと見つかるわよ。信じてるから。あきらめないで！」
彼が何か口にしようとした時にはすでに通話は切られていた。

数日後、オレリアンはブリューノ・マガシアンとアニエス・バロからの立候補を確認した。一人はアル中、一人は経験不足だった。候補者の二人は修復の具体的な進め方を示すことができなかった。三人目の候補者が必要だった。あるいは諦めるか。この状況はオレリアンにとっては願ってもないチャンスなのかもしれない。ダフネの事務所で、彼は冷静に状況を説明し、館長は彼の話に耳を傾けた。そしてオレリアンは最後に「延期を検討する」という言葉を宙に浮かせて締めくくった。ダフネは黙って窓から外を眺め、ずいぶん長い時間が過ぎてから、再び彼の方に向き直ると、鋭い眼差しでじっと彼を見つめた。

意味深な彼女の表情に、安心感を与える温もりのような、複雑な笑みが浮かんでいた。そこに彼女の寛容さを感じ取ることもできたが、同時にオレリアンに対する絶大な信頼、穏やかな全幅の信頼を読み取ることができた。彼は長い間、館長の笑みは非暴力的コミュニケーションに熟練したコーチングの努力の賜物であり、思いやりという時代の要請を正面から受け止め、様々な状況に対応することを目的とした人材育成の成果だと思っていた。しかし自分は間違っていたのだろう。ダフネは本当に並外れたレベルの共感力を有していたのかもしれない。

彼女は彼を非難したり、至らなさを指摘したり、あるいは、上手くいっていないことをオレリアンが内心では喜んでいるのではないかと疑うことさえできたはずだ。しかし彼女は二人の考え方のズレについて、二人を隔てる溝についてはまったく気にしていなかった。彼女は別の立ち位置を取っていたのだ。そのため、彼は無意識のうちに館長に歩み寄り、信頼に応えたいと考えた。解決策を何とか持ってきたかった。

「最後のチャンスがあるかもしれません……」館長の口角が少し上がった。「でも、イタリアに行かなければなりません」

ダフネは手を叩いて、椅子にもたれかかった。

「イタリア、素晴らしいアイディアね！ 太陽はあなたにいいはずよ！ 楽しんできてね、そして、パルメザンチーズと《ラ・ジョコンド》の修復士を宜しくね！ 最高よ、オレリアン……最高！」

第二部

化学は闇を追い払う。

ピエール＝ルイ・ブーヴィエ

アナデュオメネの姿

二日後、クレールはパリとミラノを結ぶ再開したばかりの夜行列車の発着駅ガール・ド・リオンまでオレリアンを送っていった。彼女は夕食の約束に行く前に駅に置いていくと申し出、彼は自分のためにそうしてくれる彼女に心打たれていたというわけだ。彼は助手席から彼女が運転するのを眺めていた。集中している彼女は本当に美しく見えた。香水を変えていた。そのことを伝えると、彼女は横断歩道を渡るのをためらう老人を罵って質問をはぐらかした。彼女は旅行の目的を聞こうとはしなかった。「《ラ・ジョコンド》の修復について検討している」彼がそっとそう伝えると、彼女は「いいアイディアね」とそっけなく応えた。

予約していたプレミアムの客室に入ると、オレリアンはすぐにベッドを広げ、持ち物を丁寧に整理し、パジャマに着替えた。パジャマを見つけるのは年々難しくなっていたが、彼はパジャマを着て寝るのが好きだった。クレールはこの習慣からオレリアンを本質的に右派の人とみなした。二人は時おりこのことについて議論を交わしたが、左派を自認していたクレールにとって、これは自明のことで、彼女は何が右派で、何が左派かというはっきりした軸を持っていた。彼女にとって、男のパジャマは右寄りの価値観の証であるのは疑いようがなかった。古臭いと思うことがすべてそうなんじゃない、とオレリアンが尋ねると、クレールはもちろん古臭さと関係がないことはないが、それだけではなく、もっと微妙なものだと応えた。ポリティック・レーダーが必要だったが、彼女は確かにそれを所有していた。テレビに登場する人や会社の同僚、誰々さんがどちらの側に傾斜しているか、彼女は細部を通じて見抜くことができた。「あの人のプリント柄を見て。あのタイプは中道左派に投票する!」ただ、確認の機会を持つことはまれで、こうした情報は確かに過去には明白だったかもしれないが、時代の変遷とともに解読はどんどん難しくなっているように思えた。最近では、銀行員のような恰好をしたエコロジストもいるし、みすぼらしい服装のリベラル派も見かけるようになった。オレリアンは自分を進歩的というよりかは保守傾向の人間だと自認していたけれども、どちらかと言えば、ノンポリだと思っていた。かと言って、リベラルではなかった。多くの主題について彼は逡巡した。優柔不断とクレールは言った。オレリアンは《ラ・ジョコンド》が右派なのかどうかを考えた。この疑問に対してクレールならわかりやすくこう説明するだろう。《ラ・ジョコンド》は間違いなく右派。でも修復された《ジョコンド》は決してそうではない。これが想定される彼女の妥当な返答だった。しかし、マーケティングの理由から修復された《ジョコンド》はどうだろう? 彼は弱ってしまった。

列車が動き始めた。車掌が客室を巡回し、盗難予防のために恒例の注意喚起を行っていた。これは紛れもなく夜行列車の旅という名の無形文化遺産の一部になるだろうとオレリアンは思った。もしこの世から泥棒がいなくなったら、人は泥棒のことを愛おしげに語ることだろう。彼は学生時分の旅に利用していたこの移動手段に特別な愛着を抱いていた。列車の揺れに身を任せ、レールの上を走る車輪のコトコトという音に誘われて眠りにつく甘美な感覚を穏やかな気持ちで思いだしていた。多くの聴覚情報が蘇った――夜行列車は何よりもまず聴覚の体験だった――、トンネルを通過する時の綿に包まれたようなくぐもった音、トンネルを抜けた時の急速な減圧、気を揉ませ吸い寄せられる通路での会話、夢の果てまで届く駅長の笛、笑い声、愛の弾ける音、恐らくオーガズム、すれ違うミシュリーヌ（タイヤメーカーのミシュランが開発した鉄道車両）の短く愛想の良いフクロウのような鳴き声、ミシュリーヌへの応答、スピードのせいであっという間に過ぎ去る列車同士の真夜中の挨拶、到着が近いことを知らせる車掌の不愛想なノック、隣室から伝わる興奮、通路でトランクの車輪が転がる音、その日の最初の挨拶。

ミラノに朝六時に到着すると、ほとんど間を置かずにフィレンツェ行きへ乗り換えた。九時四分、列車はサンタ・マリア・ノヴェッラ駅に入っていった。その日の午後、ドゥオーモ広場の洗礼堂の前で、ガエタノの協力者と会うことになっていた。まだ時間があった。彼は甘美な解放感に包まれた。それはエラスムスの交換留学（ヨーロッパ大学間交換留学制度）でこのトスカーナの州都に来た年に、芸術の中心地を初めて巡った時と同じ感覚だった。彼は路地裏の角を曲がり、サンタ・マリア・デル・フィオーレ大聖堂の広場に出ると、初めて味わった陶酔感のことを思いだした。当時、彼はスタンダール・シンドローム（作家スタンダールがフィレンツェを訪れた際、そのあまりの美しさに失神しそうになった経験から名付けられた症状）を体験することを期待しながら大聖堂に向かって駆けていた。そして興奮と不安の入り混じった気持ちで症状が起こるのを待っていたのだ。危険なことだとわかっていたが、残念なことに何も起こらなかった。この場所でも、サン・マルコ修道院でも、サンタ・クローチェ教会でも起こらなかった。気絶することも、動悸が激しくなることもなく、ただ足踏み状態による疲れ、脱水の初期症状を感じるだけだった。彼は感嘆しながらも、この街の美しさに身体がそれほど敏感でなかったことに少しがっかりした。少なくとも気を失うほどではなかった。彼は数日のうちに、レ・アールに馴染んでいったパリジャンと同様、フィレンツェに慣れていった（レ・アールはパリ中心部の巨大ショッピングモールのある場所で以前は中央市場）。彼はすぐにいくつかの習慣を身につけた。そうやって習慣と共に街を我がものにしていったのだ。彼は滞在期間中ずっとその習慣を大事にしていた。商人たちを前に、中世に活躍した傭兵のような気軽さでつたないイタリア語を披露し、商人たちは彼の努力と熱意に惹きこまれた。当時のオレリアンの人生に、クレールはまだ登場していなかった。恋愛《アヴァンチュール》の許される身であったオレリアンは、サンタ・クローチェ教会から通りを二つ挟んだところにある屈指のジェラート屋〈ヴィヴォリ〉の女子店員と関係を持った。祖国から遠く離れ、母親の目を気にする必要もなく、官能的なアドリアナの華麗な腰のくびれは彼のフィレンツェ時代に焼きついた。アドリアナのおかげで、閉店時に迎えに行った時にもらった絶品の〈ストラッチャテッラ・ジェラート〉のおかげで、そして街の至高の美しさのおかげで、当時の彼は人生で最も輝いた時間を過ごしていた。

その日のフィレンツェは暖かく、オレリアンは明るいリネンのジャケットを着ていたが、暑さのせいで肩に羽織らざるをえなかった。シャツの袖をまくり上げ、べっこう柄の折り畳み式ペルソール・サングラスをかけた彼は自分を『太陽がいっぱい』の若き日のアラン・ドロンと似ているように思った。当初は訪問する場所をいくつか計画していたが、気が変わった。彼ははっきりした目的を持たずにただぶらぶらしたくなり、記憶に導かれるままに街を歩き、自らの心が向かう場所を探り、幾世紀にも亘る美を求めてやってきた観光客を眺めるのを好んだ。アルノ川に沿って進み、ウフィツィ美術館の前を通り、ヴェッキオ橋を渡って、サンタ・フェリチタ教会にしばし立ち寄り、ポントルモの《十字架降架》を眺めた。

教会に入ってすぐ右側にかけられたこの祭壇画には、長い間、関心を抱いてこなかったのだけれど、改めて観たいと強い衝動に駆られたのは、この作品が最近になって修復が行われたからだった。機械に硬貨を入れると、生々しい光が作品を照らし出した。

演劇の舞台のような地面がわずかにのぞく不安定な空間の中で、どのようにしてかはわからないが中性的な複数の人物たちが重なり合い、ただ一人重力が働いているかに見える死んだキリストの肉体の周りに無重力状態で浮いていた。あとは、勢い、ひねり、色彩があった。意外なハーモニーを奏でる色彩のバレエ。鮮やかでありながら繊細で、ローズピンクとブルーグレー、紅色、セラドングリーン、山吹色、青白い肌、もつれたチュニックと身振りが絡み合い、優しさと痛みのほとばしるダンス。これら登場人物たちの間でキリストは最も人間らしく見え、宙に浮く人々によって地上の引力から引き離された裸のキリストの姿が、オレリアンの心を強く打った。彼はそこに、神の人間性と人間の神聖への憧れを同一場面で表現し、豊かな動きの中でそれらを混ぜ合わせたいという画家の意思を感じ取り、それが何らかの理由で彼を感動させていた。

当時において圧倒的に革新的で、過激で実験的なこの作品は自然模倣への関心から遠く離れ、軽やかで細長く美しいプロポーションを持つ人物像など、人工的な演出効果を求めた初期マニエリスムの特徴を統合していた。ここでは絵画に表れた主観性の宣言を見て取ることができる。

美術史がポントルモを理解するには時間が必要だった。一九九〇年代のシスティーナ礼拝堂の修復により、《最後の審判》の驚くほど刺激的な色彩が明らかになり、ミケランジェロは「暗闇の帝王」という異名を失って再考を余儀なくされた。その後、ポントルモの生き生きとした刺激的な色調や自然を超越した明るい人物造形が、実はミケランジェロに由来するものであることがわかったのだ。

オレリアンにはなぜポントルモが同時代の芸術家にとって人気のある画家だったのかが理解できる。かつてはデル・サルトと弟子のポントルモの作品の間には越えられない一線を引いていたが、たぶん彼はマニエリスムに対して厳し過ぎたのかもしれない。今のオレリアンはマニエリスムに感動し、マニエリスムが芸術よりもっと大きな何かを与えてくれているような気がしてならなかった。

十六時、ドゥオーモ広場の洗礼堂の前で待ち合わせをしていた。オレリアンが約束の時間に広場にいると、広場の反対側から一人の女性が彼に大きく手を振った。「オレリアーノ、オレリアーノ！」彼女は叫び、彼は足早に近づいた。

ジュゼッピーナは時間を無駄にせず、ヒールの踵で石畳を叩くと、腰の揺れに合わせて茶色い髪を波打たせ、大聖堂を囲む迷路のような路地へと彼を導いた。オレリアンはついていくのに必死だった。つけぼくろのある顔に大きな黒縁メガネをかけた彼女は時おり振り返って「こっちよ《ダ・クエスタ・パルテ》、オレリアーノ」と声をかけた。二人はテスラ・モデルXの前に到着して車に近づくと、バタフライドアが上に向けて開いた。「ガエタノの車よ」ジュゼッピーナは言った。考えていたのとは違って彼は少し驚いた。

旅はどうだった？　前はいつ来たの？　といった月並みな質問にオレリアンは応えながら彼女をしげしげと眺めた。イタリア語が蘇って来た。ジュゼッピーナもフランス語を少しだけ話せた。彼女がメガネを頭の上に乗せると、頬骨の張った魅力的な顔が露わになった。ダークレッド色の唇は熟れた果物のようだった。どちらかと言えば濃い顔で、恐らくコラーゲンに依存していたのだろうけれど、オレリアンは彼女特有の美しさを感じた。その美しさがどこに宿るのか、それが本当のものなのか、それとも何か別の捉えどころのないものなのか、彼にはわからなかったが、とにかく、ずっと見ていたくなるような美しさだった。車内には気分を少し高揚させる甘いエッセンスの香水の香りが広がっていた。彼女は四十歳くらいか、あるいはもう少しいっていたかもしれないが想像するのは難しかった。自分と人類の運命を無視することを決めたかのような、時間の流れを欺こうとする彼女の努力を彼は素晴らしいと感じた。ヴェルサーチェの広告に登場するようなとんでもなく洗練されたヒロインたち、人間存在の宿命と戦うワルキューレ（北欧神話の神に仕える武装した乙女）の軍団を思い浮かべた。

街から出る途中、渋滞で三十分ほどロスしたが、あとは比較的流れていた。おしゃべり好きのジュゼッピーナはずっと話し通しで、静かになると、九〇年代イタリアのヒット曲を集めた魅力的なプレイリストをかけた。ジュゼッピーナは歌いながら、時々彼の方を見て笑みを浮かべた。オレリアンは気分が良かった。都心を離れるに連れて周りには緑が増えていき、高所に行くに連れて新鮮な空気に変わっていった。アンドレア・ボチェッリと、危険なまでにまぶたを閉じたジュゼッピーナは声を合わせて絶叫した。車は見るからに裕福な住宅街を見下ろす丘の頂上に到着した。イトスギに囲まれた正門をくぐり、長い砂利道の端まで車を走らせた。想像していたのと違い、その小道はコンクリートとガラスを組み合わせた五〇年代のカリフォルニア風の建物に通じていた。

ガエタノは家の前で二人を待ち受け、両手を広げて歓迎した。年齢にもかかわらず、男は恰幅が良かった。パリの教壇に立っていた頃からほとんど変わっていないように見えた。水色のポロシャツと白いズボンを穿き、スポーティーな体形を維持している。彼はオレリアンを熱く抱きしめると、イタリア人のアクセントをほとんど感じさせない完璧なフランス語で、会いたくてたまらなかった友人かのように歓迎した。

オレリアンはジュゼッピーナがガエタノの唇の近くにキスをしたのに気がついた。彼女より少し若いもう一人の女性が戸口に現れた。彼女は快活な口調で自己紹介した。ルクレツィアという名前だった。ガエタノは彼女の腰に手を回した。

「僕のミューズだよ、彼女たちは最高だ」

オレリアンは顔を赤らめた。

「女神さ」ガエタノは続けた。「ジュゼッピーナ、君も女神さ《アンケ・トゥ・セイ・ウナ・デア》！」

彼はオレリアンにウィンクした。

「ルクレツィアが部屋まで案内するよ。それから夕食だ。ストロッツィ宮殿の友人、アルマンドとトニーも合流する予定だ。それじゃ、また後で！」

オレリアンはルクレツィアに従った。外見はジュゼッピーナとまるで違っていた。彼女は素朴で人工的な感じがしなかった。細い脇腹にゆったり目のタンクトップとロングのタイトスカート、厚底のオープントゥサンダルを履いていた。足の爪はペディキュアの色が何度もテストされたままだった。

ルクレツィアは広々として洗練された部屋のドアを開けた。主な家具と言えば、ほぞとほぞ穴で組み立てられたとひと目でわかる素朴で大きなベッドと、クルミ材の机があるだけ。収納は壁と一体型で組み込まれていた。贅沢な広さに修道院の簡潔さがあった。真鍮のスイッチは触れるだけで光量の調整が出来た。すべては入念に考え抜かれていた。ルクレツィアが可動式パネルをスライドさせると、茶色い石目入りのピンクの大理石から彫り出されたような大きなバスルームが目の前に現れた。彼女はイタリア語で早口で説明した。「中に入ると水が出ます。蛇口はありませんが、中央のダイヤルの付いたデジタル装置が、温度とお湯の消費量を画面で知らせてくれます。くつろいでね。ここの夕食はいつも遅いから」彼女は曖昧な笑みを浮かべて去っていった。

オレリアンは長くシャワーを浴びていたかったが、四分間で六十七リットルという使用水量数値によって後ろめたい気持ちにさせられ短く済ませた。彼はこれほどまでの贅沢を想像していなかった。修復作業は気持ちでする仕事であり、余裕のある生活を送るのは決して容易ではなかったからだ。ガエタノが裕福なコレクターに自分を売り込む術を知っているのは明らかだった。彼はすぐに服を着ると、家の主人の元へと向かった。

テーブルは大きなオープンスペースに設置され、目の前には長さ二十メートルほどの、横幅がひときわ狭く見事に均整の取れたプールが広がっていた。ジュゼッピーナはのんびりと平泳ぎをしていた。

　ダイニング、キッチン、リビングをいっぺんに兼ね備えた部屋は並外れて広く、天井の高さは絶妙だった。壁の一面は縞模様の石灰岩《オニキス》で造られたアールデコ調の巨大で現代的な暖炉で飾られていた。ガエタノはエプロンをかけ、キッチンの目隠しとなっていた大理石のカウンターの向こうで口笛を吹きながら忙しく動いていた。オレリアンの予想と違い、このインテリアから彼の職業を想像することは難しかった。ルネサンスの父と称されるジョットを彷彿とさせる磔刑を描いたトレチェント時代（十四世紀イタリアの芸術文化、ルネサンス黎明時代）の、金地を背景とした印象的な祭壇画が一枚あり、その作品にはまだ遠近法や表情のある人物造形、洗練された色調などは見られなかったが、この祭壇画を除けば広々とした空間はミニマリストの落ち着いた装飾で統一されていた。

「ベルナルド・ダッディ、一三四〇年」ガエタノはスプリッツ（イタリアで人気のカクテル）を差し出しながら言った。「どうぞ！《プレーゴ》」オレリアンは肘掛椅子に腰かけた。「君のために、パスタを準備している」ガエタノは料理しながら彼に社交辞令からいくつか質問を投げた。ニンニクと新鮮なバジルの匂いが空中に漂った。空はバラ色に染まり、空気はまだ暖かかった。オレリアンは変に気分が良かった。

　ジュゼッピーナはプールから頭を出した。琥珀色の夕暮れの後光に包まれた彼女は生々しい一糸まとわぬ〈海から上がるヴィーナス《ウェヌス・アナデュオメネ》〉の姿でオレリアンの前に現れた。ボッティチェリの優雅なヴィーナスと言うよりは、ルーベンスの滑らかなナーイアスに近かった。彼女の向こうには、揺れる水面が黄金色に反射してきらめいていた。年齢からくる重みのある身体、露わになった乳房は奇跡的に張りがあり、尻のかたちは美しく、肉体的な欲望をかきたてられた。水は半透明の滴となって肌の上を次々と滑り落ち、氷のような輝きを放つ身体の曲線美を強調していた。彼女は微塵も恥ずかしさを見せずにオレリアンを見つめ微笑んだ。彼はたちまち視線を逸らせた。

アルマンドとトニーが到着した。彼らはカラフルなシャツにダブルのスーツを着ていた。ガエタノはオレリアンのことを未来のルーヴル美術館の館長だといって大げさに紹介した。当事者は困惑し赤くなった。アルマンドとトニーはストロッツィ宮殿財団のトップとして双頭体制を敷いていた。穏やかで楽しい会話が始まった。ジュゼッピーナとルクレツィアは心から笑い、ルクレツィアが控えめで摑みどころがなく人見知りだとすれば、ジュゼッピーナは社交的で会話のウィットに富んでいた。

楽しい夕食会だった。スプリッツとノービレ・ディ・モンテプルチアーノ（トスカーナ地方の赤ワイン）がオレリアンの自制心を解放していった。才気煥発、それぞれの話が的を射ていた。オレリアンがわりと辛辣で面白いことがわかると、女性二人の目は輝いた。アルマンドとトニーは良い観客で、最初のうちはルーヴル美術館でのオレリアンの立場から愛想笑いを浮かべているのかと思っていたが、やがて彼らの笑いが嘘偽りのないものだと感じるようになっていた。ガエタノの絶品パスタで美味しいワインが進み、陽気な雰囲気に包まれた。

しばらくしてジュゼッピーナは立ち上がると、有名な聖母マリアの姿勢をいくつか真似し始めた。彼女はショールを使って幼子イエスの代わりとなる人形を作った。視線の向かう方向、手の置き方は見事という他なかった。ベッリーニの《アルツァーノの聖母》、メッシーナの《受胎告知の聖母》、レオナルドの《糸巻の聖母》だとすぐにわかった。彼女の手が宙に浮かんで止まると、ルクレツィアがそこに加わり、ジュゼッピーナの膝の上に座って《聖アンナと聖母子》を完成させた。聖母シリーズを終えると、今度はガエタノがジェンティレスキの《ホロフェルネスの首を斬るユディト》のために自分の顔を貸し、暗殺された将軍を力のある暗示を込めた表情で再現した。ポーズが定まる前からもう答えがわかってしまったため、ジュゼッピーナとルクレツィアは徐々にマニアックな作品をモデルに選び、問題を難解にしようとした。ピエトロ・リベリの《バテシバの水浴》はしばらく皆の頭を悩ませた。

ガエタノは招待客にワインを惜しみなくたっぷり注いだ。トニーはアートディレクターとしての役割を真摯に受け止め、構図を改善し、アクセサリーを取りに走り、背景に必要なキャストを務め、自分のジャケットで布地をつくることもためらわず申し出た。アルマンドとガエタノは大笑いした。オレリアンがこんなにも楽しい夜を過ごしたのは久しぶりだった。


夜中の二時頃、アルマンドとトニーは休もうとして千鳥足で立ち上がった。オレリアンは酔っ払いすぎてなかなか寝付けなかった。こんなに飲む習慣がなく、運動不足も響いていた。ベッドは想像上の波のうねりで転がり、縦横に揺れていた。彼は振り落とされないようにシーツにしがみついた。別のところに意識を集中させようとした。隣の部屋から、この家の主人の低い声に混じって笑い声が聞こえた。数分後、笑い声ははっきりした長い喘ぎ声へと変わっていった。彼は列車に耳栓を忘れたことを後悔した。二時三十分、壁の向こう側でジュゼッピーナが熱いうめき声を上げていた。

ルクレツィアなのかもしれなかったが。

無限の欲望

翌日、オレリアンの部屋の扉の隙間からガエタノが陽気な顔をのぞかせた。「よく眠れた？ 海岸に連れていくよ。ウニが食べたくてしょうがないんだ！ 朝食を準備するから、その後すぐに出発しよう！」オレリアンは返答する間も与えられなかった。二日酔いの険しい表情でベッドの端に座るオレリアンを残して、ガエタノは瞬く間に姿を消していた。シャワー室の液晶ディスプレイ《LCD》で、まだ七時にもなっていないことを知った。彼は服を着て、バッグに荷物を詰めると、ガエタノの元に向かった。ガエタノはシブレット、ピンクペッパー、そして彼が着ているコーラル色のポロシャツと完全に同じ色のスモークトラウトのスライスを使って、スクランブルエッグを忙しなく作っていた。彼は食事をすでに済ませており、オレリアンが朝食をとっている間、ガレージからフィアットのコンバーチブル・クーペを出した。ガエタノがトランクに荷物を放り込むと、二人はティレニア海の海岸に向かって出発した。車で二時間の予定だった。

まだ朝早く、夜明けのヴェールが消えたばかりで、松やイトスギが点在する丸みを帯びた丘が姿を現した。気温が徐々に上がっていくのを感じた。目の前には、緑豊かなトスカーナが目を覚まして微笑んでいた。

移動中、ガエタノは子供時代について語った。三人兄弟の年長で、フィレンツェ地方のモンタルバーノの丘の中腹にあるルチアーノで生まれた。ワイン畑とオリーヴ農園を一望できる標高六百メートルのこの山の反対側にはヴィンチ村が広がっていた。両親が祭りと骨董市を渡り歩く移動古物商だったため、アペニン山脈の頂からモンテ・アルジェンターリオまで、アルノ川の河口からピエロ・デラ・フランチェスカ（初期ルネサンスの画家）が生まれ死んだエミリア＝ロマーニャ州境のサンセポルクロまで、両親と一緒にトスカーナ中を旅してまわった。義務教育を無視して息子たちの教育をしていたのは父親だったが、法的義務違反を何度か注意され、ガエタノは九歳になった頃、伝統的なカリキュラムを受けさせるためにプラートにある叔父の家に預けられた。叔父は彼を温かく迎え、ガエタノの気性は荒っぽかったけれど、小学校《スクオーラ・プリマリア》では友人たちと堅い絆を結ぶことができた。彼は新しい環境にものの見事に順応してみせたが、多種多様なオブジェの山にシートをかけたトラックに乗り、父親と自然の学校から教えてもらった路上での、完全なる自由を謳歌した人生最初の九年間の黄金時代に勝るものではなかった。ガエタノの父は故郷トスカーナがこの世にもたらしたもの、つまりこのトスカーナのおかげで、庶民の子供たちも王宮で自らの才能をいかんなく発揮できるようになったことをこの上なく誇りにしており、芸術分野での成功が圧倒的な身分向上に直結することを知っていた。父は息子に美への情熱を伝え、クワトロチェント（十五世紀イタリアのルネサンス美術）への自らの思いを伝えた。

こうして父親は九九表や動詞活用と同じように、息子に観察眼を養い、デッサンだけでなく、色彩の調和、配合、呼応《コレスポンダンス》を学ぶように言った。勤勉で才能に恵まれたガエタノは日々目に留まる数多くのディテールをしなやかな線でノートに残し、それを決して手放さなかった。郵便配達員の姿があるかと思えば、父のごつごつした手がスケッチされ、樹齢百年のオリーヴの曲がりくねった幹があるかと思えば、建築遺跡も描き留めてあった。ガエタノはたまたまサン・ロレンツォの市場で急いで描いた水彩のクロッキーを感激して見ていた観光客に売ったことがあった。自分の才能で得たこのいくらかの金で、あるアイディアが浮かんだ。油絵をやってみたかったガエタノはフィレンツェの有名な歴史的建造物を平らで大きな貝殻に描き、それをペンダントの形にしたのだ。ヒッピーたちがこのチャームに夢中になり、たくさんコピー品が作られた。

一家が路上販売や市場に店を出していない時期、あるいは子供たちにとっては永遠の宝探しにも似た納屋での物品探しをしていない時期、彼らは山の中腹にある農場の家屋に戻って時を過ごした。素朴な建物だったが、質の高い美しい石造りで、今ではちょっとした財産になるはずだ。建物の半分は父親の小型トラックで放浪の旅に出ている間に集められた物品で埋め尽くされていた。冬になると古物商の売買の機会はめっきり減るので、状態の良くないまま購入した品を修理する時間に当てた。脚をひっくり返して椅子やチェストのバランスを調整し、刺繍入りのクッションに羽を詰め、接着剤と細かいおが屑を準備して虫に食われた穴を埋め、溶接したり、塗装したり、金でメッキしたりした。また、近所の人目につかないよう中庭の片隅でひっそりと、少し新しすぎる家具を「古びた感じ」に変色させたり、破損した絵画の隙間を埋めたり、寄る辺ない肘掛け椅子が対になるよう、大工の従兄にそっくりの椅子を作ってもらうこともあった。「二脚あった方が売れるんだ」と父は言い、「靴と同じでね！」と笑った。

ある日、父親が相続財産から、恐らく十九世紀のものと思われる木板に描かれたラファエロ風の聖母子画《イコン》を持ち帰った。それはつぎはぎ屋根の倉庫に保管され水を吸っていたため、聖母子の半分が台無しになっていた。乳白色の聖母が灰色の塊となって見えなくなっていた神の子イエスの方へ腕を伸ばしていた。ガエタノは父親の懐疑的な視線のもと、子供の全体像の復元に取り組み始めた。彼は学校の教科書に掲載されていた巨匠たちの絵を集めて参考にしながら仕上げたのだ。結果は大成功だった。それは完璧なまでに古めかしく、見たものを唖然とさせた。聖母はふっくらと可愛らしい子へ身を傾け、子は彼女の手を握り、優しい眼差しを聖母に返していた。二人の関係があまりに自然だったので、別の構図は想像すら出来なかった。父は息子の才能に驚いて言った。「贋作者《フォセール》として身を立てろ。間違いなく、金持ちになれるぞ！」実際、ガエタノはもうその時すでに贋作者に片足を突っ込んでいた。この聖母子画はフィレンツェのコレクターに高額で売られ、制作年に関しては巧みに答えをはぐらかした。

髪を風になびかせ、田園風景を縦横に駆け抜けながら、ガエタノはアルノ川の支流で釣ったマスや湿地帯で追跡したブロンズトキ、接着剤を使って密猟したゴシキヒワ（聖母子像を描いた絵画に頻出する小さな鳥）等について語った。また、地元愛を飾り気のない言葉で語り、話を聞いていると、その愛情は早い時期から溢れていたようだ。彼の言葉を借りるなら、若い頃の願望は決して尽きることなく、熱意が衰えることはなかった。

いくつもの村や地域を抜けながらガエタノは興味深いエピソードを添えてクワトロチェント時代の天才たちについて話題にした。彼は有名な同郷人たちと同時代を生きるかのように、自分の話を彼らの話と混ぜ合わせ、オレリアンの頭の中ではそれらが一緒くたになり、ガエタノが巨匠たちの天才性と創造的情熱を分かち合うルネサンスの男のように見えた。二人には先生と生徒という昔の上下関係がまだ残っていた。オレリアンはかつての先生の話に熱心に耳を傾け、その幅広く深い知識に尊敬の念を抱くだけでなく、まるで一人の存在から複数の人生を引き出すような、人としての経験の厚みに感銘を受けていた。

ガエタノは雄弁だったが、依然として謎だらけだった。彼はオレリアンが知りたくてしょうがなかった、いくつかの話題を避けていた。例えば、彼が所有する財産の由来について。また、彼がここ数年していたことにも触れたがらず、オレリアンが活動状況を尋ねた時も「うまくいってる《ヴァ・ベーネ》」と不可解に言うだけだった。彼の人生におけるジュゼッピーナとルクレツィアの役割についても話さず仕舞い。二人はいったい何者なのか？　アシスタント、それとも？　そして、子供時代の魅力的な話はどこまでが真実なのか？

うだるような暑さのせいで、会話の流れが干上がった。オレリアンは物思いに耽り、ガエタノはスピードを上げて到着を急いだ。シエナを迂回し、アミアタ山を越えた。グロッセートを抜けた辺りから、海岸線に沿った数百メートル内陸寄りの細い道に入った。二人は近くにある海を想像した。深い紺碧の青さにはターコイズブルーの帯が透けて見え、浅瀬や露出した岩の在り処を示す白い泡があちこちに刺繍されていた。彼らはパーキングに車を停めると低木の並ぶ小道を歩き、切り立った崖の上に出た。ヨードの香りが漂い、海がようやく二人の視界に見えて来た。二人は時おり海を見ながら立ち止まり、その大きさや否応なく生じる尺度の変化に目を馴らし、海に馴染もうとした。灼熱のギラギラする太陽の元、二十分ほど黙々と歩くと、青い海に向かって下る何百もの踏み段が見つかった。階段は岩から彫られたものもあれば、運んできた石やセメントで加工されたものもあった。二人はやがて氷山のように張り出した大きな岩で入り口が半分塞がれた小さな入江に辿り着いた。入江には二人しかおらず、わずかな光にさえ殺到するイタリアの海岸を占拠する日焼け中毒者の姿はなかった。ガエタノは喜んだ。彼は一分たりとも時間を無駄にせず服を全部脱ぎ去ると、湾曲した短い三叉《さんさ》槍《そう》と水中眼鏡を摑んで、空中に完璧な弧を描きながら、一心不乱に三叉槍を地面に突き刺した。オレリアンもしぶしぶ海に入ろうと思ったが、迂闊にも水着を車のトランクに忘れて来てしまったことに気づき、下着のまま平らで快適な大きな石の上に腰を下ろすと、水中に足を膝まで沈めてくつろぐことにした。暑さにひしがれたオレリアンはネプチューンのようなガエタノの身体が波紋で変形するのを目で追った。ガエタノは数分間水面下に姿を消したかと思うと、一定の間隔を置いて三叉槍の先にウニをひっかけて再び姿を現した。彼は横泳ぎで端まで泳いで行くと、食糧庫として使っていた大きな岩壁の窪みにウニを滑らせた。そしてすぐに入江の真ん中まで戻って再び潜り、腕を上半身に沿わせて、ただ滑らかで連続した足かきだけで水中を動き回った。波による光の屈折によって、ガエタノの肌にはホックニー（イギリスの現代画家）のプールのモチーフが描かれ、オレリアンは彼の背中と尻の境目に日焼けの跡がないことに気づいた。それはヌーディストとしての熱心な実践による究極のご褒美だったに違いない。

　ウニは山積みになった。ガエタノは引き上げて収獲物を楽しむことにした。彼は海から上がると身体を震わせて岩の上でしばらくストレッチをし――オレリアンはさりげなく視線をそらせた――、それから昼食に新鮮な旨いハリネズミ《リッチー》を食べようと言った。ここではウニのことをハリネズミと呼んだ。オレリアンは二つ返事で頷いた。ウニは申し分なかったし、ヨードを含んだウニの身は食欲を誘う明るいオレンジ色に輝いていた。もしガエタノが裸でなければもっと居心地は良かっただろう。彼らは持参したサンドイッチをいくつか食べて食事を終えた。太陽は目下頂点に達し、オレリアンは猛烈な眠気に襲われていた。前夜の夕食会でまだ頭が重く、彼は平らな石の上に横になった。ガエタノが言う通り、二人分のスペースがあったので、彼はオレリアンの隣で横になった。オレリアンは気まずさを紛らわせようと目を閉じ、瞼に太陽の熱を一心に感じた。とにかく、ここにいる機会を大切にしないわけにはいかなかった。彼は世界の喧騒から、そしてダフネとクレールから遠く離れてうとうとした。眠りに落ちるとば口で、ルクレツィアとジュゼッピーナの姿が聖母たちの姿と混じり合った。彼は画家の視線によって描かれて永遠に固定化されたありとあらゆる人物が、もともとは苦痛や老化に囚われ、決して離れることの出来ない肉体存在であったことに思いを馳せた。もしジネヴラ・デ・ベンチ（レオナルド・ダ・ヴィンチの描いた肖像画のモデル）が実際にあの静的でメランコリックな視線を持っていたとしたら、彼女の人生はどのようなものになっていたか、気分がそうでない時、彼女の表情は生き生きとしていたのだろうか。

　オレリアンはじっとしていられなくなったガエタノに起こされた。ガエタノは自分たちがいるこの小さな入り江の向かいにある海岸の先端まで泳ごうと言った。まだ瞼が開かず、身体を赤くしたオレリアンは、いいですね、行きましょう、向こう岸まで泳ぐのはちょっとした運動になりますよと応えた。失礼にならないように、また、フランス人のスポーティーなイメージを植えつけたくてそうは言ってみたものの、本音を言えば、まったく望んでいないことだった。オレリアンは恥ずかしさもあってトランクスを穿いたままだった。イタリア人は水陸両生のトカゲのごとく敏捷だったが、フランス人は平らな石の上でまごまごしてやっとの思いで海に入った。

ガエタノは素晴らしいスイマーだった。彼が何度か腕をかくだけで、オレリアンはもうついていけなかった。ふにゃっとした不器用な動きでもがき、呼吸は乱れ、息切れしていた。オレリアンとは対照的にイタリア人は一直線に難なく海を渡っていった。ロング・ストロークのクロールはピッチ三回毎に息継ぎを行い、それはもう圧巻と言う他なかった。魚雷は完璧に連動した一連の滑らかな動きによって一定の速度で進んでいく。オレリアンは気温のせいか、前夜のパーティーのせいか、蓄積した疲労のためか、みるみる自分が力を失っていくのを感じた。半分辺りまで来ると、首のつけ根が硬くなった。激しい頭痛がし、氷った重たい棒がこめかみを通過するような感覚があった。突然、身体が冷えた。空気が不足し、胸郭が圧迫され、息を切らし、できるだけ口を水面に向けようとして、ぎくしゃくと短く息を吸い込み、何とか呼吸を整えようとした。足元の海底までは二メートル半か、せいぜい三メートルがいいところだった。彼は何か支えになるようなものを探そうと足を伸ばすが、痙攣を起こして痛みで叫び声をあげた。オレリアンは目を閉じ、水中で目を開いた。頭上には波で歪んだ太陽が浮かんで見えた。ゆらめくふにゃふにゃしたポテトチップス。彼はまた腕をバタバタと空回りさせた。再び目を閉じると身体が捩《よじ》れて容赦なく海底に引き寄せられるのを感じた。パニックの後、妙な平穏が訪れた。強烈な光が瞼を通過する。外界が突然遠くに感じられた。はるか遠く、海の静寂の中で感覚が麻痺し、攻撃性が取り除かれ、滑らかになり、磨かれ、柔らかくなった。彼はウニのことを思った。

気がつくと海岸にいた。ガエタノが平らな石の上に引っ張り上げてくれていたのだ。体力が回復するまで三十分はかかった。皮膚の隅々がちょっとずつ温かくなっていくのを感じた。二人は起きたことについて話さなかった。そうして陽が沈み始めると、入り江を後にした。オレリアンは階段を上り、海岸沿いの小道に戻ると急速に気分が良くなっていった。お腹が空いていた。動揺が食欲を刺激していたのだ。

小さな岬の天辺に着くと、景色を一望できるレストランに入った。テラス席にある十数個のテーブルがオリーヴの木に掛けられた明かりに照らされ、オーニング付きの食堂を囲んでいた。魚のグリル焼きとシーフード料理。二人はアカザエビ《ラングスティーヌ》炒めと、タコや貝類の盛り合わせを注文した。料理は髪を半分刈り上げた二十代の女の子に運ばれてすぐにやってきた。〈クロップ・トップ〉がイルカを模したシルバーメタルのへそピアスを露出させていた。ガエタノはガツガツ料理を食べ始め、常連らしくエビの殻を素早く剝いて見せた。殻剝き作業に没頭したガエタノは顔を上げずに突然オレリアンに声をかけた。

「ところで、オレリアーノ、君は何のためにここにいるの？」

オレリアンはこの質問を二日間ずっと待ち続けていたが、実際に質問されてみると、ここから逃げ出したくてたまらなくなった。咳払いをした。ガエタノは彼を見ていなかった。むさぼるようにアカザエビ《スカンピ》を食べ続けていた。ガエタノはウェイトレスの女の子にキャンティを追加注文し、へその中で跳ね回るキラキラしたイルカに向かっていかがわしい言葉を投げた。彼女は肩をすくめると二人に背を向けた。オレリアンは意識を集中させた。

「《ラ・ジョコンド》の修復計画について聞いていますか？」

ガエタノは微笑んだ。

「もちろんだ。フィレンツェはパリからそう遠くない。時おり、ルーヴル美術館の廊下の音さえ聞こえてくるよ！」

「じゃあ、候補者募集のことは知っていたんですね。どうして応えてくれなかったんですか？」

ガエタノはワインを一気に飲むとグラスを置いた。そしてオレリアンを見つめた。

「どうして君はここにいる？　どうして君はその修復プロジェクトのために、爺《じじい》のガエタノを探しに来たんだい？」

「書類が届かなかったことが信じられなかったんです」

修復士はエビの殻を注意深く剝いで、猛烈な吸いつく音を立てて飲み込むと指を舐めてから続けた。

「書類って何だい、オレリアーノ？　まだ書類が必要なのかい？　君は僕のことを知っている。だから、君はここにいる。書類ね、作るよ。ジュゼッピーナが一日中やる。書類作成。でも、僕は君にここに来て欲しかったんだ。わかるだろ。はっきりしていることなんだ。《ラ・ジョコンド》を修復できるのは僕だけだ。僕らは同じ土地の出だ。レオナルドと僕はね。トスカーナが僕らを育てた。田園、谷間、光が僕らを育ててくれた。もし僕が書類を送っていたら、君はここに来たと思うかい？　いや、絶対に来てないだろうね」彼は笑った。「岩の狭間で裸になって海水浴することも、このアカザエビも、ウニも食べることはなかったはずさ」

「でも、今、君はここに来て、明日になれば、君の家に戻る。君はこの日のことを思い出すだろう。僕の力強い泳ぎや、トスカーナが生んだすべての天才たちの話を思い出すんだ。そして、僕がそのうちの一人であることを思い出すだろう。数日後、君は待っていた書類を受け取る。それから件の修復に僕を選ぶだろう。それが僕の運命であり、君の運命だからだ。僕以上にそれを望んでいる者はいない。イザベラ・デステ（マントヴァ侯妃）がダ・ヴィンチに肖像画を描いてもらうことを望むよりも、百科全書派の思想家たちがピコーの技術を欲しがるよりも、それ以上に、僕はそれを望んでいる。切望しているんだ、オレリアーノ。僕の欲望は無限だ。宇宙のように巨大だ。僕は皆の期待を感じたいし、それを恐れたりはしない。僕は皆の恐怖心を受け止めたい。子供を安心させるように、僕の才能《コニル・ミオ・タレント》で安心させたいんだ。父となり、救い主〈サルヴァトーレ〉になる。さぁ、ムール貝を食べて」

オレリアンがつけ加えることは何も無かった。料理を取り、聞いたばかりのことについて考えながら静かに食べた。しばらくして立ち上がり、トイレの場所を尋ねると、曖昧な身振りでトイレのある方を示された。少し迷った後、駐車場の端にある小屋にトイレがあるのを見つけた。トイレから戻ると、ガエタノは若いウェイトレスとしゃべっていた。彼らは再びグラスワインを注文し、ガエタノは葉巻に火を点けた。気温は快適で、海から届くそよ風がジョルジュ・ド・ラ・トゥールが描いた多くの場面のように、テーブルに咲いたロウソクの光を輝かせた。ウェイトレスが伝票を手に戻ってきた。彼女は立ち去る前に、携帯番号の書かれた紙切れをガエタノに渡し、それから彼女はガエタノの頬に自分の頬を押しあてた。

「ここには、よく来るんだ」ガエタノは言い訳するようにオレリアンにそっと知らせた。

絵画散歩

来館者が帰ると、オメロと大勢の清掃員たちが〈グランド・ギャラリー〉に一斉に取り掛かった。オメロが羨まし気に眺めていた二台の自動洗浄機が先導し、十二人の経験豊かな手が各設備に雑巾と洗浄液をかけていった。

続いてオメロは〈国家の間〉に向かった。まずマイクロファイバー製のダスターで額縁の埃を払い、それから布切れを洗浄液に浸して、押し寄せる人々の圧から《ラ・ジョコンド》を守る巨大な木製の欄干を拭いた。その後、彼は注意深くゆっくりと絶対的な正確さでガラスケースに取りかかった。作業用スティックライトの青い光でそれを照らし、埃が作品の可視性を損ねていないかを確認するために入念にチェックした。ガラスという物質を突き抜けて生の絵画に潜り込む、オメロが本当の意味でこの作品を見るのはこの瞬間だった。毎晩、この作品と新たに出会う機会がやって来た。彼は真剣に、細部に至るまで食い入るようにそれを見た。最初に背景をさ迷い、曲がりくねった道を上ったり、岩場に入り込んだり、遠くの湖に浸ったり、心の内で石の橋を渡ってみたり、険しい山の岩壁を登ったりするのを楽しんだ。それから徐々に前景に戻り、若い女性の両側に見える目立たない小さな欄干に目を留め、絵画の端にある円柱を探した。ほとんど気づかれることのない木製の椅子から、穏やか極まる手、見事な袖の襞とその色褪せた金色、薄いヴェールの透明感、刺繍の幾何学模様、完璧に表現されたそのレリーフにオメロはため息を漏らした。それから、捉え難い巻き髪に視線を上げると、ようやく顔に辿り着き、その繊細な造形、「この世ならぬ神々しい」微笑み、大きめに描かれた温かくて柔らかなまぶた、琥珀色の虹彩をじっと眺めた。毎晩、たった数分に過ぎなかったが、彼はエレーヌの優しい肉体や母親の思い出以上の癒しをこの絵から感じ取り、その数分だけで、その日に十分な意味を与えてくれた。

予兆

オレリアンがイタリアから戻ってわずか数日後、ルーヴル美術館はガエタノ・カザーニを候補者として登録した。残りの二人の候補者と共に招かれたガエタノは、臨時でガラスケースを取り除き、額から外されたその絵を調べに来ていた。他の候補者が写真をたくさん撮り、割り当てられた制限時間をぎりぎりまで使う一方で、イタリア人は絵の素材すれすれまで素早く短い視線を投げると、係の者に礼を言って質問もしないで展示室を出て行った。

一ヶ月半後、候補者から修復計画の書類を受け取り、綿密にそれを検討した後、書類の詳細な説明と最後の質疑応答のために来館してもらった。最初に計画の説明に来たのはガエタノだった。前評判の高かったガエタノは大本命としてスタートした。委員会メンバーは《ラ・ジョコンド》の修復には細心の慎重さと、繊細なニュアンスへの鋭い感覚を持つ人を選ばなければならないと繰り返し主張してきたが、ガエタノは彼らを安心させる術をよく知っていた。彼は仕様を重んじ、少しでも疑問が生じるなら修正を厭わなかった。用いる技術は一般的なもので、綿、スクレイパー、様々な種類の溶剤を使い、後は評価と監視というごくありきたりなものだった。野心的な仕事にしては、見積書も堅実で、お金のためでないことははっきりしていた。

ブリューノ・マガシアンは思ったほど悪くなかった。話し方は明瞭で、オレリアンは内心、薬物治療を受けているのではないかと推測した。しかし彼にはガエタノの迫力の十分の一もなかったし、加えて残念なことに、ティツィアーノの絵に起こしてしまった致命的なミスについて誰も忘れていなかった。アニエス・バロは経験が少ないことを度外視すれば見事という他なかった。もし彼女により多くの実績があったなら、ガエタノと彼女の二人の間で決選投票が行われたことは間違いないだろう。アニエスとは真逆に、イタリア人の年齢がネックになるのではないか、年を取り過ぎていないかとも思われたが、彼がオリンピック選手のような体つきをしているのを認めないわけにはいかず、委員会のメンバーのほとんどは彼ほどのエネルギーを持ち合わせていなかった。とくだん驚かれることもなく、ガエタノが選ばれた。

この時まで、オレリアンは自分を責めるようなことは何もなかった。責任を負い、ルールに基づいてやってきた。マニュアルは厳密に守られていた。彼は今回の修復のために厳しい条件を課していた。彼の立場からすれば、ジャクリーヌ・シャンパーニュが選ばれた方が良かったのかもしれないが、ガエタノには説得力があり、自信があった。他の候補者に比べて圧倒的な自信が漲っていた。彼から目を離してはならないのは確かだ。しかしそのために、しっかり管理を行うための委員会が存在した。様々な段階で専門家たちが赴き、作業の進捗状況を検査し、行き過ぎの作業を抑えることができる。オレリアンもまたガエタノから離れることなく、毎日アトリエに通う予定だった。すべては順調にいくだろう。ここまではすべてがうまくいっていた。規則に則って行われていたのだ。すべて方法があり、すべては文書化されていた。分析資料は電話帳《ボッタン》よりも分厚く、作業には簡潔な指標が設けられた。異なる段階での確認ポイント。専門家との定期ミーティング。委員会による継続的管理。監視カメラ。すべてがうまくいくだろう。今こそ《ラ・ジョコンド》の修復を世界から認めてもらう時なのだ。

オレリアンは背中に大きな衝撃を感じて我に返った。ベルトランが大きな手のひらで彼の肩甲骨のあいだを叩いていたのだ。「うまくいくよ、オレリアン《モン・ヴュー》」彼はそう言って意味深にウィンクした。

「最悪の場合、アブダビ行きさ！（アブダビにはルーヴルの分館がある）」彼は笑みを浮かべて遠ざかった。

オレリアンがアパルトマンに帰ると、クレールが家にいて不覚にも驚いてしまった。彼はチーズスフレを作ろうとした。腕の見せどころだったが、すぐに形が崩れてしまった。彼はそこに悪い予兆を感じた。二人は急いで食事を済ませ、その間、ほとんど何も話さなかった。修復について話そうとしたが、クレールはうわの空にみえた。彼女はデパント（現代フランスの女性作家）の小説を読みながら眠りにつき、オレリアンは書斎に籠った。

マッキンゼー

資料のタイトルはプログラムの内容から付けられていた。
〈透明性による飽和状態《サチュラシオン》〉。

二十五歳くらいの若い男だった。恐らくコンサルティング会社を構成する優秀なサントラリアン（理系超難関校エコール・サントラル・パリの卒業生の通称）の一人であり、今回のプレゼンテーションの準備のために課題に深く没頭していた様子が窺われた。スポーティーな外見、グレーのこめかみ、鋼色の目をした彼の上司が自信漲る突き刺すような視線で秘蔵っ子を注意深く見つめていた。透明性による飽和状態に敢えてする必要があった。それこそマッキンゼー・スタイルだった。すぐにメタレベルの思考に導かれた。三週間前、彼らは準備書類を集め、機密保持契約書に署名した。そしてたくさんの質問を浴びせてから、近々に会うことを約束し、そうして今、新たな提案を伝えるために館長室に集まっている。彼らは単刀直入に言った。

〈透明性による飽和状態〉。オレリアンはこのタイトルからレオナルドがモデルに生命の色を慎重に取り込んだ透明技法《グラッシ》を想起し、その発想を気に入った。

コンサルティング会社の提案は、パンデミックから得た新たな教訓を盛り込んだクライシス・コミュニケーション計画に基づいたマニュアルで構成されていた。戦略は単純だった。必ず起こるありとあらゆる非難や攻撃を排除していくためには、すべてを透明化することによって消化しきれないほどの情報を提供し、国民の目を惑わせ、正確性、分析、専門的知識で国民をくたびれさせる必要があった。そのためには秘密裏にことを進めるという美術館の伝統を断ち切らなければならない。つまり教育者になるということ。ダフネは我が意を得たりとばかりに頷いた。世界で最も有名な絵画に、まさに今、介入するに至った理由を正当化しなければならず、発表の計画はしっかりと綿密に練る必要があった。議論の根底には《ラ・ジョコンド》の可視性を取り戻す必要性の有無があった。この作品は人類の共有財産であり、共同文化遺産だった。それを適切に管理し、言わば、最高の状態で一般公開するのがルーヴル美術館の役目だった。完璧な流れに聞こえた。修復が危険だと声高に叫ぶ人たちには、現代技術によってニスの厚さを正確にコントロール出来ること、そしてこの任務を遂行するために最高の修復士と契約を結んだことを説明し――インタビュー対応は大丈夫ですか？　写真は？――、また、選りすぐりのダ・ヴィンチ派から構成される専門家委員会がこの最高峰の修復士に対して継続的に監視を行うことを説明する必要があった。少しでも疑義が生じれば作業をストップさせ、疑問に応えるための時間を設けていく。さらにフリーダイヤルの設置も提案された。０８から始まるダイヤル。

「世論を怖がらせないように、メスの画像は控えることをお勧めします。無害で安心感のある綿棒にこだわりましょう」コンサルタントはつけ加えた。オレリアンは頷いた。

いや、でも本当に難しいのは政治だった。党派の論理がどの方向に議論を導いていくのか皆目見当がつかなかった。警戒が必要だろう。外交上の緊張も想定しておかなければならない。世界中のありとあらゆる人々が反応を示すはずだ。世界遺産に手をつけるのだから。イタリア人は間違いなくどの国民よりも先に修復の進捗に厳しい目を向けるだろう。修復を阻止しようとしたり、過去にあったように返還要求だってしかねない。影響力のある民族主義運動がヨーロッパ全土で起こっている。芸術はいつだって愛国に関わる問題なのだ。いずれにしても論争は避けられないだろう。作業の重要性をよくよく考えてみれば、きちんとした情報に基づいた議論が行われるのはむしろ歓迎すべきだ。それは結果的に宣伝にも繋がる。議論が存在しないのはもはや独裁政権下においてだけなのだ。人々が議論することに利はあったが、ただ世論の暴走を避けるために論争を抑制する必要はあった。ある意味、適切にコントロールされた逸脱を念頭に置きながら、どんな論争もいつか終わるもの、と心に留めておけば良いのだ。ペイのピラミッドはそのことを証明する絶好の事例だった。過ちを耐え忍びつつ、回避しなくてはならなかった。人はいつか飽きるものだ。

チーフコンサルタントはメディア・アクションプランの詳細を明らかにした。そのほとんどはテレビへの対応だった。物体としてのテレビは姿を消しつつあるにもかかわらず、不思議なことにテレビは今でもなおメディアの玉座に君臨していた。テレビ番組やニュースは依然として最高のエンターテインメントだった。ただ、それらは今までとは違ったかたちで消費されている。切り口鋭い発言、辛辣なセリフ、文脈から切り離された解説、意見の衝突《クラッシュ》、厄介な状況など、それらは細かく分解され、ソーシャルネットワーク上で拡散された。そして、そこにたくさんのコメントがつけられて共有された。ありとあらゆるテーマを一分の映像に収めることをミッションとするＫｏｎｂｉｎｉやＢｒｕｔのようなオンラインメディア《ピュアプレイヤー》では、テーマの持つ複雑性はつゆほども顧みられることがなかったが、その短いフォーマットは多岐に亘るメディアの視聴者を独占した。その輝かしく果てしのない勝利の雄叫びを上げている最中にあって、テレビは人がまだテレビ無しでは生きていけないことを証明していたのだ。

とにかく、いろんなところへ足を運ばなければならなかった。公共サービスである全国テレビニュース、国際テレビニュース、トークショー、プレスメディア、ニュースサイト、一般誌及び専門誌、ソーシャルネットワーク、特にインフルエンサー……文化人が好きなラジオも外すわけにはいかない。説明を重ね、安心してもらい、あらゆる疑念を払拭していき、同時にこうした介入は決して特別なことではないということ、問題はなく、その道の最高峰を集めて実践されていくことを示す必要があった。つまり、これは教育そのものなんです、おわかり頂けましたでしょうか？

オレリアンとほぼ同年輩のグレーのこめかみをした男が彼の方を向いて話を遮った。それから一瞬の沈黙を置いてから尋ねた。

「メディアは絵画部門ディレクターの専門知識を求めてくるはずです。対応は出来ますか？　テレビやラジオへの出演、ソーシャルネットワーク上のライヴもありますが？」オレリアンは口ごもりながら頷いたものの、すぐにその反対を示していることがわかった。

この大規模なメディア対応において自分が貢献できるかどうか、その能力を皆から品定めされているかのように思い、質問者の目にはわずかな失望感が読み取れたように感じた。あくまで憶測だが、自分に何かが不足しているかのように。恐らく、彼のあまりに平凡な外見が期待されている学芸員像とまったく異なり、彼らマッキンゼーの意見では、もっと本格的で、より伝統的なスタイルのベストを着た、オーデコロンとテレビン油の香りのする男を目にすることを望んでいたのだろう。つまりいわゆる古物商のような男を。「私がやるのが良いと思う」ダフネは簡潔に言った。皆が賛成し、オレリアンはどこかほっと胸をなでおろした。

化粧品ブランドと公式にパートナーシップを結ぶべきではないでしょうか、と発言する者がいた。年配のご婦人の肌に若い娘の張りを与えるということにはメッセージ性があります。ロレアルが興味を持つかもしれません。共感した館長はこの件については自分が個人的に対応すると言った。

その他いくつかの提案が挙がる中、修復作業の文書化が推奨された。そしてすでに《聖アンナと聖母子》の修復の際に行っていたことを踏襲することが決まった。撮影チームが毎日規則正しくその過程を撮影し、映像証拠として記録していけば間違いなく凄いものが出来上がるはずだ。このプロジェクトはネットフリックスにも紹介し、出資協力をお願いした方が良いのではないか。

また、アムステルダムのレンブラントの《夜警》の修復作業時に行っていたことも検討された。アムステルダム国立美術館は修復の作業進捗をリアルタイムで一般の人が見られるように、作品の周りに大きなガラス張りの囲いを設け、その様子がインターネット上でも配信された。しかし《ラ・ジョコンド》の場合、同様の設備を適用するには作品が作品なだけに難しいと判断された。

総括の段階で、マッキンゼーから最後に提案があった。若いコンサルタントは次のように言った。「最初の会合でもお伝えしたように、《ラ・ジョコンド》がなければルーヴル美術館の来館者数は大幅に減少することが予想されます。この赤字を補うために、次のことを皆さんに検討して頂きたい」彼は一呼吸置いて、それから参加者を順にじっと見回しながら五つ心の中で数えた。彼の上司《メンター》がゴーサインを示すために一瞬瞼を閉じた。「私たちは《ラ・ジョコンド》の修復をテーマにした展覧会の開催を提案します！」ダフネの目が輝いた。勢いづいたコンサルタントが続けた。「目的は《モナ・リザ》がまだそこにあるように見せることです。展覧会では修復プロセスの技術的側面を解説し、実例や映像を使って、この分野の歴史を考証していきます……」

ダフネはこの提案にいたく感動していた。「内部からこうしたアイディアが出なかったのは残念」、彼女はコンサルタントたちに向かって悔しそうにため息をついた。興奮した彼女につかの間の悲しみが影のように通り過ぎた。

若いサントラリアンが頷いた。「私たちは教育的な側面に焦点《アングル》を当てなければなりません。《ラ・ジョコンド》修復の結果予想、つまり何らかの複製品を展示するのが良いでしょう」

ダフネはオレリアンに顎を向けた。

「出来ると思う？」

「はい、出来ると思います」彼は応えた。

シグリッドが補足した。

「それこそまさにC2RMFで行っているプログラム〈ノストラダムス〉の目指しているところです。高解像度写真から作品のニスの減り具合をプレビューすることができます。出来上がった画像を印刷して展覧会で紹介することも十分可能です。ただ、この方法は絶対的なものではないので、最終結果が想定していたものと少し異なる可能性があることには留意が必要です」

ダフネはコンサルタントの方に身体を向けた。「どう思います?」

「素晴らしいですね! 許可が得られれば、画像を広報にも使えます。世論を納得させるのにも役立ちますし、プレス用の資料としても使えるでしょう。仕事がぐんと楽になるはずです」

「凄くいいわ。《モナ・リザ》の不在を忘れさせてくれる展覧会の企画。オレリアン、あなたにこの企画を任せます!」館長は締めくくった。

チーフコンサルタントは笑みを浮かべながらネクタイの結び目を二回正確な動きで締め直し、真ん中に戻した。繰り返しになるが、マッキンゼー・チームは優秀だった。高給取り、と責めないことにしよう……

〈ノストラダムス〉

十六歳の頃、シグリッド・アンベールは課外授業でオルセー美術館を訪れた時、クールベの自画像である、木にもたれ、鮮血に染まったシャツを纏う瀕死状態の傷ついた男が、実は古いバージョンに上描きされたものであることを知った。案内役がその隠された下絵の複製画を回覧して見せてくれた。ラミネートされてベタついたその絵は白と黒のコントラストで表現され、画家は瀕死状態ではなく、彼の肩に若い娘が優しくもたれかかり、二人で昼寝をしている姿だった。この女性こそ、画家の恋人であり、息子の母であるヴィルジニー・ビネであることが特定されている。彼女がクールベのもとを去り、画家が絶望に暮れていた時、傷心した彼は失われた愛を消し去るために自分に与えられた苦痛の象徴として剣を描き込んだ。我々がこの美しくも悲劇的な行動に気づけたのは、骨折の検査で使うのと同じX線のおかげだったと案内役は説明した。シグリッドは強い感銘を受け、複製画と展示作品を長い間見較べていた。その時、まさに彼女は天職を見つけたのだ。別の作品が裏に隠れているかもしれない、目の前にある作品は潜在的に別次元に隠された謎から切り離された物語に過ぎないかもしれない、彼女はそう思わずには作品を鑑賞することができなくなり、自分の使命はその隠されたものを明らかにすることだと思うようになっていた。

一八九五年にドイツの物理学者レントゲンによって発見されたX線は絵画の科学分析への道を開いていく。発明の翌年には目に見えないものを見るという刺激的な触れ込みで絵画実験が行われた。結果は衝撃的だった。X線のおかげで、支持体の性質と構造がわかり、絵画技法が特定され、修正箇所や下層にある下絵の存在を調べることができるようになった。研究における科学分析画像の有用性を確信したいくつかの美術館は所有コレクションを調査するために研究室を設立した。ルーヴル美術館の研究室は一九二九年、アンリ・ヴェルヌ館長指揮のもとに開設されている。

それ以来、専門家の議論に科学が取り入れられるようになり、様々な新しい技術が作品をいっさい損ねることなく作品情報を提供するようになった。紫外線写真撮影は古い塗り直しの跡を調べることを可能にした。蛍光X線分析は絵画の化学組成を分析し、使われている顔料のマッピングができるようになった。赤外線反射法は絵具層を通過して下絵を明らかにする可能性を示した。これがイメージング技術の聖杯《グラール》となった。つまり画家の迷いを知り、画家の思考過程を再構築できるようになったのだ。

こうしたすべてのテクノロジーが六五〇〇平米に及ぶ〈カルーゼル広場〉の地下に設置された未来型施設C2RMFのラボラトリーで実際に使われていた。また世界中の羨望の的となっている美術品元素分析用加速器アグラエがあるのもこの地下室だった。毎年、千点近くもの芸術作品が調査のために持ち込まれ、白衣を着た百五十もの人々がシグリッドの指示の下に忙しく働いていた。彼女は早くから天職を見いだしていたことと、天性の確固たる性格が相まって自らの運命を十分に全うしていた。C2RMFはラボに加え、フランス国内にある美術館のコレクションの保存支援をミッションとし、ルーヴル美術館の南西端にある〈パヴィオン・ド・フロール〉に修復用のアトリエを設けていた。まさにそこで《ラ・ジョコンド》の修復は予定されていた。

数年前から、シグリッドと彼女の研究チームはラボで撮影された画像を基に、ニスの軽量化を予測できるアルゴリズムの開発に注力してきた。テクノロジーと計算力の目覚ましい進歩により、作品構成に関する何百万ものデータを取得し処理することが可能になった。これらのデータに、ニスの不透明度をシミュレーションする数理モデルを組み合わせることで仮想修復が実現できるようになるはずだった。これはシグリッドの直感だったが、彼女のほとんどの時間はこの研究に費やされた。

シグリッドは研究者の〈ドリーム・チーム〉を結成し、プロジェクトにはジェームズ・ボンドに相応しい名前、大胆にも〈ノストラダムス〉計画と名付け、芸術のために科学の最高峰を集結させた。化学者、放射線科医、データサイエンティスト、アルゴリズムのプログラマー、ソフトウェア開発者、学芸員、歴史家、各自が自分の持ち場で夢の実現に向けて貢献した。シグリッドは、いつの日か〈ノストラダムス〉を通じて、ニスから下絵まで幾層にも亘る時間を遡行することを可能にするツールの実現を夢見ていた。彼女は制作途中の絵を巻き戻しの出来る映画のようにイメージしていたのだ。いつでも〈一時停止〉を押すことが出来たり、時間を行ったり来たりすることが出来るようなツール。創作過程を正確に示すことが出来るようになり、場合によっては、絵筆のタッチだけを切り離すことも可能になるだろう。このようにして絵が描かれ、元に戻され、探求と修正を繰り返しながら進化し、作品になっていく様子を目の当たりにするだろう。作品制作の流れやダイナミックな実践を再現し、作業内容をより深く知ることが可能になるのだ。そうすればきっと天才の本質を摑むことができるはずだ。

そのレベルにまではまだ到達していなかったものの、プロジェクトの導入期はもうじき終わる。前年に〈ノストラダムス〉がいくつかのマイナーなフランスの絵画作品に対して行った実験では説得力のあることが証明された。予測画像は実際の結果を見事に見通していた。この実験結果は出版され、以降、当計画は世界中の美術館の関心を集めるようになった。シグリッドはまさに先見の明があったのだ。

オレリアンが指揮を執り、ラボはニスの軽量化の結果を想定するために四つのテスト画像を準備した。オレリアンとシグリッドはそれらの名称を次のように定めた。〈No1—微細な軽減〉。〈No2—軽度の軽減〉。〈No3—中程度の軽減〉。〈No4—適度な軽減〉。それぞれ程度に差こそあれ、これらの画像は冷たい色調を持ち、色彩バランスに優れ、透明感のある《ラ・ジョコンド》を提示していた。人々を熱狂させるまではいかないな、ベルトランはスクリーン上の遠慮がちな提案に皮肉を言った。

オレリアンは再び委員会メンバーを招集し、細心の注意を払って作られたこれらのプレビュー画像を紹介した。結果を正確に予測することはできない。ニスの下層では顔料の変色リスクがつきものだったからだが、ニスの軽減度合いがわずかであったため、これらの予測は比較的信頼できるように思われた。彼はこの機会を利用して、この画像が果たす役割を再度明確にした。画像は世論を安心させるためのコミュニケーション・ツールであるだけでなく、委員会にとっての基準となり、修復の指針となるでしょう。理想的な結果として参照することが可能になるのです。

専門家たちは画像の選択そのものよりも、参照画像が果たして必要なのかどうかを議論した。このような新しい技術の信頼性については疑問が残り、国民の期待が裏切られるのではないかと懸念したのだ。最終的にその有用性に対して合意に達した時、画像の種類は〈No3—中程度の軽減〉で委員会のコンセンサスが得られた。

〈No3—中程度の軽減〉が認められると画像は広報部に送信され、〈予測結果〉という透かし文字入りのお知らせと合わせてプレスキットに添付された。同時に透かし文字の入っていない高解像度の画像が《モナ・リザ》のイメージを使用した何千もの派生商品、マグカップ、冷蔵庫のマグネット、Tシャツ、ビーチタオル等を世に出すために、こっそりと美術館の購買部門に送信された。

複製《ファチェレ・シミレ》する

オレリアンは展覧会に備えて、《ラ・ジョコンド》の過去の修復に関する情報を確認するためにベルトランに会いに行った。展覧会のタイトルを考えた結果、次のように落ち着いた。『《ラ・ジョコンド》の復活、挑戦と修復技術』。ベルトランは、悪くない、〈復活〉という言葉、これが特にいいよ、賢明だ。不可能な約束じゃない。しかし彼は〈挑戦〉という言葉には違和感を覚えていた。不安を感じさせるかもしれないし、誤解を生むかもしれないな。作業をコントロールしきれないという印象が残る。なるほど、検討してみます。オレリアンは言った。

オレリアンはこの展覧会の枠組みでは、〈No3―中程度の軽減〉をプレビュー画像として発表する予定であるとベルトランに伝えた。これにより美術館の意図がはっきりし、世論を安心させるでしょう。「マッキンゼーの発案です」とオレリアンは具体的に名前を出す方が良いと思って言った。

「キャンバスの上に画像を印刷するの？　実際の絵みたいに？」

「そうです。遊び心があって、かつ具体性があった方が良いんです」

「わかった、わかったよ。誰かいるかもしれない」ベルトランはわけもなく謎めいた様子で言った。

「この件、彼に話してみる。また連絡するよ」オレリアンはベルトランに任せることにした。

しばらくして、ベルトランが会いに来た。「君の探していた人がいる。名前はヴァディム。彼はすごい、本当にすごい。支持体のトラブルが起きると、彼に相談することもある」ベルトランは声を少し潜めた。「彼の活動に関して、実はあまり公になっていない」オレリアンはわずかに瞬きをした。「彼は専門家であるだけでなく、裏で小さな複製工場を運営しているんだ。目を見張るような技術で作品を生産している。レーザースキャナーや3Dプリンターを使っていて、僕もヴァン・ゴッホの作品を一つ見せてもらったけど、絵の起伏まで触れるよ。本当に見事なんだ！」

「そんな高い次元は求めていないですから。簡単なプリントで十分ですよ」オレリアンはベルトランを落ち着かせた。

「いやいや、心配しないで、実は彼、喜んでる。それにもう始めてるんだ。僕は敢えて高解像度の画像を渡したんだけど、ひと月かかると言っていた。彼は協力したがっているし、これがきっかけで、落ちぶれた貴族やロシアの資本家《オリガルヒ》から解放されると思ってるんだ。控えめな男で信用できる。でもごり押しするつもりはないよ。別の人だって見つかると思う」

　オレリアンは強引な進め方に顔をしかめたものの、すでに始動している利点もあり、ベルトランの判断に任せることにした。


　ヴァディムは支持体について幅広い知識を有していた。作品の物質性に関する研究に熱心で、絵画を三次元の物体として捉え、絵画の裏側を表側と同じくらい興味深いものであると思っていた。もし任せられれば、〈グランド・ギャラリー〉にあるいくつかの作品を展示室で裏返し、かんなのかけられた木板、裏打ちされた継ぎはぎのキャンバス、補強材、継ぎ板、溝、添木を巧みに組み合わせた裏側を見学者に見せただろう。ルーベンスの《村祭り》の裏側にあるジャン＝ルイ・アカンが考案した見事な格子状の木板は見応えがあった。裏側も作品としての価値が十分にあるのだ。

　ヴァディムは複雑な修復作業中に支持体の耐久性が危険にさらされた時に呼び出され、美術館の要求に応えようといつも一生懸命に努め、いつか終身雇用されることを密かに望んでいたものの

——彼の希望はうまく伝わらず、美術館側から提案されることもなかった。彼の変わった性格にどこか心配させるようなところがあったからだ。一分間に何百ものアイディアが脳内を駆け巡る頭脳の煌めきは、伝統的な美術館の世界よりスタートアップの世界に導いた。彼は確かに独創性に溢れてはいたが、天才ジェオ・トルヴェトゥ（ディズニー作品に登場する発明家ジャイロ）と話しているような錯覚を覚えるほどで、少し頭がおかしいんじゃないかと思われる節があった。

支持体の修復はあまり実入りがよくなく、ヴァディムは生活していくために複製の制作に才能を注いだ。彼は託された作品を十分実現可能な方法と妥当なコストで複製するやり方を見いだしていた。相続の際に、ソロモンの審判でも下されない限り共有できない、家族の絵を持って会いに来る人がいたが、ヴァディムはイエスがパンを増やしたように兄弟の数と同じ分だけ複製品を作成した。額に入れてしまえば、幻想は十分創り出せた。

しかしヴァディムは複製品の限界を感じていた。それらは不気味なほど平板だったのだ。光はオイルクロスの上を滑るかのように、予想を裏切ることなく、平らなキャンバスの上で広範囲に亘って反射した。欠けていたのは生命感だった。紋切り型の心理分析ではなく、素材のざらつき、不確実性、凹凸が欠けていたということだ。彼は直感に従い、凄い勢いで進化を遂げるキャプチャーや3Dプリンティング技術を駆使して、物質の厚みを模倣し、画家のエネルギーを巧みに伝えるタッチと呼ばれる絵筆によって形成された窪みや膨らみを再現しようとした。眠れぬ夜を繰り返し過ごした後、彼は成功を収め、専門家グループの中で頭角を現した。

こうした活動の結果、必然的に画商、仲介業者、フリーポート（免税扱いの美術品の保管所）の管理人と並んで日の当たらない場所にヴァディムは身を置くことになった。一般の人からすれば、模倣者《コピスト》と贋作者《フォセール》の違いはほとんど意識されず、イメージは決して良くなかったのだ。ヴァディムはベルトランから話を持ちかけられた時、プロ意識と才能を発揮しながら、美術館の中で芸術性を取り戻す絶好のチャンスになるのではないかと考えた。

ヴァディムはサン＝トゥアンにある蚤の市のすぐ近くに設けたアトリエの在庫の中から、一枚の古いポプラの画板を取り出して大きさを整えると、ひびの入り具合や木目など、すぐに《ラ・ジョコンド》の画板に似通った特徴が露わになった。彼は画板を湿らせた後、わずかに丸みを帯びた金属に押しあてて支持体にかすかな湾曲を作った。それからクルミの外皮を用いて支持体を古めかせ、裂けた開口部を閉じるために、画板と似たような二つの蝶形の木板を木目に沿ってはめ込んだ。ベルトランが集めていた膨大な資料が貴重な指南書となり、ヴァディムは料理のレシピのようにそれに従った。

ヴァディムは支持体の出来栄えに満足すると、今度はそこに《ラ・ジョコンド》の上で撮影された起伏のある極薄の層をプリントし、さらにその上に〈Ｎｏ３―中程度の軽減〉の画像を重ね合わせた。彼は自分の信念に忠実に《モナ・リザ》の裏側に記載されていたものと同じものを裏側にプリントした。王立美術館の赤いスタンプ、一七八四年に付けられたルイ＝ジャック・デュラモによるラベルには、ヴェルサイユに絵画を保管と書かれており、その他手書きの記録もあった。この段階ではまだ疑わしかったが、ニスを塗るとそれは驚くほど本物らしくなっていた。

ヴァディムはすべてが終わった後に、ベルトランとオレリアンをアトリエに招待した。彼は思わせぶりにイーゼルをシートで覆い、二人の前で大げさな身振りで作品を披露した。複製品を見たオレリアンは唖然とした。網目状に走る亀裂はオリジナル作品の襞を見事に再現していたのだ。本物と見間違えるほどだった。ただ注意深く精査して見ると、絵の周縁におかしな点があることに気づいたが、それでも間近で見なければわからなかった。しかしオレリアンが心底戸惑いを覚えたのは、ヴァディムが絵をひっくり返した時だった。この人工《アルトファクト》物があまりに本物に近づけられていたので、学芸員は逆に深い不安に陥った。オレリアンは作品の模倣を頼んだのではなく、予想される結果のプリントアウトをお願いしただけなのだ。結果に自信を持っていたヴァディムは賛辞を期待していたけれど、なかなかその言葉は貰えなかった。いずれにせよ作品はミッションを果たし、委員会が選択した色の具合をはっきりと明示して見せた。オレリアンはそれを見ながら、本物が新しい色に包まれている姿を見てみたいという欲望に駆られていた。

ヴァディムの複製品は『《ラ・ジョコンド》の復活、野心と修復技術』展の教育プログラムの一翼を担った。展覧会の会場設営ではデジタル技術が大いに力を発揮し、職人の作業にフォーカスした解説のいくつかが断片的にスクリーンに映し出された。また、絵具、グラッシ、ニスなど、様々な絵具層のミルフィーユをナビゲートできるタッチパネルが設置された。一八四八年の修復コンテストに使用されたニスの半分剝がれた絵画が保管場所から取り出され、ベルトランは修復分野の歴史をまとめ上げるという申し分のない仕事を果たした。グラフィックデザイナーはリヴォリ通りのファサードに飾ればたちまち《モナ・リザ》の虜になるような記念バナーを用意した。

準備は整った。

伝える

夏に入る直前、ルーヴル美術館はＡＦＰ通信に短いプレスリリースを送った。美術館幹部らによって作られた素案に文化省が手を加え、マッキンゼーの承諾が必要だった。何かと先延ばしをされた挙句、次のような文章に辿り着いた。

「ルーヴル美術館は《ラ・ジョコンド》として知られるリザ・ゲラルディーニの肖像画の約六ヶ月間に亘るニスの除去による修復作業に入るため、〈国家の間〉から取り外すことを発表します」

文書が届くとすぐに、ルーヴル美術館の幹部、文化省、専門家、美術史家の電話がいっせいに鳴り始めた。ダフネ・レオン＝デルヴィルは翌日二十時の報道番組でこの公共事業について話す予定になっており、事情を知る者には、その時まで慎重な姿勢を崩さないよう要請が出ていた。

その日はてんやわんやだった。発表以来、オレリアンは引っ張りだこの状態が続き、過熱した携帯電話の電源を切ってしまおうかと何度も思ったほどで、家に戻ろうにもジャーナリストの集団が〈ポルト・デ・リオン〉の入り口と、彼の事務所がある〈モリアン塔〉の入り口を塞いでいた。オレリアンは何とか彼らを避けようと館内の展示室を抜けながら来館者の流れに紛れ込んだ。何者かがカルーゼルのエスカレーターに押し寄せる群衆の中で彼に気がつき、オレリアンの名前が大声で叫ばれた。振り返るとジージャンを着た男が携帯を振り回しているのが見えたような気がした。やっとのことでオレリアンは群衆の動きに身を任せ、面倒なことになりそうだったのでその男から離れた。

思いでリヴォリ通りに浮上すると、ルーヴル美術館を迂回するためにリヴォリ通りを西に進み、チュイルリー公園に沿って歩いた。早足でセーヌ川に辿り着くと、そこで歩く速度を少し落とした。家に着いてようやく一息ついた。

予想した通り、このニュースは世界中で話題になった。しかしプレスリリース以外にはソースが無く、朝刊は内容の乏しいうわ面なものにしかならなかった。朝のワイドショーはインタビューに応じられる相応しいゲストを見つけられずに四苦八苦し、苦肉の策として、二流の専門家、定年退職した学芸員、かつてこの作品について名声欲しさで雑文を書いたことのあるライターなど、要するに具体的な情報を何一つ持たない人たち、言い換えれば、痛々しい憶測だけで生放送時間を何とか埋めようとする人たちを集めるのがやっとだった。それでも午前中はこの判然としない話題について、理解不能な事柄を跳ね返すことに秀でた政治家が議論を繋いで、経済、外交、社会考察へと導いた。日中になると、ソーシャルネットワーク上で一部の情報が流れだした。腐敗した委員会メンバーによる発信だった。彼らは匿名性に守られながら、自分だけが知っている情報を漏らすことに快感を覚えていたのだ。ニスの除去というコンセプトがかろうじて伝わり、ガエタノ・カザーニの名前も知られるようになっていたが、国民は二十時の盛大な公式発表を待っていた。

報道番組の司会はローラン・ドゥラウスが務め、彼はルーヴル美術館の女性館長をスタジオに招いて見るからにご機嫌だった。今回ばかりはインタビューをニュースの最後に持って来て視聴者をヤキモキさせるようなことはなかった。トップニュースが《ラ・ジョコンド》であり、司会者は視聴者だけでなく自分の好奇心をも満たそうと一分を惜しんでダフネに質問を投げた。彼女の応対は非の打ち所がなかった、とオレリアンは認めざるを得なかった。的確な言葉づかいが安心感を与え、今まで一度も見たことのないような笑顔にはニュアンスが感じ取れた。彼女を信じたいと思わせる何かがあったのだ。彼女は修復に関する説明を完璧にまとめあげ、あたかも彼女自身が溶剤をしみ込ませた綿を絵の描かれた木製パネルに当てているかのようだった。そして介入の手続きを不安がる何百万人もの視聴者に向けてちょうど説明をしていた時、ドゥラウスは話を遮って、作品が実際にどうなるのかプレビュー画像を見てみましょうと提案した。この時初めて〈No3―中程度の軽減〉の画像がメディアで紹介された。ダフネは理路整然としていた。司会者はインタビューの出来に満足し、まとめに入った。

「《ラ・ジョコンド》の不在はどれくらい続くのですか?」

「修復期間は六ヶ月から八ヶ月とみています」ダフネは言った。「いずれにせよ、これ以上長くなると、美術館の健全な財政状況に深刻な影響を及ぼすことになります」彼女は笑みを浮かべ、したり顔で言い添えた。

翌日のフランス世論研究所の調査発表によれば、六十八%の人々がルーヴル美術館の作品への介入の決断を〈好意的〉、もしくは〈どちらかと言えば好意的〉として支持した。マッキンゼーはこの結果にひとまず胸をなでおろしたが、これで勝負が決したわけではなく、論争は二週間後に始まることを予測し、警戒した。

続く数日間、ダフネは番組から番組へと梯子を続けた。メディアの関心は留まるところを知らず、修復の全容を知りたがっていた。返答を準備していた技術に関する質問は、瞬く間に修復作業の正当性に関する体力を消耗させる議論に覆い隠されてしまった。経費に関する質問では、残念なことにフランス企業が一社もスポンサーとして名を連ねておらず、資金の多くが韓国企業サムスンによって賄われていることがやり玉に挙がった。フランス企業は別のことを優先していなかったか。例えば、衰退の一途を辿る舞台芸術への支援か何かに。しかし結局はダフネと専門家たちの説明に納得し、このニュースはフランスではむしろ歓迎された。

イタリアの主張《ラ・プレテーザ・イタリアーナ》

〈ホテル・エデン、ローマ——二〇一四年二月〉

興奮気味の女性ジャーナリストがドアの前で待機していた。湿った手をジーンズで拭いたのはこれで三度目になる。マネージャーが彼女へ近づき、もうすぐ出番であることを伝えられた。絶好のチャンスだった。世界で最もハンサムな男というだけではなく、画竜点睛、彼は甘美な論争の香りに包まれてローマに到着していたのだ。ある種の真っ向勝負《ストライク》。彼女はこの挑戦に挑まねばならなかった。ホテル・エデンのプレジデンシャル・スイートに用意された七分間は、あっという間に過ぎていくだろう。プロモーション最中の俳優兼映画監督は朝の九時からインタビューを受け続けていた。ナチスに略奪された美術品の奪還をテーマにしたその映画は成功が約束されていた。彼は笑みを絶やさず、自信に溢れ、ベルリン、ロンドン、そして今回のイタリアへと続く魅惑のツアーを続けていた。前日のミラノではサンタ・マリア・デッレ・グラツィエ修道院の《最後の晩餐》の壁画前でキャストの集合写真の撮影が行われた。ドアが開くとＲａｉ（イタリア放送協会）のジャーナリストが出て来て、代わりに、その若い女性がまだ温もりの残る肘掛け椅子に座り、白髪の俳優と向かい合った。

彼女は気持ちを高ぶらせたまま恒例の質問から始めた——映画のアイディアはどこから来たのですか？　マット・デイモンとの久しぶりの共演は如何でしたか？——インタビュー時間は限られており、マネージャーは落ち着きがなかった。重要な話題に早く入った方が賢明だ。彼女はビル・マーレイの演技を長々と論じるような返答を遮ると、自分の記事の要点となり、間違いなくロイター通信への警告となるような――彼女にはそうなることがわかっていた――質問を思いきってぶつけた。

「クルーニーさん、あなたはベルリン映画祭で、また最近ではロンドンでも、大英博物館に保存されているパルテノン神殿の大理石をギリシャに返還すべきだと発言されましたね。この声明を受けて、ボリス・ジョンソンはあなたをナチス呼ばわりし、アントニオ・サマラス首相はギリシャ国民を代表して感謝の意を表しました。これはあなたのお役目なのでしょうか？　ハリウッドはヨーロッパ文化圏の政治に首を突っ込む必要があるのでしょうか？」

俳優はしばらく考え込み、それからおどけたように眉を上げると、組んだ両脚の上に手を合わせ、さも自信ありげな印象を与えた。

「映画監督としての私の務めだと思っています。発言に異存はありません。イギリスはギリシャから奪ったものを返すべきです。今、この場所にいるので、もっと言うと」彼は満面の笑みを浮かべて見事な歯並びを見せた。「フランスも《ラ・ジョコンド》をイタリアに返還するのが賢明だと思います」

「《ラ・ジョコンド》をですか？」若い女性はぼんやり繰り返した。

「そう、《ラ・ジョコンド》です。ここに戻すべきでしょう」

ジャーナリストの顔がぱっと明るくなった。もうこれ以上話す必要はない。素晴らしいインタビューだった。俳優はいくつかのサインに応じ、彼女を夕食へ誘った。

二〇一四年二月のインタビュー当日、クルーニーの声明がマスコミを駆け巡った。プロモーションの最中だったので、映画の宣伝を意図したものであることは明らかだったが、にもかかわらず、フランスにある《モナ・リザ》の存在を巡り、古い議論が再燃したことも確かだった。

旧家ゲラルディーニ出身の女性リザ・デル・ジョコンドの肖像は、フィレンツェの絹織物商人をしていたリザの夫のフランチェスコが、当時、近所に住んでいた著名な公証人のレオナルドの父セル・ピエロと親しくしており、彼を通じて依頼したものと推測されている。《ラ・ジョコンド》とそのモデルを巡る謎は、想像逞しきものから突拍子もないものまで無数の憶測を巻き起こしてきたが、そもそもの問いは次のようなものだった。なぜレオナルドは、当時の権力者イザベラ・デステから何度も肖像画を描くよう依頼されていたにもかかわらず、とても美しい笑顔ではあるものの、まったくの無名女性だったフィレンツェの中流階級の素朴な女性を描くことを選んだのか？　無論レオナルドの自由な精神に起因しているのに違いないが、ともあれ、一五〇三年に描き始められたこの絵のモデルがモナ・リザ（リザ夫人）であることは明らかになった。デル・ジョコンド家は第二子を迎えたばかりで、一家繁栄の時期に当たり、彼女の表情に穏やかな幸福感が表れていることも説明がつくだろう。

　レオナルドが若いフィレンツェの女性を描くという、ただの仕事の範囲を超えていたのは明らかで、巨匠の心の中にあるより大きな、より観念的なものを求めて、肖像画に手を加えるのを止めなかったようである。等身大に描かれたこの作品は、この一作品だけで、レオナルドの果たした絵画への目覚ましい貢献を示している。輪郭をぼかすスフマート技法の柔らかさ、モデルとその周りを囲む自然全体との繋がり、薄いグラッシ層を何層も重ねることで得られる肌色の繊細なグラデーション、距離感を表現する空気遠近法、空間の奥行きとかすんだ背景の効果、ピラミッド形の記念碑的な構図、そして女性の心理が表面に現れる一瞬を捉え、変化する感情を固定化する比類なき才能はここでは微笑の儚さを固定し、肖像画に魂を吹き込んだ。それはレオナルドの卓越した技術がモデルとの純粋で完璧な親密性を創り出し、人はこの絵を鑑賞しながら彼女の秘められた穏やかな性格に真に触れているという確信に達する。巨匠レオナルドはこの絵から離れることができず、決して手放すことはなかった。

革の鞍嚢《あんのう》に入れられた《モナ・リザ》はラバに乗ってアルプス山脈を越え、画家と共にフランスに到着した。レオナルドはフランソワ一世の招喚に応じて一五一六年にアンボワーズにあるクロ・リュセ城に身を落ち着けた。王のお気に入りの宮廷料理人のために建てられた赤レンガと白亜のテュフォ（ロワール地方の石灰岩）が魅力のこの館はアンヌ・ド・ブルターニュ（シャルル八世の妻で幼子を失くした）の哀しみを癒し、将来君主となる定めにある子供たちの遊戯場となり、マルグリット・ド・ナヴァル（フランソワ一世の姉、『エプタメロン』で知られる作家）に霊感を吹き込むミューズを庇護していた。朝方のトスカーナの光を彷彿とさせる、トゥーレーヌの柔らかな光に祝福されたこの穏やかな土地で、レオナルドは人生の黄昏を迎え、安らぎを見いだしていた。生き抜くために考え、働き、放浪生活を繰り返した人生の晩年を迎えたこの土地には、レオナルドの才能の虜になった二十歳の君主がいた。君主は画家に実の父に勝るとも劣らない愛情を注いだ。そしてレオナルド・ダ・ヴィンチは計り知れない天賦の才能を探究し続けた実り多き人生の終わりに、手帳に記した次の言葉を実践し、一五一九年、永遠の眠りについたのである。「充実した日に良き眠りが訪れるように、充実した人生には安らかな死が訪れる」

画家の死後、《ラ・ジョコンド》の運命については長い間議論がされてきたが、国立公文書館で見つかったある文書から、フランソワ一世が画家の生前にすでに他のレオナルド作品と合わせて相当額で購入していたことが証明された。《ラ・ジョコンド》はフォンテーヌブロー宮殿でフィレンツェの画家デル・サルトとデッラ・ロッビアの作品に挟まれて設置され、最初の王室コレクションを構成した。

後に、ルイ十四世の要請により《ラ・ジョコンド》はルーヴル宮殿に移送され、それからチュイルリー宮殿に運ばれ、その後、ヴェルサイユ宮殿の小ギャラリー（ルイ十四世が個人的にコレクションを楽しむ場）で展示された。一七九三年には、フランス革命によってルーヴル美術館の前身である共和国中央美術館が創設されたが、不思議なことに《ラ・ジョコンド》は展示作品に選ばれなかった。一七九七年に《ラ・ジョコンド》が修復されると、一八〇〇年には、ナポレオン・ボナパルトが妻ジョゼフィーヌのアパルトマンに飾るために作品を運び込んだが、数年後にルーヴル美術館に返還された。

レオナルドの存命中からすでによく知られていたこの作品の人気は画家の死後もとどまるところを知らなかった。ダ・ヴィンチが死んで三十年が経とうという時、ヴァザーリは哀愁の言葉でこの作品を讃えた。「その肖像画の微笑はこれ以上ないほど魅力的で、見る者に人間的というよりもむしろ神々しさを感じさせ、あまりに生き生きとしていたため、見事という他なかった」一六二五年、フォンテーヌブローを訪れたカッシアーノ・ダル・ポッツォ（イタリアの学者、画家ニコラ・プッサンの支援者としても知られる）は同じような感覚を「言葉にならない完璧さ」と述べ、ただ絵の状態は「ニスのせいでひどい状態にある」と指摘した。

十八世紀に入って《ラ・ジョコンド》の存在感はやや薄れたが、ロマン派の時代になると、神秘的なリザ・デル・ジョコンドは致命的な毒を持つ情熱のシンボルに祭り上げられた。詩人テオフィル・ゴーティエは彼女と謎めいた宗教のイシス女神（古代エジプト神話における豊穣の女神、魔女の元祖）とを較べながら激烈な文を綴り、美術史家のウォルター・ペイターは魅力的ではあるが、形而上学的で薄気味悪くすらある文章を残した。ペイターにとって《ラ・ジョコンド》は繰り返し墓場から蘇る、歳を取ることのない吸血鬼だった。彼は比喩を最高レベルに押し上げながら次のような不可解な言葉を残している。「深海に潜り、周りには薄暗がりが広がっている。彼女は東洋の商人と奇妙な織物の密売をした」ありていに言えば、一八七三年には作品はすでに不透明であり、可視性に支障があったということだ。ジョルジュ・サンドはある種の直感で彼女の人気を説明しようとした。「デル・ジョコンドのリザ夫人《モナ・リザ》ほど知られた人物はいない。また、不思議なことに、これほど推察されていない顔もない。この評判の美しさを前にして、何も感じず素通り出来る者は一人としておらず、一瞬見ただけでも忘れることが不可能であるというのに」こうした作品の崇拝者たちによる熱のこもった言葉のおかげで伝説は広まり、やがて新しい複製技術の出現によって、この肖像画を広く普及させることを可能にした。しかし、《ラ・ジョコンド》の人気が芸術作品として比類なき次元に達したのは一九一一年のことだった。

八月二十一日のこと、ルーヴル美術館の警備員がかの有名な居住者の失踪に気がついた。翌日、〈ヴィスコンティの中庭〉に通じる小さな階段で額が見つかり、騒動は全国に広がった。《モナ・リザ》不在の場所にある四本の釘を自分の目で確かめようと群衆が殺到した。調査はメディアから一身に注目を浴びたが、すぐに暗礁に乗り上げた。ありとあらゆる仮説が立てられた。《ラ・ジョコンド》の熱狂的なマニアが一人で満喫するために作品を盗んだとするもの。あるいは密売目的で盗まれたか。アポリネールとピカソは噂の絶えない怪しげな人たちと付き合いがあったせいで告発された――アポリネールは《モナ・リザ》の失踪のちょうど数日前、ある記事で、ルーヴル美術館はスペインの美術館と同じくらい警備が手薄であると非難さえしていたのだ。また一部のアーティストたちはこの事件を自分の宣伝に利用しようとした。まともに取り上げられることはなかったが、ガブリエーレ・ダンヌンツィオ（イタリアの作家、詩人）による虚勢を張った愛国声明もあった。調査を担当した警察署長は手ひどく嘲弄され、ルーヴル美術館の館長は辞任に追い込まれた。手がかりが全くないことを認めざるを得なかった。

一九一三年末、フィレンツェの骨董商アルフレード・ジェリーの元に同郷のレオナルド何某という男から連絡が入り、五十万リラで《ラ・ジョコンド》を譲ると申し出があった。売り手は、自分はイタリア国民の財産のために動いたのだ、あの絵は取り戻されなければならなかったと断言した。ジェリーは鑑定後に警察に通報し、ガラス職人のヴィンチェンツォ・ペルッジャはホテルで逮捕され裁判にかけられた。彼はガラス製造会社ゴビエから派遣され、パリのルーヴル美術館で働いていたと説明した。彼の役割は二十世紀初頭から続発していた芸術品の破壊行為《ヴァンダリスム》から美術館の最も有名な作品を守ることだった。そして主要なイタリア絵画の居並ぶ〈サロン・カレ〉を担当していた職人ペルッジャは強い怨恨を抱くようになっていた。彼にとって異国の地にある《モナ・リザ》の姿は耐え難いものだった。彼は遠征中のナポレオンがアルプス山脈を越える時にこの絵を盗んだと思い込み、深い屈辱感を覚えていたのだ。ある朝、ペルッジャは一人きりの時間を利用して《ラ・ジョコンド》を外し、額から取り出して、作業着の内側に絵を滑り込ませ、美術館を後にした。彼はフィレンツェに向かう前、《モナ・リザ》をオピタル＝サン＝ルイ通りにある老朽化した屋根裏部屋に二年間隠し続けていた。捜査中、尋問でそこを訪れた警察署長は非常に慎ましやかな境遇に置かれた労働者があれほどの傑作をベッド下に隠しているとは想像もできず、屋根裏部屋を細かく調べたりはしなかった。イタリアの司法当局はこの愛国的な動機は一年半以上の懲役に値しないと判決を下し、ガラス職人は刑期の半分も服役しなかった。そして彼は犯罪者として見られるどころか、祖国の英雄として称賛された。

《ラ・ジョコンド》が発見されたのは一九一三年のことだったが、祖国に戻ったのは実はレオナルドがイタリアを離れた一五一六年以来のことであり、この機会を利用して、フィレンツェとミラノで短期間の展示会が行われた。その後、彼女は特別にチャーターされた列車のファーストクラスに乗ってフランスへ戻った。世界大戦の最中にはドイツ軍がパリに到着する直前、彼女の避難場所を用意したルーヴル美術館の英雄的副館長ジャック・ジョジャールによってフランス全土を旅した他、一九六二年にはケネディ夫妻の招きでニューヨークまで足を運び、一九七四年には日本を訪れ、その後、世界で最も美しい美術館の絵画部門へ完全に帰還した。二〇一二年、イタリアの文化大臣とフィレンツェ県は、《ラ・ジョコンド》との再会から百周年を記念して、ウフィツィ美術館への貸し出しを求め十五万人以上の署名を集めたが、ルーヴル美術館は現在の《モナ・リザ》は移動させるにはあまりに脆く、応じることはとても出来ないと返した。

修復の発表は、いつでもまた口火を切るこの生々しい傷口に、唐辛子《ペペロンチーノ》ひとつまみを加えたレモン汁をかけるのと同じ効果をもたらしたのだ。

ジョコンドマニア

数週間のうちにフランス全土が《モナ・リザ》の話題で持ち切りとなり、特集号が次々にキオスクに並んだ。『ダ・ヴィンチ・コード』が本屋の店頭に復活し、ちょうど《ラ・ジョコンド》の修復をテーマにした風変わりなSF小説のデビュー作が短期間のうちに週刊誌『ル・ポワン』の読書ランキングの十四位に浮上した。ラジオ番組の〈フランス・アンテール〉では精力的なオーギュスタン・トラペナールによる作家のインタビューが放送された。説明はニュアンスや感情に含みを持たせたがったゆえにやや冗長気味ではあったものの、善意からであることは感じ取られた。トラペナールは小説の出来栄えを悪くないと思っていたが、何となく右寄りの気がしていた。この小説のテーマと関わりの深いオレリアンは番組を聞きながら――まさに自分のことが語られているのではないかと思ったほどで――、もしクレールがゲスト作家の服装を細かくチェックできたなら、この件について彼女の意見を聞いてみたいと思った。

司会者が優しい口調で「でも、それじゃあ、前のままの方が良かったんじゃないですか？」という引っかけ質問を投げると、作家は時の経過による恩恵というものは確かにあって、それを遺産として受け取ると、ノスタルジーから逃れるのが難しい場合があることを認めた。オレリアンはこの的を射た作家の発言に自分自身を重ね合わせた。作家は続けた。「心の牢獄というものが存在し、生きている間に課せられたすべての変化に耐えられる人なんていませんよ」少し寂しい話でもあったが、会話はどういうわけか、より明るいシニアのセクシャリティの話題に移っていった。

〈ジョコンドマニア〉がファッション界を席巻したのも自然の成り行きだった。ディオールに戻って復活を果たしていたエディ・スリマンは、アンボワーズのクロ・リュセ城で眉毛を全部剃ったモデルを起用し、秋冬コレクションを発表した。以来、バス停には眉毛のないモデルのポスターが貼られ、高校に至るまで、街全体が瞬く間にこの可笑しなファッションに包まれ、ソーシャルネットワークの〈ストーリーズ〉を埋め尽くした。

しかしジャーナリストたちが〈世紀の修復〉と評したところの一番不思議な現象は雑誌の表紙に蔓延した微笑みの伝染だった。スター歌手、サッカー選手、政治家、誰もが控えめな笑みを浮かべて写り、それは人によっては神秘的なオーラを漂わせたが、人によってはひどく気分を悪くさせるものだった。

ダフネはテレビスタジオを梯子し、至るところに現れた。館長がインタビューのリクエストに応じたので、オレリアンがインタビューを求められることはほとんどなく、彼はそれで良いと思っていたが、クレールはオレリアンがしかるべき役割を果たしていないと非難した。一方、ガエタノはジャーナリストを避けることで何とも形容し難い魅力をメディア上で遺憾なく発揮し、修復業界のミレーヌ・ファルメール（フランスの国民的人気歌手兼作詞作曲家）のような稀有な存在に自らを祭りあげた。

マッキンゼーの予測は様々な次元で裏づけられた。数週間後、スフマート技法や修復理論に退屈し始めた世論は関心を失い、再びアルルのチョコレートパンやイスラム風のヴェールに関心を寄せた。ジャクリーヌ・シャンパーニュの雑誌『ル・シュヴァレ』だけが一つ一つ丁寧にこの修復プロジェクトを取り上げ、実態と作業工程をつぶさに分析し、ルーヴル美術館とその館長、加えて絵画部門ディレクターに向けて敵意ある記事を掲載し、痛烈に批判した。

精神的《コーザ・メンターレ》なもの

観光シーズンもほぼ終わり、比較的影響の少ない日と考えられていた十月七日、《ラ・ジョコンド》は世界中のテレビから脚光を浴びた。マッキンゼーのアドバイス通り、派手な演出だった。大きなニュースがなかったことを利用して、フランス2（公共放送テレビ局）はこのイベントに多額の投資を行い、ロイヤル・ウェディングやスターの葬儀に匹敵するような特別報道番組を企画した。ミニマルで質素な舞台設定だったが、その大きさは圧倒的でピラミッドの真下に設置されていた。舞台ではステファン・ベルンとアンヌ＝エリザベス・ルモワンヌが司会を務め、著名文化人、学者、専門家、政治家、芸術家が集結し、数メートル先で行われる傑作の取り外し作業の様子を生中継した。

列席者の一人ジャック・ラングは、果敢に戦って勝ち取ったガラスの四面体の下で、最前列にいることの喜びを嚙みしめていた（ラングはミッテラン大統領と共にガラスのピラミッド建設に向けて奮闘した）。彼は今回の修復を支持していることを明言していた。元文化大臣のラングはミッテラン大統領の最初の任期の七年間よりもツルツルの顔をしており、概ね、人工的な若返りには反対ではないことが察せられた。オレリアンはルネサンスに傾倒していたラングがフランソワ一世に関する有名な伝記の著者だったことを思いだした。リザ・デル・ジョコンドを論じる役割は老年の学者に任せ、その結果やや感傷的すぎる若いフィレンツェ娘の人物像が作り上げられたが、簡潔にまとめあげられたことは功績だった。

ステファン・ベルンは快活さを保ち、〈国家の間〉から配信される新たな映像を待ちながら中継画面に目を凝らし、安定した声音で中継を続けていた。ステージ映像が中断されると、カメラは関わる人数の見るからに多過ぎる、白い手袋をはめた四人の搬送係が七十七×五十三センチメートルの絵画を取り扱っている映像を不安げに追いかけた。四人は今回のためにジャックムスのデザインした、エレガントでややオーバーサイズのミッドナイトブルー色のユニフォームを着ていた。控えめで抑制された演出は成功していた。アンヌ＝エリザベス・ルモワンヌは《ラ・ジョコンド》の移動は滅多にないことだと静かにコメントした。カメラは搬送係の中で最も若い男のこめかみに流れる汗の滴にフォーカスを合わせ、視聴者は四人の肩にのしかかる強烈なプレッシャーを感じ取った。作品は安定した荷台に載せられた箱の中に細心の注意をもって収められると、修復が予定されているアトリエに向かって動き出した。

四人の搬送係の後方に白いブルゾンを着た二人のアシスタントが続き、それからダフネ、オレリアン、シグリッド、そしてガエタノがやや滑稽な列を成して、作品と一緒に美術館の最奥部へと進んでいった。その様子は搬送係ののろすぎる歩みと過度な慎重さという違いはあれど、埋葬のセレモニーを想わせずにはいなかった。ダフネが着ていたバロック風のフューシャピンクのドレスは、ガエタノの〈ニュー・ウェイヴ〉の先駆者のようなルックスと対照を成した。小集団はカタツムリの歩みで進み、《ラ・ジョコンド》と別れの挨拶をするために〈グランド・ギャラリー〉の壁沿いに立ち並んだ、美術館の消防団員、学芸員、作品管理者、警備員、受付スタッフの列の前を通り過ぎていった。反対の壁沿いには、ジョルディ・サヴァール率いるエスペリオンXXIのアンサンブルが、ヴィオラ・ダ・ガンバ、リュート、ハープを奏で、ルイス・デ・ミランのパヴァーヌを演奏していた。

音楽はとても美しかったが、音響装置が人工的に見えたので、ステージのステファン・ベルンは映像に欠けていた感情をコメントで補おうとした。視聴者は、カイロ市主催の大エジプト博物館の開館の際に行われたファラオのミイラ移設セレモニーを思い出した。今回はあの時の荘厳なセレモニーに匹敵するものではないにせよ、フランスが国の最重要案件であることを示そうとしているのは明らかだった。ルーヴル美術館の演出は確かに称賛に値したが、カメラはやや退屈気味で、ジュゼッピーナの大きく開いたデコルテにしばらく留まっていた。

少し期待外れの行列の映像は、《ラ・ジョコンド》がこれから被るリスクについて、ああでもないこうでもないと、矛盾する発言を繰り返す専門家たちの映像に取って代わられたが、もうすでにこれについては数ヶ月前の修復発表時に議論し尽くされた感があった。駐ローマ特派員はフランスが保存するアルプス山脈向こうの文化財産の返還を要求する愛国主義者たちのデモについて十五分おきに穏やかでない最新情報を伝えた。イタリアの首都のポポロ広場には四万人の人々が集まっていて、スローガン「返還せよ！《レスティトゥイシロ》」は物々しかったが、雰囲気は比較的落ち着いていた。カメラはその様子を至近距離で追いかけた。

敵対するローマのデモとバランスを取るかのように、修復に好意的な街頭インタビューが映像で流された。耳障りな発言は除外して、ウィットに富んだ言葉、好意的な意見だけを集めて放送した。現段階では楽観的な態度を死守する必要があったのだ。

特番は午後まで続く予定で、十四時にアトリエの最初のライヴ映像を再開するまで、いったんマイクはスタジオに戻された。

行列は展示スペースを後にすると、美術館のいろんな場所と地下二階を繋げる、立ち入り厳禁の極秘ＶＤＩ〈内部連絡通路（*Voie de Desserte Intérieure*）〉を通過した。そこから歴史的大作の修復作業を行う超厳戒態勢の敷かれたアトリエのある〈パヴィオン・ド・フロール〉に出た。

扉が開いた。《モナ・リザ》に続いて、シグリッド、オレリアン、ガエタノ、そしてガエタノのアシスタントたちがまずは部屋の中へと入っていった。それからルーヴル美術館のドキュメンタリー制作チーム、AFP通信の写真家、フランステレビ局のカメラマン、リポーターが続いた。搬送係は《ラ・ジョコンド》をルネサンスの額縁から外し、細心の注意を払ってイーゼルの上に置いた。額縁はステファン・ベルンが気持ちを込めて説明したように「一九〇六年にベアン伯爵夫人によって贈られたもの」だった。

ダフネはドレスをサン・ローランのシャープなスーツに着替えて、ピラミッドの下のスタジオに戻っていた。

フランステレビ局のジャーナリストは興奮でうずうずしていた。彼は修復士が作品にまっしぐらに取り掛かって照明を当て、世界中が見守る中、コットンと溶剤を使って、薄暗く緑がかったヴェールを取り除いていくのを素朴に期待しているようだった。しかしガエタノはサンダルを脱ぐと、イーゼルの前に置かれたスツールの上であぐらをかいて足を組んだ。目は完全に閉じられ、両手を膝の上に置いて、背筋を伸ばし、鼻孔から深く息を吸い込むと、呼吸を止め、口から音を立てて大きく息を吐き出した。**吸い込んで、止める。吐き出す。**異様な瞑想の光景が流れ、テレビの前で人類は息を呑んだ。**吸い込んで、止める。吐き出す。**ディレクターはアトリエで起こっていることの方が重要だとわかっていたので、映像をスタジオに戻す気はなかったようだ。おまけに、ピラミッドの下にいるゲストたちは異様なほど静かで、何か考えごとに耽っているかのようで、ステファン・ベルンのコメントさえも聞かれなくなっていた。いつもはどんな空白時間も許さないテレビが奇妙な深淵の中でじっとその絵を見つめ、修復士が目を開くのを待っていた。**吸い込んで、止める。吐き出す。**やがて彼は苦行者《ファキール》のポーズを崩さないままゆっくり瞼を上げると、目を完全に見開き、目の前の肖像画を凝視し、それを見つめる以外のことは何もしなかった。困惑したリポーターはいくつか質問を投げたが、イタリア人はまるで聞いていなかった。

オレリアンはその場から離れると、その瞬間、責任の重さを骨の髄まで痛感した。ガエタノを探して来たのは他ならぬ自分だった。映し出される奇妙な光景に罪悪感を覚え、漠然とした恥ずかしさを覚えた。ガエタノが変わった人物であることは知っていたが、ここまでの行為に耽るとは想像すらしていなかったのだ。

こうしてガエタノは長く眩暈のするような視線の中で作品を観察し、作品との親密な関係を築こうとしていたのである。彼の後ろにはジュゼッピーナとルクレツィアの二人がガードマンのように両手を組んで立ち、微動だにしなかった。二十五分が過ぎ、テレビクルーは中継をカットした。カメラは何度か戻ったが、午後の間ずっと彼は動かなかった。何かのパフォーマンスのようにも感じられた。二〇一〇年のＭｏＭＡで行われたマリーナ・アブラモヴィッチのパフォーマンスを想わせた。何百人もの訪問者と交わし続けた彼女の強烈な視線には、苦痛を感じると同時に何か惹きつけられるものがあった。

オレリアンはヴァザーリが書き残したあるエピソードを思い出した。レオナルドがサンタ・マリア・デッレ・グラツィエ修道院のために《最後の晩餐》の壁画に取り組んでいた時、修道院院長は画家の変則的な仕事のリズムを心配していた。院長はレオナルドが絵筆を手にすることなく、壁をじっと観察して半日を過ごすのを見ていた。またある時には、軽い手直しをしに来るだけで、あっという間にその場を立ち去ってしまうこともあった。菜園の庭師のように仕事を毎日精力的に行う姿を期待していた院長は、出資者のミラノ公ルドヴィーコ・スフォルツァに苦情を言った。公爵はレオナルドを呼び寄せると、なぜこれほどゆっくり進めているのか説明を求めた。すると彼はこう応えた。「天才的な人間は、時には最小限の行動で、最大限の成果を達成することがあるのです」

それからレオナルドは持ち味である機転を利かせて、キリストとユダ、二つの顔がまだ描かれずに残っています、と加えた。彼は街の中でイエス・キリストのモデルを見つけることはあきらめていたが、ユダの顔にインスピレーションを与えてくれる男はまだ探し続けている、と。そんなに急かすのなら、院長をモデルにいたしましょうか。この言葉にスフォルツァは笑い、自分のペースで進めるように伝えた。

「天才的な人間は、時には最小限の行動で、最大限の成果を達成することがあるのです」オレリアンは、これこそまさに、ガエタノが今この瞬間に考えていることだと確信した。彼はその絵を観察し、その存在に慣れ、対話を始め、固有の関係を結び、視覚だけでなく思考を通じて知る必要があったのだ。

映像の変化に乏しく、スタジオのゲストはあてにならなかったものの、視聴率はテレビ局の投資に見合うものだった。番組は最後にアトリエの映像とジュゼッピーナの謎めいた笑みを映し出したが、これは豊満なイタリア人女性と繊細なリザ・デル・ジョコンドの間の類似性を視聴者に印象付けようとするプロデューサーの最後の試みだった。

翌日、角張った修復士の顔が『リベラシオン』紙の一面に大きく掲載された。野心的なタイトルが付けられていた。『サルヴァトール・ムンディ（世界の救世主）』。これはダ・ヴィンチの作品かどうか物議をかもした作品の名であり、公益に資する救世主の役割も果たした。ガエタノの見事な顔が黒塗りの背景の四分の三ほどを占めていた。顎を上げ、傑作をしっかり精査しようと目尻に皺を寄せていた。表情はもの思いにふけっているようであり、同時に強い意志が感じられた。露出不足の白黒写真は、かぎ状にわずかに曲がったわし鼻を筆頭にぶしつけな彼の性格の高貴さを際立たせていた。真っ白な髪と整えられた髭が光のほとんどを捉え、残りの部分は暗闇から浮かび上がっているように見えた。ごくわずかなモーションブラーがポートレートの輪郭を目立たなくさせていた。写真家は明らかに絵画的効果を狙っており、その狙いは成功していた。絵画は写真の外側にあったが、修復士の澄んだ眼差しの強さの中に、言葉では言い表せないその存在を感じることが出来た。右目の奥深くに、わずかに知覚できる透明で水晶のような輝く点が現れていた。

正確には、涙ではないかもしれない。

ある感情。

見えなくなれば

ある朝、オメロはレオナルドの傑作に関するルーヴル美術館の計画を知った。全人類と同じ時刻に。彼は大きな不安を感じた。それが自分にとって何を意味するのかを即座に理解したからだ。耐え難い別れが迫っていた。数ヶ月もの間、あの絵と一緒に過ごす時間を奪われてしまう。個人的な感情は別にしても、なぜそんなことをする必要があるのかわからなかった。《ラ・ジョコンド》はそう易々とは姿を現さない。確かに暗い色調のせいで考古学者のように細部に目を凝らす必要がある。でも、それが良かったのだ。作品が神秘的である所以でもあった。彼は自分が幸運にも作品を間近に見ることが出来、それが誰にでも与えられる機会でないことを知っていた。内心、作品を間近で見ることが出来ないゆえに他人には識別できないものが、自分には見えるということに独占欲を感じていた。オメロは彼女が〈僕のジョコンド〉であり続けるために、自分の特権を手放したくなかったのだ。

修復の発表から絵画がアトリエに移されるまでの数ヶ月は瞬く間に過ぎていった。彼は気持ちを整えようとした。仕事をしている間も《モナ・リザ》が視界に入らないよう、彼女には一瞥もくれず、できるだけ早く立ち去ろうとガラスケースの掃除をぱっぱと終えた。ああ、しかしあろうことか、彼女は逆にオメロを無視したくはなかったようだ。彼女は彼の態度に決して腹を立てることはなく、筆舌に尽くし難いあの笑みの裏で、極めて穏やかに忍耐強く、あたかもオメロがもはや彼女無しではやっていけないことを見抜いているかのように、決して目を離さず彼を緊張させたのだ。

無関心を装ったところで何の役にも立ちはしなかった。オメロは別の作戦に出た。嫌になるくらいとことん彼女に酔いしれようとした。彼は最後の一人を〈国家の間〉から追い出すと、時には上司や同僚から呼び出されるまで面会時間を引き延ばした。空しい努力だったが、彼女を観察し、くまなく眺め、探求することに倦むことがなかった。新しい様相を見つけるたびに抱いていたイメージは更新された。毎回、穏やかで謎めいた表情を再発見するかのように、新たな雰囲気、新たな意味が加えられた。たとえ絵の表面にある無数の亀裂のすべてを知り尽くしていたとしても、彼女は宇宙のように広大で、はかり知れない神秘のままだった。結局どんな戦略を取ってみても中毒から抜け出せはしなかった。オメロは毎晩心臓を高鳴らせながら〈グランド・ギャラリー〉に足を踏み入れ、〈国家の間〉を歩く時には心臓が破裂しそうになった。修復の日が近づくと、彼は絵に完全に心を奪われ、差し迫る彼女の出発の他には何も考えることができなくなっていた。

彼は不定期にエレーヌと会っていた。時には数ヶ月、時には一年以上も連絡が途絶えたまま時間が流れた。彼女から連絡がない間、彼はエレーヌが別の人と真剣な交際を始めたのだろうと思っていたし、それを望んでもいた。しかし彼女はいつも彼の元へと戻ってきて、不思議なことに、彼は彼女のことを思い、悲しい気持ちになった。彼女がオメロを思うほどには、彼は彼女を思っていなかったのだ。にもかかわらず、オメロが彼女のアプローチを拒むことはなかった。彼は自然体で彼女と会い、優しくセックスするのが好きだった。彼女は恐らく二人の関係が発展し、彼が語りかけ、心を開いてくれることを期待していたが、彼には向いていなかった。話すのが苦手だったのだ。彼は彼女とゆっくり、そして激しくセックスをし、そうすることでコミュニケーションを図っていた。彼はそれ以上のことが出来るとは思わなかった。

前回会った時、彼は心ここにあらずの様子だった。気が散っていつもより落ち着きがないことにエレーヌは気づいていた。熱に浮かされているかのように。誰かいるの、と聞いた。「誰もいない」とオメロは突っぱねた。でも確かにどこか上の空だった。彼女は念を押した。誰かいるなら言ってね、責めたりしないから。二人は束縛し合う関係ではなかった。彼女は自分に向けて呟いた。「いない、誰もいない」確信の無さから悪寒がせり上がって来た。二人はとにかくセックスをしたが、彼女は喘ぎ声をあげながらオーガズムに達すると、ウナギのように彼の腕から抜け出して急いで服を着た。彼はその姿を見ながら、自分に打ち明ける勇気がないことを悔やんだ。たぶん彼女なら《ラ・ジョコンド》への気持ちを理解してくれただろう。何と言っても彫刻と自動洗浄機を理解してくれたのだから。

修復作業の行われるアトリエに出発する前日、彼はぎりぎりまでそこにいた。最後の時間を惜しんでガラスケースの掃除をしなかった。しようとしても身体が震え、手がつかなかっただろう。今回ばかりは誰かに袖を引っ張られずには終わらず、彼は最後まで彼女から目を離さないよう後ずさりしながら遠ざかった。神秘的で変わらない、今のままの彼女との再会を祈りながら。

当日、オメロは特番を見るために自宅のテレビの前で過ごした。セレモニーから一分たりとも目を離さなかった。準備段階からすでに恐怖を感じ、画板が外される時には心臓が止まった。絵画に連なる滑稽な一団、イタリア人のデモ、ニュース番組での専門家や政治家による討論を見た。イタリア人修復士の存在が気になった。男はひどくオメロをイライラさせた。嫉妬だったのかもしれないが、とにかく！　なぜこの男は何も言わずに止まったまま肖像画を眺めているのか？　なぜこのような状況下で、人の関心を引こうとしているのか？　どうして他の修復士のように振る舞うことができないのか？　もし自分が頼まれればそうしたはずだ。自分なら正確に細心の注意を払って向き合うだろう。世界中のテレビの前で注目を集めようとはしなかったはずだ。オメロの目に、この男はくだらなく映った。

翌日、オメロは〈国家の間〉に駆け込み、《ラ・ジョコンド》の不在を確認すると、いよいよ別れが現実のものになったことを実感した。空っぽのガラスケースを見てショックを受けた。しかし、しばらくすると想像とは裏腹にオメロはあまり多くを感じなくなっていた。とにかく想っていたより、衝撃はずっと小さかった。続く数日は、ほとんど重荷から解放されたようにさえ感じられた。もう心配する必要はなかった。「去る者は日日に疎し」という諺が何らかの真理を含むことを祈った。絵はもうそこになく、事態を変えるために出来ることは何一つなかったのだ。時間が解決してくれるはずだ。数週間も経てば、もう考えることさえしなくなるだろう。自分は別れの苦しみを想像し、それをほとんど消化し尽くしてしまっていたのだ。大丈夫。そう思えた。

メス《スカルペル》とコットン

ガエタノの初動は、計画への本気度を物語っていた。彼は委員会によって承認されたマニュアルに従い、絵の右下の隅に小さな枠を設けた。その中で、ジェル状の様々な種類の溶剤を少しずつ使いながら、ニスの上位の層を柔らかくする適切な配合を見いだそうとした。彼は細心の注意を払いながらスクレイパーで最初の層を除去すると、次の層についても同じ作業を繰り返した。こうして制限された枠内の表層で実験を行い、ニスの膜を一層ずつ希釈し、手つかずの残りの部分とはっきりしたコントラストを作り上げた。実験は成功だった。絵画はニスの除去作業に耐え得る。ニスの下で色彩のバランスは保たれていた。層を除去するごとに、ある色が他の色に勝るということなく、色は均等に鮮やかになっていった。この第一段階の結果を評価するためにアトリエに集まっていた委員会メンバーの小グループは、実験結果を認め、木製画板全体に広げて作業することを承諾した。

ガエタノが集中して作業に没頭してから数週間が経つと、モナ・リザは少しずつ暗闇から浮かび上がって来た。彼はほとんどイーゼルの上で作業を続けていたが、時々拡大鏡メガネをかけた。より重要な局面ではデジタル顕微鏡カメラの下に絵画を平置きし、拡大して映し出すコントロール・モニターに視線を釘付けにさせながら「なんという天才《ケ・マエストロ》！　なんという才能《ケ・タレント》！　わずかな絵具で、ほんのわずかな絵具で……」と感嘆の声をあげた。

彼は仕事に取りかかり始めてからかなりのスピードで作業を進めていたが、絶えず邪魔が入った。作業が進展するに連れて新しいニュアンスが現れると、専門家たちはこぞって作品を見に次々と見学に訪れ夢中になった。ある専門家は風景の中に見慣れない細部の描写が見つかったことで、イタリア北部の地形との類似性を見いだそうとし、またルネサンス期の家具の専門家は肘掛け椅子《ポゼット》のデザインを調査させて欲しいと願い出た。とりわけしつこかったのが女性の服飾史家で、彼女は若い女性モデルの肩に掛けられたヴェールがどのように保たれているのかを知りたがり、かさばる布地をアトリエまで持参して実演さえ行った。

加えて、修復作業は公式訪問によって定期的に中断された。大臣はすでに三回来訪していたし、ロンドンにあるナショナル・ギャラリーの絵画学芸員は仲間として来訪しながらも、慎重な介入の始まりについて、皮肉を言わずにはいられなかった。

毎週、技術者が二十四箇所のチェックを行い、残りのニスの厚みを測定した。これだけの予防策にもかかわらず、委員会はクリスマスの少し前に作業の進みが速すぎることを懸念してプロセスを中断させた。協議し、確認し合い、慎重を期すように依頼し、休み明けに修復は再開された。

ガエタノは訪問を嫌がっていた。今までにこれほど仕事を邪魔されたことはなく、苛立ちを露わにしていた。オレリアンでさえ、自分の訪問がかつての師匠を苛立たせていることを感じた。ある種の焦りがガエタノの気分を乱し、オレリアンをアトリエの入り口まで連れていくと、いつもほっとしたように見えた。オレリアンは彼にパリは好きですかとか、絵の状態で気になっていることはありますか、と尋ねながら状況を探ろうとした。ガエタノはそのたびに安心させるような言葉を口にしたが、確信はないように見えた。オレリアンは夕食に誘ってみたり、息抜きにロワール渓谷へ行こうと提案してみたが、イタリア人は一考さえしなかった。彼を静かにほうっておくことに決めたのは、ガエタノが望んでいたのはまさにそれだったから。修復作業は段階的に予定通りに進んでいた。溶剤は酸化したニスと共に作品をくすませていた黄色の色合いを少しずつ取り除いていった。

新たな光が絵に射し込み、時間の経過によって沈められた暗闇から、絵が少しずつ浮かび上がってくるのを見るのは感動的だった。

修復の発表によってざわつき始めていたイタリアの愛国主義者たちは、実際に修復が始まると怒りを露わにした。修復士が同郷人であっても、彼らの怒りを鎮めるのに何の役にも立たなかった。ガエタノは裏切り者《イスカリオタ》という刺激的なレッテルを貼られた。修復作業の初日から、ローマで起きていたデモに呼応するかのように、同日、少数の在仏イタリア人たちがピラミッド近くの〈ナポレオン広場〉に集結した。彼らは最初の幾晩かトーチを灯しながら徹夜で過ごした。それから徐々に数は減っていったが、交代で活動し、ルーヴル美術館の入り口前には常時六人ほどの活動家が集まっていた。警察は何度も立ち退かせたがしつこく戻って来た。彼らはカルーゼルの円形広場付近でユニークな横断幕を広げた。「盗んだものを壊さないで《ノン・ディストロジェレ・チオ・ケ・アイ・ルバート》」

彼らの活動はオレリアンの頭痛の種となった。警備責任者から呼び出され、美術館の周辺では目立たないように勧告された。ガエタノも同様だった。無駄なことを一切言わない責任者の言葉をオレリアンは真摯に受け止めた。

修復の決定が公表された時、フランスの文化大臣はイタリアの文化大臣から連絡を受け、アルプス山脈の向こうではフィレンツェ女性の運命に非常に高い関心が集まっていることを知らされた。協力関係の証として両大臣間にはホットラインが設けられ、定期的に対話が行われることになった。パリはローマに修復の進捗状況を逐一知らせる代わりに、イタリア半島での論争について正確な情報を入手し、《ラ・ジョコンド》の〈返還〉を要求するネットワークの監視を依頼した。デモ以来、メディアでの扱いは沈静化していたが、世論はむしろ愛国主義者たちの言葉になびいていたのだ。

世論調査は示唆に富んでいた。イタリア人の二人のうち一人は《モナ・リザ》が故郷に帰還することに賛成で、フランスで展示されているという事実はイタリア遺産の略奪だと考えていた。修復発表に伴い数多くの報道がされた中、あるドキュメンタリー番組がＲａｉでかなりの視聴率を上げていた。残念ながら、そのドキュメンタリーはレオナルド・ダ・ヴィンチのフランスでの晩年の生活を意図的に省いていたために、一五〇三年のフィレンツェで、フィレンツェ女性の肖像画がどのようにフィレンツェの画家によって描かれ、どのようにしてフランスのコレクションの中で発見されたのか、ほとんどの人がよく理解できなかった。後にこのドキュメンタリー番組がポピュリスト同盟党の資金提供を受けていたことが発覚したが、それによって視聴者の意見が大きく変わるということはなかった。

アルプス山脈向こうの愛国主義者たちの要求に加えて、新たな議論が生じた。アメリカの学者グループが、〈ハフィントン・ポスト〉に修復の中止を求める論説を寄稿したのだ。学者グループの見解では、ニスを除去してモデルの肌の色を明るくする行為には、白人の西洋的理想に合致させようとする人種差別的な意図が隠されていた。その記事によれば、時間の経過によってリザ夫人の肌色が人類の平均的な色に近づき、この点こそが《モナ・リザ》の絶大な人気の理由であった。このようにして《ラ・ジョコンド》は普遍的な作品になり得たのだ。顔色を明るくすることは、肌を白くする美白製品の販売促進と同じようなもので、若い世代に示す模範ではない。ダフネはこうした議論が巻き起こす影響範囲をオレリアンより熟知しており、注意深くその行く末を見守っていた。反響の多くはアメリカ国内で起きたが、フランスでも記事は短いフォーマットで次々に転載され、ソーシャルネットワーク上で瞬く間に広まっていった。しかし、こうしたメディア宣伝にもかかわらず、この理論は説得力に乏しく、数週間で話題にのぼらなくなった。

ジャクリーヌ・シャンパーニュによる攻勢は依然として残っていた。その燃え盛る炎は一般誌の他、主に右寄りの保守系新聞紙上に飛び火した。週刊誌『ヴァルール・アクチュエル』の表紙には「遺産の破壊者たち、彼らは何者か?」の文字が躍り、パリ市長とルーヴル美術館館長に並んで、オート゠マルヌ出身の元気象学者で修復士の男――余暇に行った修復で地元の教会にある十四枚の絵画を破損してしまった――の顔を『スター・ウォーズ』のポスター張りにモンタージュで組み合わせていた。表紙はフランドル派の肖像画のように、黒い背景から三つの顔が浮かび上がり、劇的な効果を生んでいた。オレリアンがその雑誌を購入すると、そこにはメスクランとヴァノーの〈若い世代の信じがたい傲慢さ〉と題された長い対談に合わせて、自分の写真が掲載されているのを見て唖然とした。この二人は本当に蜜月期間を過ごしていたのだ。

ジュゼッピーナ

ある夜、ジュゼッピーナは帰り支度をしていたオレリアンを呼び止めた。「オレリアーノ、話があるんだけど」

外では、冬の霜がチュイルリー公園の砂の上に白いヴェールをかぶせ、二人の陰鬱な影は〈テュルゴー翼〉に沿い、〈パヴィオン・ド・ロハン〉に向かって動いていた。空気は澄み、オレリアンはジュゼッピーナのうっとりするようなバニラ風の甘い香水の匂いを感じた。二人はコメディ・フランセーズ前にあるオテル・デュ・ルーヴルに向かい、ひと気のないバーに入った。仕事の打ち合わせにしては遅すぎ、デートにしては早すぎる時間帯。そこは数年前に改修されていたが、オレリアンは親密な会話をするのに適していた以前の内装を懐かしく思った。クレールと付き合い始めた頃、よくここで仕事帰りに彼女と合流し、カクテルを飲んだのを想いだした。懐かしいかつての淡い記憶がオレリアンの表情を曇らせた。

ジュゼッピーナは毛皮のコートを脱ぐと、縦溝の付いた真鍮のコンパクトミラーに自分を映して髪を整えた。子供のような無邪気な仕草が、オレリアンの心を揺さぶった。髪を整え終えると、彼女は素早くミラーを閉じ、本題に入るのを促すかのようにパタンと音を立てた。

「オレリアーノ、あなたに言わなくちゃいけないの……」

彼女はため息をつき、しばらく芝居がかった沈黙を続けてから言った。

「ガエタノ、少し様子が変なの。心配で」

「自分でそう言ったの?」

「いいえ、ただそう感じるの。前とぜんぜん違う。眠れなくて悩んでいるわ。彼らしくないのよ」

オレリアンに注がれる彼女の眼差しは彼の右目と左目の間を行ったり来たりした。自分の言葉の劇的効果をさらに強めようとする六〇年代のスターの卵から借用したこのテクニックのせいで、オレリアンは自分がフェリーニ映画の三十五ミリフィルムに映り込んでいるかのような錯覚を覚えた。

「オレリアーノ、彼、私たちとセックスすらしたがらないの」彼女は静かに言った。

オレリアンは彼女が〈私たち〉と言ったことが気になったが、慎重を期するため言及は控えた。

「深刻なの?」彼は素朴で馬鹿みたいな質問をした。

「深刻、かなり深刻」彼女は頷き、本当に困っているようだった。

「話してみるよ。リスクがあるかどうか……」

ジュゼッピーナはまるでオレリアンの考えを察したかのように話を遮ると彼の手を取った。

「彼はプロ中のプロ、たぶん世界中で最も偉大なプロフェッショナルだから、その点は心配しないで。でも話してみて。一人きりにさせないで、絵と一人だけに……」

ジュゼッピーナが「心配しないで」と話すのを聞いて彼は逆に不安になってしまった。その夜、オレリアンはジュゼッピーナに彼の髪に手を通し、こめかみの辺りをずっと優しく撫でてもらいたかった。そうやって彼は目を閉じたまま頭を傾げ、きっと一粒、二粒の涙の滴を流すだろう。ひどく疲れていたのだ。心配ごとを忘れてイタリアに戻り、アルマンドとトニーと一緒に、ジュゼッピーナとルクレツィアが聖母の真似をした、まるで夢を見ていたかのようなあの夜に戻りたかった。ジュゼッピーナは幼い頃の童謡をイタリア語の黄金色の砂のような温かな声で歌ってくれるだろう。彼は入り江に戻り、ティレニア海の穏やかな波に揺れるウニのごとく海の底で石の合間を転がり、波で歪んだ柔らかいポテトチップスのような太陽を頭上に拝むのだ。

「オレリアーノ？」

背景の波から視線をジュゼッピーナに戻すのに少し時間がかかった。「アモーレ、少し休んで。あなたも疲れているようだわ」

リューベックの若き女性

オメロは《ラ・ジョコンド》が出発して以来、無為に時間を過ごしていた。誰もそんな彼を見たことがなかったほど、仕事をいい加減に行い、作業が終了するのを待った。彼はロッカールームへ呼ばれる前の空いた時間を利用して清掃チームから抜け出すと、本能の赴くまま目的もなく美術館内をさまよい歩いた。

彼は〈グランド・ギャラリー〉からほど遠い、さらにはイタリア絵画の巨匠たち、それにゴヤやベラスケスといったスペイン画家たちからも遠く離れた〈ドゥノン翼〉の外れで見つかり、そこは彼がいるはずのない場所だった。「ここで何をやってる？」そう尋ねられると、すみません、迷子になっていました、と応えた。次は警告だぞ、と言われたが、彼は気に留めることもなかった。

ある晩、オメロが館内を徘徊していると、すでに清掃チームが立ち去っていたドイツ絵画の展示室に迷い込んだ。作品だけがライトアップされ、暗い夢の中にいるかのように多くの窓がダークグレーの壁から浮きあがって見えた。彼は照明の柔らかな光の中を忍び足で進み、貪るような目で展示室を周った。オメロはある若い女性の肖像画の前で立ち止まった。緑とエクリュ色の服を着て刺繍の施された重たい頭飾りが額を囲む座った姿勢の若い女性。その女性に心惹かれたのは《ラ・ジョコンド》と同じ姿勢で手を重ねていたから。残りの部分は、二つの作品はまるで違っていた。彼はしばらくその絵をじっと見つめていた。

「彼女が好きなのね？」

すぐ近くで声がした。

完全に作品に気を取られていたオメロは人影が近づいていることに気づかなかった。彼は興味深そうに彼女を見た。身体にフィットしたベルベットのスーツを着た背の高い女性で、彼より頭一つ分高かった。彼は頷いた。

「見てちょうだい。彼女、ずいぶん放って置かれていたようだわね。額に埃がかぶっているじゃない」

オメロは連帯責任を感じて頭を下げた。

二人は黙ったままその場に佇んだ。

彼は再び彼女を見た。彼女とすでにどこかで会ったことがあるような気がした。彼はもう一度作品を確認してから彼女の方を向いてじっと見つめた。それからさらに近づいた。


彼女は男が近づいても、後ずさりしたい衝動をじっと堪えていた。男は明らかに、パーソナルスペースや親密境界線といった概念を身につけていなかった。ダフネのパーソナルスペースはいつも無人地帯《ノーマンズランド》だった。常に笑顔を振りまき、共感的姿勢を取るようにしていたにもかかわらず、昇格を繰り返し、役職が上がってきたせいだった。しかし実を言えばそれは彼女にとって、自分が獲得してきた勝利の証であり、すでに馴染みのあるものだった。彼女は組織上の自分の立場について伝えたい衝動に駆られてむずむずしたがぐっと堪えた。彼がダフネの吐く息を聞くことが出来たように、彼女も彼の息を聞くことが出来た。彼女は呼吸を整えようとした。

彼女はこの男の手が自分の肩に触れ、軽くではあるが確かな動きで彼の正面に向かせるのを不安げに眺めていた。しかし男の落ち着きには何か安心感を与えるものがあった。彼女は奇妙な催眠術にかけられたようにされるがままだった。男は小柄だった。長いまつ毛に縁取られた目で、診察中のドクターのごとく彼女の顔をくまなく眺めた。彼は身体に沿って下ろしていた彼女の手を取ると、信じられないといった彼女の眼差しの下で、両手を自分の方に引き寄せ、右の手のひらを左手首の上に重ねて置き、ファン・ユトレヒトのモデルと同じ姿勢を取らせた。それから彼は指先を彼女の顔の方に向かって伸ばした。鼓動が激しくなり、彼女は身をすくめ、不安げな息を吐いた。彼は顎を上げた。自信が漲り、忙しく動いていた。オメロは彼女のすぐ近くにある絵画に何度も視線を向けながら、指の関節で軽く彼女の頭を四分の三ほど回転させ、注意深く頭の向きを調整した。彼の動作は正確で、ダフネは大人しく身を任せた。

その瞬間、ダフネはまさに〈リューベックの若き女性〉になっていた。この女性について自分は何も知らなかったのに、すべてを知っていたのは、彼女と同じ特徴を有していたからであり、他人の目には生きた化身のように映ったからだった。まさにこのようにして美術は感じられなければならないものなのだ。知識もいらず、キャプションも無し、説明も必要なく、超越的な親密体験の中で感じるべきものなのだ。これこそまさに彼女が実践し、繰り返し主張し続けてきたことだった。美術館は知識の重みを取り払い、ありとあらゆる感覚、世界中のあらゆる風、すべての魂に解き放たれる必要があるのだ。パフォーマンスやイメージの力にばかりご執心で、教養がなく、うわ面だと散々言われ続けていても、そんな廊下の噂話に何の意味があっただろう。彼女のおかげで毎日より多くの人々が感情を震わせ、恐らく発見への渇望と出会いへの欲望に導かれて、ここドイツ絵画の並ぶ八〇九展示室を訪れた人もいたはずで、それこそが出会いなのだ。つまり出会うとは、知識ではなく経験だった。恐らくこうした来館者の中には、ダフネが何も知らないのにすべてを知っていたファン・ユトレヒトの〈若き女性〉に目を奪われたのと同じように、過去の人物の誰かを見つめ、説明しようのない愛の衝動に駆られて胸が高鳴るのを感じた人もいたことだろう。

オメロが身を離すと、ダフネは彼を抱きしめたいと思った。彼女はその場から動かず、彼が示した場所をじっと見つめていた。オメロは数歩後ずさりすると、首を傾け、満足し、それから眠りについた美術館の暗闇へと姿を消した。

勇気

オレリアンがガエタノの心配ごとに探りを入れてから何の成果も得られず一ヶ月が過ぎた。イタリア人は黙々と仕事に集中していたが、表情はやつれて険しく、重苦しい雰囲気だった。

ある晩、二十三時頃、オレリアンは修復士から不在着信が数件入っていることに気がついた。ガエタノは長いメッセージを残していた。電話の奥から恐らくマラン・マレによるものと思われるバロック音楽の旋律が聞こえていたが、はっきりとはわからなかった。頭から離れないヴィオラの音色に乗せて、まるで隣の部屋で録音されたかのように響くくぐもった声で、ガエタノはイタリア語とフランス語を混ぜて話し、いら立ちを表現する時には奇妙なトスカーナ方言をちりばめた。彼はとてもゆっくり言った。

「オレリアーノ、この仕事の本当の価値は何だ？」

ダース・ベイダーのような息遣いだった。

「誰が画家で、誰が職人か？　作品の本質は何か？」

長い沈黙が流れた。

「初期状態とは何なのか？」

音楽が言葉を覆い、オレリアンは彼の言おうとする内容を理解できなかった。ある時点から、修復士は再びフランス語で話しているようだった。

「そして勇気だ、オレリアーノ、勇気は一体どこにある？　絵に立ち向かう勇気は……天才はどこにいる？　芸術家は？　ピコーはどこにいる？」

続いて、足音が聞こえ、扉の開く音がし、何やらくぐもった音が聞こえると、トイレの水を流す大きな音がした。オレリアンは職業的良心からメッセージを最後まで聞き続けた。

声が再び聞こえてきた。

「次は誰だ？　その後、いつ終わりが来る？　オレリアーノ、終わりはどこにある？　勇気はどこにある？」

くどくどしい質問が学芸員を深い混乱に陥れた。イタリア人は明らかに限界にあった。彼は任務のプレッシャーを過小評価していたのだ。修復作業の休止を考えなければならないのだろうか？　ダフネは決して容認しないだろう。《ラ・ジョコンド》が〈国家の間〉に早く戻れば戻るだけ、美術館の集客は期待される水準まで早期に回復できるのだ。

それに、この長広舌の中でロベール・ピコーは何をしに来ていたのか？　ガエタノがメッセージの中でピコーの名前を呼んだのに何の意味があるのか？　彼はイタリアですでにピコーの話をしていなかったか？　オレリアンはこの十八世紀の修復士について、《慈愛》を始め、不運にも彼の手に渡ってしまったいくつかの作品に取り返しのつかない傷を負わせてしまった人物として記憶していた。しかし実際、ピコーについて多くの知識を持っているわけではなかった。ベルトランならいろいろ教えてくれるだろう。オレリアンは深呼吸した。修復が終わるのを切に願った。すべてが終わったら休暇を取る予定にしていた。就寝前、ガエタノに電話をかけたが、留守番電話に切り替わった。

ロベール・ピコー

翌朝になっても、クレールはまだ家に戻っていなかった。理由は何も伝えられていなかった。オレリアンはダブルベッドの片側に冷たい不在を感じた。メッセージも、留守電も入っていなかった。やり過ごせる嘘も、込み入った話も、横暴な客も、パワハラ上司も、土壇場の商品取引も、カマルグ（南フランスの地方）でのセミナーも、破局間際の慰めが必要な女友達の話もなかった。二人の頭上に浮かぶ巨大な風船のように膨らむはかり知れない真実が、視線を交わすことによって誤って破裂してしまうのではないかと恐れ、彼は意識して直視しないようにしてきたが、今はもう横目ですら見ようとしなかった。埋めるのに苦労する気まずい沈黙も、気晴らしの他愛のない会話も、焦点のぼやけた曖昧な質問もなかった。二人とも、もともと演技が得意ではなかったので、過剰な演技をしなくてはならないような奇抜で疑わしい返事もなかった。こわばった笑顔も、同感を示す頷きも、苦しげな表情もなかった。「わかるよ、今はナタリーにとって難しい時期だから」といった素振りすらない。

彼は何も求めなかった。彼女の自由に負担をかけない程度に、ほどほどに心配している素振りを控えめに見せるだけ。時々、よくよく考え抜いた末に、次のようなメッセージを送った。「夕食まで待とうか？」束縛するようなことはしたくなかった。彼女は以前、束縛する男は最低だと言っていた。嫉妬など二十一世紀の振る舞いではない、と。彼は彼女のことをとても大切に思っていたが、それまでの彼女はただ演技をしていたのだ。彼女はアリバイを作り、最初の頃はオレリアンもそれを信じていたが、やがて信じたいと思うようになっていた。彼女が少し気遣ってくれさえすればことは丸く収まるのだ。自分の役割を少し演じてさえくれれば。オレリアンは多くを求めなかった。引っかけ質問などは決してしなかったし、詳細に立ち入ろうともしなかった。嘘をつかれるのは悲しかったけれど平静を保とうとした。自分の憂鬱な気分で彼女に負担をかけてはいけないとわかっていた。彼はピアノの前に座ってシューベルトを十五分ほど弾くと明るい気分に戻った。映画を観ようと彼女を誘い、ソファの上で手に触れようとしたが、彼女は時々その手を離した。

やがてクレールは最低限のことすらしなくなった。嘘をつくことも気にならなくなっていた。自分を正当化することにうんざりしていたのかもしれない。嘘をつくのは誰にとっても気持ちの良いものではないので、オレリアンも彼女の気持ちが分からなくもなかった。

二人が紡いできた物語は海の中で絆創膏が剥がれていくように終わっていく、と彼は思った。華々しさも、衝突もなく、誰にも気づかれないうちに終わりを迎えるのだ。二人の関係を話したり、説明したりする価値はなく、ただ相手が自分勝手に黙したまま、一方的に二人の空間を放棄したことをオレリアンは悔しく感じた。しかし彼自身、クレールが自己正当化するのを聞きたくはなかったし、屈辱にすすり泣きをしたいとも思っていなかった。ただ悲しく、疲れていた。

彼は前日ガエタノが残した留守電のことを思いだし、不安になって修復作業中のアトリエに向かった。音を立てずに中へ入った。〈カルーゼルの庭〉に面した高い窓から白い光が室内に降り注いでいた。ガエタノはイーゼルの前に座り、絵をじっと見ながら迷っているように見えた。手のひらは膝の上に置かれ、道具はきちんと整理されていた。キャスターつきステンレス作業台の上に蓋の閉められた小ビンがいくつか置いてある。撮影スタッフはおらず、オレリアンはガエタノがたった一人で作品といるのを見て、《モナ・リザ》の身を案じるかのように少し不安を覚えた。息をひそめ、入り口近くから何も言わずに彼を観察した。やつれて肩幅が半分になり、手がほっそりしていることに気がついた。修復士は動かなかった。「順調ですか」オレリアンは明るくしっかりした声で言った。イタリア人は思わず飛び上がった。「いたのか、オレリアーノ？　順調だよ、順調」

　オレリアンは彼の方へさらに近づいた。

「昨日、メッセージをくれましたか？」

「何のメッセージだい？　ああ、そう、メッセージ！　いいや、もう忘れてくれ。何でもないよ」

「ガエタノ、すべて問題ないですか？」学芸員は念を押した。

「すべて順調《ヴァ・トゥット・ベーネ》だよ」

　オレリアンは〈パヴィオン・ド・フロール〉を後にすると、ベルトランにメッセージを送った。

「十九時、〈カフェ・マルリー〉で、ビールをご馳走します」


　ベルトランがサイズの合わない小さすぎるヘルメットをかぶり、傾いて危なっかしい電動一輪車《ジャイロスコープ》に乗りながら、遠くから〈ナポレオン広場〉を横切って近づいてくるのが見えた。その姿はジャック・タチの映画から飛び出してきたかのようだった。彼は手すりに掴まって立ち止まると、初体験のスケートリンクで最初の一歩を踏み出す人に見られる慎重さを見せた。オレリアンは彼が装備を仕舞う姿を痛々しく眺めていた。

「何か新しいニュースでもあった？」ベルトランは顔を真っ赤にして汗をかき、何でもない振りをしながら言った。

「順調です。個人的な悩みはあるけど、それ以外は順調です」

　オレリアンの顔に一瞬浮かんだ哀しみの表情に嘘はなく、ベルトランは弱ったように半笑いを浮かべ、無言で彼を思い遣った。

「ピコーについてもう一度、教えて欲しいんです」

「ロベール・ピコー？」

「そう、講義で話していたでしょう。ピコーについて〈変わった性格〉だって言っていましたよね」

ベルトランの声が明るくなった。ベルトランの首はワイシャツの襟の上で皺がたくさん寄り、彼は第一ボタンを開けた。要は十九時になっていたのだ。


「まぁ聞いてくれ、ピコーは謎に満ちている。彼は画家の息子で、父親の跡を継ぎたいと思っていたけど、特別な才能に乏しく金細工の方面へ進んだ。そこで酸を使うことを覚えたんだ。青銅器の洗浄で名声を得ると王の御用達となった。一七三八年、彼は絵を〈取り外す〉秘密を発見したと宣言する――あの有名な移転《トランスポジション》のことだ。どうやってピコーがこの技術を習得するにいたったのか、詳しいことはわかっていない。確かなのは、この技法の発明者であると彼が主張していたにせよ、実際には恐らく十八世紀初頭のイタリアで誕生していた。そして自らの宣言から六年後、彼は初めて公の場でショワジーにあるアントワーヌ・コワペルのフレスコ画を漆喰の壁から剝がし、キャンバスに貼りつける移転を実現した。フレスコ画をキャンバスに移し替えたのは、持ち運びを可能にしたいという意図があったのははっきりしている。しかしこの実践に新たな目的が加わる。つまり木板に描かれた多くの絵画では、絵具層が浮き上がってきてしまうという事実がわかっていた。木は反ったり、曲がったり、虫に食われたりするからね。絵画は脆くて永続性が危険にさらされる。木板より安全だとみなされていたキャンバスへの移転が、その後、必須の治療法であることが証明されていくんだ」

「君も知っての通り、一七五二年、アンドレア・デル・サルトの《慈愛》がピコーの手によって移転され、リュクサンブール宮に展示された」

「ああ！　作品から多くのニュアンスが失われてしまった時のものですね」オレリアンはため息を

ついた。

「その通り、残念なことだった。でも、当時、虫に食われた古い支持体の隣に、これ見よがしに紹介されたこの作品は美術界のみならず大勢の人に衝撃を与えた。これが新聞の見出しを飾って、ピコーの評判を高めることになる。それから二年後、ピコーはラファエロの《聖ミカエル》によって地位を確かなものにした。深い感銘を受けた王は彼に恩恵を与えた。年金、住居、それに免状が出された。当時の彼は比類なき名声を享受していたんだ。そして息子の助けを借りながら、複数の大がかりな移転を実行した。ピコーは修復を通じて人物像に生命を吹き込むという偉業を成し遂げ、《慈愛》の輝かしいエピソードのおかげで長期間に亘って追い風に乗り続けた。他のライバルたちの十倍、もっと言えば、王室筆頭画家以上の報酬を得ていた。彼は画家が作品制作の対価としてもらう金額以上にもらっているといって非難された」

「しかし移し替えを行ったのはピコーだけではないはずですよね……」

「実際、間を置かずに、ライバルの未亡人ゴドフロワと、ジャン＝ルイ・アカンがアカデミーに有効性を認められた技術を提示している。でも、ピコーのやり方はやはり驚きだった。他の修復士たちはオリジナル作品の裏側から支持体を薄くなるまで削り取って最終結果に辿り着くが、ピコーは支持体を維持しながら保存移転と呼ばれる方法でそれを実現し、発注者へ返すんだ。これが斬新だった。リュクサンブール宮の展示会で、修復後の《慈愛》の隣に置かれた、虫に食われた木製パネルは偽物だったのではないか、インチキをしているのではないかと疑われもした。でも、僕の考えではそれはあり得ない。確かなのは、ピコーが、自分にも、作品にも有害な化学物質を扱う達人になっていたということだ」

「《慈愛》のエピソード以来、自ら〈秘密〉と呼ぶものを教えるよう急き立てられた。しかし彼は生涯を通じて頑なにそれを拒み続けた。ディドロや百科全書派が願っていた知識の普遍的共有という考えを嫌っていたんだ。ロベール・ピコーは自分のやり方を漏らさない権利があると主張し、啓蒙主義《リュミエール》の世紀に真っ向から対峙した」

ベルトランの表情はある種の厳粛さを漂わせ、オレリアンはそこから憤りを読み解くべきなのか、あるいは逆に、体制に対して絶対に屈しない男の抵抗への尊敬の念を読み解くべきなのか、わからなかった。頑固さにはいつも何か称賛に値するものがあった。

「才能があったにもかかわらず、ピコーの度を越した金銭要求と協力を拒む姿勢がキャリアに終止符を打った。愛想を尽かした行政機関は彼への依頼を徐々に減らしていったのだ。ラファエロ作と信じられていた《パトモス島の聖ヨハネ》が彼の最後の移転作品となった。息子は父親の評判の悪さで苦しみ、王室公認の修復士の任を負えなくなる。それでも、息子はこの分野に精通した識者となり、その筋の専門家の最初の一人となった。だから、ある意味では僕の先輩だよ！」

「ピコーは自分自身を芸術家と考えていたんでしょうか？」

ベルトランはしばらく考え込んだ。

「間違いない。彼は自分の〈作品〉の裏側に、〈芸術家《アーティスト》ピコー〉とサインしている。《パトモス島の聖ヨハネ》やロッソ・フィオレンティーノの《ピエリデスの挑戦》、それから当時ダ・ヴィンチの作品とみなされていたフランチェスコ・ナポレターノの作品《マドンナ・リア》にもピコーのサインが見られる。絵画の偉大な天才たちの名の横に、自分の名を並べる快感は想像に難くない。彼は作品に署名する習わしのあった金細工師の伝統を引き継いだと考えられる。そして王から芸術家の称号を授けられもしたが、署名にはそれ以上の意味があったんだと思う。彼は心から自分を芸術家だと考えていた。自分がいなければ、絵画は消滅する運命にあると信じていたんだよ。《慈愛》は腐った木製パネルの上にあり、それを救いだしたのが他ならぬ彼だったんだ。単なる医者以上の存在。彼は作品を死から甦らせ、ステュクスの大河（ギリシャ神話で冥府に流れる川）を逆向きに渡らせることの出来る奇跡を起こす人だった。彼は永遠の生命を作品に吹き込み、作品の時間の流れを止めることが出来ると信じていた。それが彼を傲慢にさせたに違いない。恐らく。たとえ移転作業が作品にとってトラウマを伴うものであり、移転を終えた後にその限界が見えて来たとしても、当時からすれば、ひどく傷んだ作品を保存する唯一の方法だったんだ。もし彼の介入がなかったら、いくつかの傑作は永久に消え去っていたかもしれないということを誰が否定できるだろう？」

〈カフェ・マルリー〉のアーケードから楽しく賑わう広場が見えた。その夜、イタリア人活動家たちはおらず、プラカードは折りたたまれていて、何が書かれているのかはわからなかった。ウェディングドレスに身を包んだアジア人カップルたちが写真映えのする景色を奪い合っていた。売り子が輪ゴムを巻いた機械仕掛けのハトを飛ばすと、その無秩序な軌道が集まった野次馬たちを混乱させた。子供の頃から変わらずにあるこの玩具は彼の心を和ませた。華奢ですらりとした若い女性がマルソー（パントマイムの神様と呼ばれたマルセル・マルソー）のパントマイムの格好をし、大人一人が入れるくらいの巨大なシャボン玉を作っていた。この日はペイのピラミッドの年一回の点検日だった。それは目に焼き付くような作業で、ピラミッドの頂上に、装具を身につけたベテランのクライマーを登らせる必要があった。男はアルミニウムのフレームの上を訳なく歩き、見るからに楽しんでいて、骨格を成すガラスと金属の状態を点検する時間よりも、自分に向けられる観光客のスマートフォンに微笑んでいる時間の方が多かった。頂上に着くと男は尖塔によじ登った。そしてゆっくりと身体を起こしながら完全に直立すると、腕を組んで標高二十二メートルの景色を思う存分に楽しんだ。まったく相当な命知らずだ、とオレリアンは思った。夕日が男のシルエットの輪郭をピンク色で縁取った。かろうじてバランスを保った彼は唖然とする観光客に向かって勝利のVサインを送ったかと思うと、後方に倒れる振りをして、壁を蹴って月面跳躍を何度か行い、ロープをピンと張って懸垂下降し、彼を励まそうと割れんばかりの拍手を送る観客に向かってヘルメットを脱いで挨拶さえした。彼がマルソーのパントマイムの巨大なシャボン玉をまさに捕まえようとした時は、流石のザバッタ（フランスの有名なサーカス団）のショーも敵わなかった。

　オレリアンの目に光が過った。

「ピコーは修復に関わる人たちから観れば、黄金時代を体現していたのではないでしょうか？　この職業の認知度が高く、王室筆頭画家よりも支払いが良いなんて、惜しむべき時代ではなかったでしょうか？　作品の裏に巨匠の名前に並べて自分のサインをできる時代が他にあるでしょうか？　王自らが〈芸術家〉という称号を贈る時代が？」

「説明は難しいよ。もちろん、十八世紀の修復士はパイオニアだった。だから自由に行動することもできた。しかしこの職業が近代化していくに連れて、それを実践する人たちにも良い影響を及ぼした。安心して仕事が出来るようになってきたのは、技術が確立され、ルール、枠組み、職業倫理……」彼はそこで唐突に言葉を切った。

「ガエタノが、ピコーについて話したの？」

　オレリアンはピラミッドをじっと見つめていた。

「はい。昨日もらったメッセージの中に、ピコーの名前が出たんです。ずいぶん、混乱していましたが……」

クレールが去った後

クレールが家を出て行くことはわかっていて、実際にそれが起きたことでオレリアンは内心どこかほっとしていた。悲しみは和らぐことなく、むしろ拡散していくだけだった。あたかも鋭い痛みの代わりに、人生のあらゆる場面に忍び込む、ゆっくりと進行する潜行性の毒のように。仕事中、彼はもはや、いつものから元気の裏にある鬱々とした気分を隠そうとすることさえしなくなり、自分を受け入れることで少し気分が楽になっていた。

二人はメッセージを通じて別れの細かな内容を整理した。クレールの所有物や貴重品はいつの間にかいっさい無くなっていた。最後の数ヶ月間で、棚は知らぬ間に空っぽにされていたのだ。ある日、オレリアンが美術館で仕事をしている間、彼女はまだ残っていたもの、いくつかの書類やランニングシューズ、ネスプレッソマシーンを取りに家に立ち寄った。そしてリビングのチーク材のサイドボードの上に、二人の写真をわざとらしく置きっ放しにしていた。ローマのトラステヴェレでキスをしている二人の写真。オレリアンが特にショックだったのは、彼女がすごく気に入っていたこの写真——二人の顔は日没前の夕日《ゴールデンアワー》に浴し輝いていた——が他に何も置かれていないところに、あたかも挑発するかのように、ほったらかしにされていることだった。無意味に、悲劇的に。

鬱々とした冬の終わりだった。展覧会『《ラ・ジョコンド》の復活、野心と修復技術』は失敗に終わった。ミューズのいなくなった美術館は来館者数を壊滅的なまでに激減させ、展覧会はその衝撃を和らげるのに何の役にも立たなかった。ダフネの優しい笑顔はオレリアンにとって、ただの幸せな思い出に過ぎなかった。いら立ちを隠そうと作り笑いを浮かべる館長の努力は見事だったけれど、もはやそれを真に受けていいはずがなかった。彼女は大衆の関心を惹きつけることが出来なかった責任は彼にあると考えていた。《モナ・リザ》の修復に関する教育プログラムは専門的過ぎてわかりにくく、実際、それに夢中になっている人は誰一人いなかった。相手に関心がないものをいくら見せても無駄なばかりで、《ラ・ジョコンド》に関する展覧会に、作品そのものの展示と同じ結果を求めるべきではないのだ。どんどんまずい方向に進んでいく中で、唯一の救いと言えば、たとえそれがどれほど似ていたとしても、大衆は数枚の解説パネルや模写品《ファクシミレ》でそう簡単に満足したりしないとわかったことだった。こうして展覧会は中断され、才能溢れる若手の女性学芸員が主導する、マリー＝ギエルミーヌ・ブノワ（ナポレオンに仕えたフランスの新古典主義の女性画家）とダヴィッド派の女性画家に関する展覧会に置き換えられた。時代の空気に敏感なこの展覧会の方がよっぽど採算が取り易かった。

　オレリアンは失敗のスパイラルが自分の周りで邪悪な渦を巻くのを見ないように目を塞がなければならなかった。いったいどこまで連れていかれるのだろう？　なるべく考えないようにしていたが、何かをしなくてはいけない気持ちに急き立てられた。哀しみに打ちのめされた彼を癒すには、調査研究に明け暮れて精神状態の犠牲となり、放置されたままの極端にやせ細った身体の快復が何より必要だった。いつの日かまた欲望が再燃し、人を魅了しなければならないとしたら、このか弱きもやし青年の身体よりももっと強い味方が必要になるだろう。

　人生半ばで〈夜明けの約束〉（ロマン・ガリの同名小説を示唆）がすべて期待外れに終わり、厳しい現実に成功への道が閉ざされてしまった後に残るのは、個人スポーツ、気持ちを奮い立たせるスローガン《ブロックバスター》、パフォーマンス指標、そして、自己を保つのに欠かせない成功の欠片《かけら》を追い求めるスマートウォッチだけになる。こうしてオレリアンは昼休みにチュイルリー公園へ行くと、不可避的に脱線してしまった人生の軌道を何とか元に戻そうとしている髪の薄くなった似た者同士の集まりの合間を縫って、ニューバランスを履いた足で大股でジョギングした。『レオナルドの絵画』の力強い曲のリズムは、ランニング・セッションにたっぷりとエネルギーを注いでくれた。

レオナルドの絵のように私を見て
距離を置いて私をほっておいて
レオナルドの絵のようにセクシーな私
私の目を見て、でも触らないで

Look at me like a Leonardo's paintin'
Keep your distance, let me be
I'm sexy like a Leonardo's paintin'
Hold my gaze but don't touch me

彼はスポーツジム《サークル・ド・ラ・フォルム》への入会を考えていた。フラメル通りにある施設を見学し、そこは清潔で風通しも良く気に入ったけれど、全体にナルシスト的でテストステロン（男性ホルモンの一種）に満ちた雰囲気に身を投じることが出来なかった。スポーツジムに張り巡らされた鏡に映る遍在する自分の姿に耐えられるほど、自分の身体を愛してはいなかったのだ。若い頃にまずまずのレベルでやっていたテニスを再開しようと思ったが、いざパートナーを探そうとすると、自分にはほとんど友人がおらず、さらにスポーツをする友人となれば尚更で、テニスが出来る友人となると誰一人思い浮かばなかった。ここ数年来、彼はクレールにアドレス帳の管理を任せていた。彼女の友人たちは新鮮で面白く、チャラい人も多くいたが、こうした人たちと付き合いながら、オレリアンは徐々に自分の友人をなおざりにしていったのだ。ディナーパーティーやオープニングパーティーなどで賑わう社交の場でクレールが輝きを放つ一方、オレリアンは存在感を失っていき、もぐりの人、永遠の〈プラスワン〉になっていた。彼は皆から親切な人と思われていたが、面白くも、フレンドリーでも、魅力的でも、興味深くもなく、あくまで親切な人であり、親切で控えめな人だった。それは彼がいてもいなくても何も変わらないということを言うための優しい表現に過ぎなかった。クレールが去った後、テーブルを盛り上げたり、仲間を楽しませたりするのにまるで役に立たない、ただ優しくて控えめな男を招待しようと思う者は誰もいなかった。そもそも彼の様子を気にかける人がいなかったが、クレールの幼い頃からの友人エルヴィだけは慰めのメッセージを送って寄こした。「今はたいへんだと思う。あなたのことを思っています。キスマークの絵文字」これは心の籠った恐らく誠実なメッセージではあったけれど、目的は発信者の心を軽くすることで、本質的には何の重みも持たないものだった。仕事での人間関係を別にすれば、私生活において、オレリアンは見事なほど孤独だった。

やがて、仕事、ランニング、ベルトランと交わすワイン、韓国映画を観るための映画館通い、iPhoneのヨガアプリの発見が、別離の辛い苦しみからあらゆる感情を取り除いたニュートラルな状態へと彼を変え、ただ一つの目的に向き合う単調な禁欲生活へと置き換えた。つまり《ラ・ジョコンド》の修復を終わらせること。

三人

イタリアが恋しかった。

彼女はカラブリアの夏の海岸で、岩群《いわむら》の上に集まった少年たちが崖をよじ登る自分に向けて声援を送っていたことを思いだした。沸き起こる甘い称賛の声は、官能的に陶酔させる香水の効果をもたらし、彼女は最高地点まで達すると、海岸を凍りつかせる叫び声をあげながら石のように崖から身を離し、落下していく様を演じて見せた。彼女の身体は海に向かいながら、頭は逆さになり、背中を弓なりに反らせて、両手を合わせて腕を伸ばし、最後の瞬間、両脚、骨盤、肩を一直線に揃えて、見事な背面飛び込みで水面を割り、安堵の波を広がらせた。思春期に差しかかる前は性別による境界が曖昧で、彼女は男の子たちの間で遊んでいた女の子で、少年らと同じように自由を享受していた。彼女は男の子たちと一緒に危険で荒っぽい遊びを楽しんだ。ビーチレースや三人乗りしたスクーター《ベスパ》で、海岸沿いの村の狭い小道を猛スピードで駆け抜けた。タバコをふかし、唾を吐き、挑発的で、活発、人をからかうウィットに富んでいた。彼女はグループのリーダー格だった。人は彼女をペッピーナと呼んだ。

一夜のうちに毛虫が蝶に変わるのと同じくらい急激に、彼女は何の前触れもなく、裏切るかのように、約束を破るかのように、突然変異を起こした。彼女が彼女とわからなくなるまでにひと夏あれば十分だった。胸が膨らみ、スタイルは曲線を帯び、尻が豊満になった。彼女は今まで通りにやっていけるとしばらく思っていたけれど、グループの態度が変わっていった。遊びから純粋さが失われたのだ。裏では仲間外れになっていた。奇妙に動き回る眼差しが彼女の身体を撫で、瞳孔には不快な激しさを帯びた。今までの軽い冗談は仄めかしに満ち、居心地が悪くなった。ジュゼッピーナは突然不本意にも欲望の対象となり、その状況を恐ろしく感じた。母親は娘の変化を見ながら本気で心配するような表情を浮かべて言った。「娘よ、あなたは世界一というわけじゃないけど、十分に美しいよ。男たちは皆、あなたを欲しがるでしょう」

　母親の言葉は的を射ていた。皆、彼女を欲しがっていたのだ。


　他より賢い男が彼女をようやく捕まえた。善良な整備士兼起業家で、二十六歳の時にはすでにカタンザーロ近郊に自分の自動車修理工場《ガレージ》を持ち、フェラーリV8のシリンダーのようなパワフルな人生設計を定めていた。それからジュゼッピーナがプロポーズされた時に頷いたのは、幾分の愛があったことに加えて、自分に注がれる男たちの視線にうんざりしていたということもあった。指輪をはめたジュゼッピーナは夫人《シニョーラ》になった。海岸沿いのコンクリート打ち放しの建物最上階にある小さなアパルトマンに住み、雑誌に載るような二つの個室とキッチン、ターコイズブルーのカーペットにパノラマビューのリビングルーム、窓には黄色いオーニングとレースのカーテン。傍目には良かったが、実際には唯一の楽しみと言えば子供の誕生だけだった。しかし望んでいた妊娠はなかなか訪れず、検査の結果、可能性がゼロであると告げられるまで空しい期待と失望感にさいなまれた。やがて彼女の身体は夫を受けつけなくなっていた。彼はどうにも悔しくて彼女の元を去り、三ヶ月後、新しい女性と居を構えた。六ヶ月が過ぎた頃、新たな女性は膨らんだ腹に水色のパレオを巻いて海岸沿いを気取って歩いた。ジュゼッピーナの心は引き裂かれ逃げだした。ミラノに上京し、彼女は自分のために生きていかなければならなかった。

　街は彼女を歓迎し、彼女はそこで自由を見つけた。ミラノ人は洗練されたセンスで輝いていた。

そこでの人との触れ合いを通じて、彼女は色気に磨きをかけた。ジュゼッピーナは自信を深めていった。頭の回転が速く、悩殺的なプロポーションに、思春期から身につけた棘のある性格で、優しく近づこうとする人たちをあっという間にあしらうことが出来た。

彼女は圧倒的な魅力と恐るべきバイタリティーで、慎重な男たちから信頼され、最前線でビジネスをした。尖ったヒールを履き、大きなメガネをかけた彼女は高級レストランの真っ白なテーブルクロスの上で商談をまとめ《クロゼ》、コミッションを稼いだ。彼女は望むものを思うがまま手に入れた。支払い猶予期間、ローン、莫大なリベート、立地の良い土地……そして少しずつ強い影響力を持つ一族、ファッションや自動車業界の大物と親しくなった。彼らの名前は世界中で〈成功者〉を体現し、その名は権力と栄光の紋章のように入り組んだロゴとなり、あるいは、後ろ足で跳ねる馬のエンブレムとして車体に現れた。彼女はこうした人たちのために交渉し、話を進め、スムーズな流れを作り、固着気味の歯車にオイルを注いだ。その代わりに受け取った相当額の金で、ブランド服を購入し、カプリ島でバカンスを過ごし、ドン・ペリニョンを浴びてクラブで遊び、ドゥオーモの目と鼻の先にある魅力的なデュプレックスのアパルトマンを借りた。

もし三十代半ばの彼女が何かが自分から逃げていくのを、何かがそっと静かに、まるで酔いの香りが消えていくかのように滑り落ちていくのを感じていなければ、こうした生活は永遠に続いていたかもしれない。しかし時の経過はゆっくりと念入りに彼女を消耗させ、些細な揉め事や避けられない敗北を繰り返した。そして予期せぬ瞬間に奇妙な倦怠感に襲われ、時にはダンスフロアの真ん中で、時には無数の男たちの腕の中で取り乱した。彼女は歳を取っていた。

それから、ガエタノ……

彼女は贋作をリッピ作品として証明したがっていた顧客のために、この趣旨に沿って書類を作成してくれる、定評のある鑑定士を探していた時、彼に連絡を取った。彼女は修復士の颯爽とした外見に目を丸くした。美しい男。彼女はすぐにそう思った。まったく予想していなかったのだ。彼女の用心深い表情のもとで、彼はまず絵を見ずに、手でゆっくりと絵の表面、それから絵の裏側をなぞった。長い指で絵画の素材《マティエール》に触れるガエタノの愛撫は技術的かつ肉感的でもあり、ジュゼッピーナはその時の仕草を決して忘れられなかった。それから画板に耳を当てると、選んだ場所のいくつかを爪で一、二度はじいた。この時点で、今度は彼が絵の匂いを嗅ぐつもりなのではないかと疑った。ようやく最後に作品にほんの一瞬目を向けると、軽蔑気味にわざとらしく、くだらないね、アトリエの下端の仕事だよ、でも、もしあなたが望むなら、リッピでも、ボッティチェリでも、作れるよと言った。彼女はお願いするしかなかった。

後になって彼が本当のことを言っていたとわかるが、彼女はその時、少し気分を害して下手な絵を引っ込めた。感じの悪い男だったが、二つの点が気に入り、続く数日間、その時のことばかりを考えていた。「彼女はお願いするしかなかった」という点が一つ、それから彼が自分を見る視線が、欲望していたのは間違いないにしても、それはいたずらっぽさのある欲望で、決していやらしいものでも、支配的なものでもなく、楽しく、遊び心のある欲望だったという点。

彼との出会いが彼女をくすぐり、こうして人をくすぐるものが、運命の女神の微笑みであることを我々はよく知っていた。数ヶ月後、今度は二流のフランス画家の作品で神話をテーマにした、繊細でほんわかしたヴァトー風の軽やかな絵画の修復を依頼するために、彼と取引をしなければならなかった。酸化した絵には大きな欠落箇所があり、キャンバス上には亀裂が横に走っていた。ガエタノはその作品を見事に救済した。絵のオーナーは感動し、ジュゼッピーナはその絵がテオドシオ通りにある壮麗な別荘の玄関に飾られて初めて、背景の茂み近くにいた月桂樹の冠を被るミューズの顔が自分の顔であり、マグダラのマリアのような長い髪、そばかすのある上向きの鼻、時代錯誤のふっくらとした恍惚の表情で開いた唇、それらすべてが自分のものであることに気がついた。美しい柔らかな胸を露わにする薄いドレスをまとい、茶目っ気のある官能的な妖精として描かれた自分を見て、彼女は嬉しそうにくすくす笑った。

その夜、ジュゼッピーナは彼に連絡し、再会した二人は愛し合った。

男は彼女を二十歳若く見ていたが、男の腕に抱かれた彼女は実際二十歳若返ったようだった。ガエタノの眼差しには、今まで見たことの無いような何かがあった。煌めき。活発な好奇心。身体機能の衰えと不規則な生活が容赦なく人々の欲望を減退させ、熱意や自信をますます失わせていたとしても、ガエタノの勢いは衰えることを知らないようだった。彼は過去を懐かしんだりしなかった。物事に対して常に新鮮な見方をし、自分が経験したことの重みに決して邪魔されたりせず、どんな状況も同じ光の中で二度現れることはないと彼女に教えてくれた。ガエタノの仕事は時間の痕跡を忘れさせることであり、ジュゼッピーナは彼が側にいてくれれば、永遠の若さを維持できるという確信めいたものを感じていた。

　彼は猥褻さと神々しさ、欲情と神聖さの間を揺れ動きながら、天と地の間を行ったり来たりし、彼女は彼のそうしたところを愛し、突然の変調、下品な韻と神聖な韻を合わせるやり方を愛したのだ。彼女は凡庸なポセイドンのいるトレビの泉で裸になったガエタノを思い出した。ドゥオーモの頂上で天国の鍵を「借りた」堕天使のように裸になった彼、《ウルビーノ公夫妻像》（原作タイトルは『純潔の勝利』）の真向かいにあるアトリエで裸になった彼を思い出した。なんという皮肉だろう！　彼女は彼が常に人生を超越しようとしているところが好きだった。

ガエタノは彼女の独立心を尊重し、自分に当てはめて欲しくないことは彼女にも望まなかった。その代わりに、彼女を溺れさせた無尽蔵の欲望、活力、魅惑的で貪るような呼吸が彼女を余計に苦しめたということでもあった。頻繁な旅行、突然の不在、尻軽な学生たち。彼女は自由の身であったにもかかわらず——彼への愛情以外に束縛するものは何もなかった——、彼が自分のもとに戻ってこないのではないかと不安だった。たとえ彼女が自分のしたいことができたとしても、自由の恩恵を受けるためには、ただそれを持っているだけでは十分でなかったのだ。

そしてルクレツィアが現れた。二人の生活にルクレツィアがやって来たことで、ジュゼッピーナはなぜだかほっとした。嫉妬心を脇に置けば、不思議なことに、二人であればガエタノをずっと引き留めておくことができるように思えた。他の知らない女たちと彼を分かち合うより、ルクレツィアと一緒が良かった。ガエタノがいなくなるより、ガエタノの半分でもいた方が良かったのだ。

彼女はルクレツィアを知り、自分たちの違いを知っていった。二人はまるで違う音域を演奏した。ルクレツィアには自然体でボヘミアン的な魅力があり、猫のように神秘的なところがあった。陽気で才気に溢れ、人を惹きつけるセックスアピールもあった。二人は仲が良く、至近距離にある二本の木のように、遠慮がちな適度な距離感を保っていた。このダイナミックさは三人にしかわからなかった。もちろんこの一夫多妻が話題に上ると、人々は時代錯誤だとか、下品な自由だとかで、どう非難すべきかを迷っていたが、三人の生活状況がそうさせていたのだ。

これが三人の愛の奇妙な構造である。三人でいることは容易なことではなかった。不安定なバランスゲームと言って良いかもしれない。ここに四人目が加わるとすれば、たとえその人が五百年前に死んでいたとしても、たいへんなことになっただろう。
彼女は早く人の関心から逃れたかった。

エレーヌの欲望

ルーヴル美術館は《ラ・ジョコンド》が修復作業に入ってから以前よりも落ち着いていた。エレーヌはまどろむ鯨のように脱力した雰囲気の美術館が好きだった。傑作の不在で明らかに人口が減少していた。彼女が担当する展示室もいつもより人が少なかった。来館者はより静かで注意深く作品に敬意を払っていた。作品鑑賞により多くの時間がかけられた。トラブルも大幅に減っていた。

彼女はマリナの同僚を紹介してもらうことになっていた。「会えばわかるけど、彼は条件的にパーフェクトだから」彼女は数回デートに出かけた。確かに彼は優しくてハンサムで背が高く、裕福で、着こなしも良く、社会性も高かった。たくさんのアピールポイントがあったものの、彼女はどういうわけか気が進まなかった。男はアクセル全開で勝負をかけてきた。週末にはオープンカーを借りて、トゥルーヴィル（ノルマンディー地方の港町）まで彼女を連れて行き、友人たちと合流した。ブラッスリー〈レ・ヴァプール〉とカジノを梯子し、港を見下ろす素敵なエアビーアンドビーに泊った。理屈の上では完璧だったが、エレーヌの中では今一つだった。彼女はヌーヴェル・ヴァーグの捉えどころのないミステリアスなヒロインのような視線を泳がせ、見せかけの笑顔の裏に自分の冷めた感情を隠していた。その夜、エレーヌは気持ちが乗らないまま、男の部屋までついていった。二人がそこに辿り着くまでに多くのエネルギーが費やされた。情熱もエロティシズムも無い、青臭い学生のようなやり方に身を任せた後、彼女は暗闇の中で静かに泣いた。翌朝になっても、彼女はチコリコーヒーを飲みながら泣き続けた。シャワーを浴びながら、トランクの荷造りをしながら、港の四つ星ホテルが見える眺めの前で泣いた。波しぶきのように塩辛い熱い涙がとめどなく溢れた。最初のうち、男は正直困惑していた。自分と何か関係があるのか、何か悪いことをしたのかと尋ねた。ティッシュの箱を差し出しながら、彼女が自分を受け入れたことを思い出させた。「そうじゃないの、そうじゃないの、あなたとは関係ないわ」、彼女は音を立てて鼻をすすりながら詫びた。

帰宅途中、パリに向かうA14号線の街灯の下、彼が時速一八〇キロで運転している間も彼女はずっと泣き続けていた。彼女はエンジンの不機嫌に唸る音に運転手のいら立ちを感じ取った。

マリナはびっくりしていた。「ねぇ、何が問題なの？　どれだけの人があなたを羨ましいと思うかわかってるの？　完璧な男があなたに惚れているの。彼は私にそう言ったんだから。『惚れてる』って。欠点がなくて、変な趣味もなくて、正直、満点よ。感じが良くて、スマートで、ハンサムで、いい身体、最高じゃない。それに、実際に給与明細見たけど信じられない高給もらってる。夢のような週末を過ごさせてくれて、ジュリア・ロバーツみたいに扱ってくれる。ノルマンディーの休暇なんて、私、どれだけ行ってないか？　フレッドがそんなこと考えてくれると思う？　パトリックがあなたをノルマンディーに連れて行ってくれた？　ベッドの上に花びらなんか飾ってくれるはずがないでしょ？　そう、彼が花びらのことを話してくれたの。うん、わかる、ちょっとやり過ぎたかもね。でも、大事なのは気持ちでしょ。あんな男いないわよ。彼はあなたのためにやれることを全部しているのに、あなたったら、泣いてばかりで。まるで泉だって、彼は言ってた。どうすれば良いかわからないって。説明して、何が問題なの？」

マリナは深呼吸をした後、優しく接しようと思い、よりゆっくりした口調で言った。「責めるつもりじゃないの。たぶん問題はあなたにあるんじゃない。今あるものに感謝して、チャンスの摑み方を知ってよ。エレーヌ、努力しなくちゃ。彼の部屋に行きたくなかったの？　だったら、それを言わなきゃダメよ。もういい大人なんだから。聞いた限り、無理やりじゃないでしょ。悪いけど、何を期待しているの？」

エレーヌはカプチーノをじっと見ながら黙っていた。
「そうじゃないの？　だったら何なの？　私に話してないことがあるでしょ？」
それからマリナははっとした。「いや、嘘でしょ！　あなた、まさか、まだ彫刻の男のこと想っているんじゃないでしょうね！　正直言って、エレーヌ、あんな男のために人生を棒に振らないで。なんの意味があるの？　誰もが羨む男を一生懸命見つけてあげたのに、自分をモーリス・ベジャールと勘違いしてる、太めの清掃員に夢中だなんて、ほんとうんざり。自由なボヘミアンみたいな振りをしないでくれる。『マリー・クレール』（二十世紀初頭のフランス小説、邦題『孤児マリー』）でもないんだから！　その男はあなたを幸せにしてくれる？　充実しているの？　一緒に何か作り上げているの？　だったら！もうこれ以上、私が出来ることは何も無いよ」マリナは荷物をまとめると、エレーヌをまじまじ見つめてから席を立った。「もったいないよ、エレーヌ、ちゃんと自分を見なさいね。もったいなさ過ぎ！」

　どうして自分は涙の川を流し続けていたのだろう？　マリナはきっと正しかった。絶好のチャンスがあったのに。レイバン・ウェイファーラーとオープンカーという最高の装いで現れ、一方、エレーヌは彼に力なく手を差し出し、欲望も確信もなく、ただ空気が流れるみたいに男を抱きしめ、心ならずベッドを共にし、その後、涙を流した。どうして？

　エレーヌは社会の目に映らない片隅で、理想とは真逆のダイヤモンドを見つけていた。その輝きを知ってしまった今、後戻りは出来なかった。彼女は彼を忘れられず、そして一生忘れることは出来ないだろう。彼に比べれば、すべての男が退屈でつまらなく思えた。確かにマリナの同僚は多くの条件を満たしていたが、中身はどうだったか？　彼女にとって重要な条件、オメロが満たしていた条件を彼は持ち合わせていなかった。

　彼女は職業柄、彫刻を愛して止まない鑑賞者、愛好家、研究者、学者、古代彫刻の美的特質を表現するために日夜言葉に磨きをかける人たち、そうした人たちと一緒に、世界で最も美しい美術館の展示室と保管室を駆けまわっていたが、あんな風に美を見せられたことは一度だってなかった。彼女が我が子のように大切にし、安全に配慮してきた作品を、あんな風に、彼のような仕方で見たことは一度だってなかったのだ。

それは愛と呼ぶ他なかったが、それは彼女の内面を打ち砕き、一方通行で、相互に行き交う可能性は減じていくばかりだった。なぜなら愛の対象は彼女から逃れ、よそに気を取られ、遠くにいってしまったから。彼が逃げれば逃げるほど、彼女は寂しさを募らせ、側にいたくなり、下腹部が彼を欲し、皮膚は彼の柔らかさを、心は彼の幻想を求め、目は神秘的で純粋な彼の姿を探した。オメロが自分から距離を取る理由は、疑いようがなかった。他の女性に夢中なのだ。彼女はそう確信していた。この世の美の秘密を内に抱える男が、求められ、求愛されるのは驚くべきことではない。だからこそ、彼女は愛と嫉妬で涙を流したのだ。

翌日、彼女は彼の仕事が終わるのを待った。他の作業員と一緒にやって来るのが見えた。彼女はオメロのことをまったく認識できなかった。やせ細り意気消沈して影のように歩いていた。エレーヌは早口で話した。二人が毎晩過ごした場所、牧神の下で会って欲しいと懇願した。セックスはしなくてもいい、ただ彼の肌を感じたかった。彼の瞳に自分をおぼれさせたかった。お願い、オメロ。彼は驚くほど虚ろな目でエレーヌを見つめた。その目は完全に輝きを失っていた。それから彼は言葉なく背を向けた。彼が彼女を拒んだのは初めてのことだった。

査察

ジュゼッピーナの言葉と留守電に残されたメッセージを聞いてからというもの、オレリアンにとってガエタノの精神状態は最大の心配事だった。彼は《ラ・ジョコンド》と共に生き、明け方から夜遅くまで一日中アトリエで過ごしていた。絵と過ごす時間は彼を癒すのではなく、むしろ苛つかせているように見えた。熱に浮かされたような興奮状態か、あるいは逆に、彼らしくない茫然とした表情を見せていた。会話にまったく集中できていない様子だった。彼は表層に留まり、沈黙を埋めようとしなかった。委員会メンバーの訪問にいらいらしていた。厄介な気分のムラが何度もあり、絶えず邪魔をしてくる服飾史家に対してかっとなった。オレリアンが聞いた話によると、彼女は力ずく《マニュ・ミリタリ》でアトリエから追い出され、そのことがちょっとしたスキャンダルとなり、オレリアンは懸命に火消しに回らなければならなかった。

オレリアンはダフネに報告することにした。ガエタノが受けているプレッシャーについて、そして、疲労困憊していることについて知らせた。限界に来ています、彼は言った。そしてガエタノにしばらく休養を取らせるよう提案した。しかし館長の反応は予想した通りだった。「わかるわ、オレリアン、でも誰がお金を払うの？　《ラ・ジョコンド》が不在で、毎週どれだけの費用がかかっているか知っているわよね？　どうやって埋め合わせるか、アイディアはあるの？　ごめんなさい、あなた、今、自分の言っていること、理解できてるの？　ゴール目前で弱気になっている場合じゃないのよ。必要なら二十四時間彼を監視したっていい。もうこれ以上の遅れは許されないの」

オレリアンは一日に何度も〈パヴィオン・ド・フロール〉を訪れ、可能な限り足を運んだ。イタリア人は落ち着いて仕事に集中していた。時々、ドキュメンタリー制作チームが滞在していて、オレリアンは後方の椅子に腰をかけ、片方の目をコンピューターに注ぎ、片方の目を絵に向けながら黙々と書類に取り組んでいた。要するに作品を守ることが彼の使命だった。ガエタノは裸足で仕事し、動きは徐々に緩慢になっていった。髭を剃るのを止め、伸びっ放しになっていた。作業は何週間も果てしなく続いた。それから、やつれた顔に険しい目をしたイタリア人は、四月頃にニスの除去作業の最終段階を迎え、結果を委員会に提出するつもりだと知らせた。

オレリアンは知らせを聞いてほっと胸をなでおろした。修復は適切なところで止まり、空には空気を、肉体には命を取り戻していた。色彩全体は緑がかった茶色からより瑞々しい色合いへと変わり、暖かさのある光は遠くで柔らかい青みがかったオーラを帯びるようになっていた。大気はまだ緑がかり、肌は土気色を残していたものの、この傑作がこうして鮮明になっているのを見るのはそれだけでかなりのインパクトだった。オレリアンがほっとしたのは、作品が〈No3—中程度の軽減〉のイメージと完全に一致していたことだった。アルゴリズムは正しく推測し、〈ノストラダムス〉の色彩予測は完璧だった。これはシグリッドとC2RMFの輝かしい勝利だった。彼女の計画に明るい見通しを立て、その結果に確信を抱いていたことが功を奏したのだ。

オレリアンは委員会が何かを指摘するようなことはないだろうと思った。そもそも専門家の多くはリアルタイムで修復過程を追っていたのだ。彼は知らせるためにダフネを呼び、彼女はすぐに駆け付けた。何も言わずアトリエに入ってくると、イーゼルの前に突進した。そして絵画を短い間観察すると、これで十分かどうか、国民は違いがわかるかどうかを尋ねた。「少しインパクトが足りてない気がしない？」彼女の個人的な意見では、もう少し先まで進めて欲しかったのだろう。それに、この絵がいつガラスケースに戻るのかを気にかけていた。オレリアンはまず委員会に見てもらい、それからガエタノが額に戻す前に、新たにニスの層を塗って作品を保護する必要があると説明した。その後に当局者やマスコミに披露できるでしょう。「オレリアン、急いで、出来るだけ早くお願い！」

一週間後、委員会メンバーは簡単な招待状を受け取った。「《ラ・ジョコンド》、修復結果発表会、その後、カクテルを用意します」

当日、〈国家の間〉で最初に行われた会合の時とは明らかに違う興奮が、アトリエの入り口に漲っていた。学生のような騒がしい雰囲気が厳粛な熱狂へと変わっていた。ほぼすべての人が絵の状態を正確に把握していた。ドアを開けると、委員会メンバーは人でいっぱいの部屋にゆっくり入って行った。メンバーは次々とイーゼルの周りに弧を描きながら二列を成した。皆、感激で沈黙していた。オレリアンは彼らの様子を観察した。目を細め、口を半分開けて、頭を傾げる彼らの姿を眺めていた。言葉はまだ出てこなかった。皆、当初の白熱した議論から今日に至るまでの道のりに思いを馳せていた。ようやくここまで辿り着いたのだ。この冒険には間違いなく価値があった。誰もがこの共同作業に貢献出来たと思っていた。慎重派の人たちは自分が神殿の番人になったような気持ちがしていた。もう少し先まで進ませたいと願っていた人たちは自らを探検家と思い、自分無しには、作品はまだ暗闇に留まっていたはずだと考えた。どこからか拍手が上がると、いっせいに拍手が沸き起こった。オレリアンはこの拍手喝采が自分に向けられているように感じた。人々は順番に一人ずつ話し、丁寧な言葉で修復を絶賛し、知性と熟練した技術がこの結果に導いたと敬意を表し評価した。

ガエタノは髭を剃っていなかったが、髪は梳かしていた。彼はマオカラーのジャケットに革のサンダルを履いていた。委員会の古参メンバーは作品が若返っているのに、修復士は見るからに年老いたように見えると言い、この指摘に笑いがどっと起こり、会合の緊張を解いた。

オレリアンはどんな離れ業でここまで辿り着いたのか？　専門家たちは学芸員に近づくと熱い握手を交わした。彼らは同時代人へ贈ってくれたこの見事なプレゼントに感謝した。このミッションを遂行するのに必要な勇気、委員会を引っ張ってきた手腕と交渉術、そして、類まれな才能に、修復という外科手術を委ねたオレリアンの直感を称賛した。人々は互いに祝福し合い、「専門家集団」の設けた安全策、溶剤とスクレイパーの使用に制限をかけた見えざる手を自画自賛し、修復の成功は自分たちの功績だと言い募った。ここに集まった誰もがジャーナリストへ伝える言葉を準備し、我こそが修復計画の発案者であり、成功は自分の手柄であると主張するだろう。

称賛が一時間ほど続いた後、招待客たちはアトリエを後にして、カクテルの振る舞われるレセプションルームへ向かった。ガエタノは自身の疲労を訴えることもなく、翌日、ニスの薄い層で作品を保護し、作品に最後の別れを伝えるためにアトリエに戻ると言って姿を消した。

オレリアンがバーカウンターへ向かう流れに乗ろうとした矢先、ダフネが袖を摑んだ。「省から連絡があったわ。イタリア首相のフランス訪問を利用して、大統領が修復の終わった絵を見せたいとのこと。火曜日の朝、見学予定だけど、時間的に間に合う？」残された期間は三日。《ラ・ジョコンド》を再び額に入れ、〈国家の間〉の元あった場所に戻すのに十分な日数だとオレリアンは考えた。「予定調整のために、三十分以内にまた連絡をくれる予定なの。私の事務所に来てくれる」オレリアンが彼女の事務所に入った時、ダフネと行政側の責任者はエリゼ宮の治安担当官とオンライン会議中で、アルプス山脈向こうの政府首脳訪問に向けて、後方支援の手はずを整え、セキュリティの問題について話し合っていた。大統領府は現場に出席する全員のリストを要求した。普段であれば休館日の火曜日を利用して作品診断を行う、学芸員、作品管理者、修復士たちに休みを与えることにした。狙撃兵が配置できるようルーヴル美術館の消防団長に屋根へのアクセス経路を尋ねた。C2RMFの女性ディレクターの出席は交渉されたが、ベルトランの出席は拒まれた。最終的にイタリア側の要請により、ダフネ、オレリアン、渉外担当ディレクター、シグリッド、そしてガエタノが、イタリア首相、フランス大統領、フランス文化大臣、イタリア文化大臣と一緒になって、〈国家の間〉に入室を許可された代表団を構成することになった。夜遅くまで何度もメッセージをやり取りした。イタリア側の意向で、女優ヴァレリア・ブルーニ・テデスキも代表団に加わったが、彼女のマネージャーと夫の同伴は拒まれた。しかし最終調整で、ヴァレリア・ブルーニ・テデスキは要求の少ないモニカ・ベルッチにチェンジされた。ダフネは大統領訪問に備えて週末も連絡を取れるようにと伝え、オレリアンと別れた。

ルクレツィア

オレリアンがカクテル・パーティーに合流した時には、すでに時間は遅く、会場は人が減り、バーカウンターにも人影はまばらだった。ダフネはジャーナリストが来ていない、専門家や学者のために用意された祝賀会には決して参加しようとしなかった。数人の招待客が、残された最後のプチフール（一口サイズのお菓子）、着色されずにくすんだ色の食欲をそそらないサーモンのブリニ（そば粉入りパンケーキ）の隣で文化政治について話していた。

少し離れたところでは、ドキュメンタリー制作チームが撮影の最後を賑やかに祝っていたが、これからうんざりする編集段階、何千時間ものフィルムの選別が始まるのだった。監督はすでにほろ酔い状態で、女性プロデューサーの咎めるような視線を受けながら、ローラン・ペリエのグラスを飲み続けていた。

部屋の隅には、顔見知りのいないルクレツィアが、脂ぎった人のよさそうな顔のクワトロチェントの専門家と話し込んでおり、男はチャンスを窺いながら彼女と過ごす時間を楽しんでいた。

ルクレツィアはオレリアンの姿を見つけると首に抱きつき、耳元で囁いた。「オレリアーノ！助けてください《サルバミ》」彼女が身体を寄せると、髪の毛からイチジクの香りが漂った。オレリアンは同僚からの祝福に遇い、しぶしぶ彼女から身を離した。彼は会場を歩き回り、あちこちから祝いの言葉をかけられ、戸惑いと感謝の入り混じった感情を覚えた。人々は手を広げて彼を捕まえると心から称賛の意を示した。ほぼ満場一致の絶賛だった。わずかな敬意を抱きながらも、あちこちで厳しい批判を繰り返すつもりのジャクリーヌ・シャンパーニュと、彼女とは真逆にもう少し思い切った介入を期待していた人たちを除けば、ほとんどの人が修復結果に興奮していた。

　シャンパンを飲んだことで、オレリアンはアドレナリンが消えていくのを感じた。ここ数ヶ月間のストレス、体調不良を起こすほどのけた外れのプレッシャー、眠れぬ夜、汗ぐっしょりの目覚め、胸の締め付け、こうしたすべてがようやく終わるのだ。彼は突然鉛のスーツから解き放たれたように感じた。

　彼はおしゃべりの女性学芸員から美術館の購入方針についての話題をぼんやり聞きながら会場を見渡した。ルクレツィアは背の高い栗色のもじゃもじゃ髪をした男と話しているところで、オレリアンの記憶では、男は確か撮影チームのカメラマンだったと思ったが、彼は素早くクワトロチェントの専門家からルクレツィアを奪うと、自分の魅力のすべてをさらけ出しながら彼女に猛アピールしていた。

　オレリアンは女性学芸員の話に中途半端に頷きつつ二人の様子を観察し、突然、はっと気づいた。変わった感じのウェッジソールの白いスニーカーを履き、黒いシースドレスを着たルクレツィアを見ながら、彼はついにその夜、彼女がパルミジャニーノ（十六世紀イタリアの画家）の描く取っ手つきの壺《アンフォラ》のような軽やかさを持ち、白鳥の首、高い頬骨、華奢な手首、狭い肩をし、ポリュクレイトス（古代ギリシャの彫刻家）の彫刻で見られるのと同じ、斜めに傾くエレガントな腰つきをしているのを目の当たりにした。

　オレリアンはその時、彼女の美しさを知った。太くて濃い眉毛、思春期の名残のニキビの跡、凡庸な外見に隠された人見知りのする美しさ。派手さのない見慣れた美しさには、単純さが入り混じり、彼の目に今ようやく見えてくる細部、標準的な厚さの唇、うぶ毛で縁取られた上唇は少しめくれ、魅力的に散らばった歯、そしてこうした欠点の裏には、彼女しか持ちえない儚げだが本当の美しさが隠れていた。目の絶妙な形、間隔、鼻の長さ、小さな耳のディテールの美しさ。この美しさは知れば知るほど、一度認識してしまうと、手放すことができない。彼女自身気づいていない振りをしている。あるいは本当に自分で自分の美しさに気づいていないのかもしれない。でも、彼はそうは思わなかった。ルクレツィアは彼の方を向き、背の高い栗色の髪の男のウィットに富んだ言葉に笑みを浮かべながらも、彼女が本当に微笑みかけているのは、自分に向けてであるように思った。

　二人は今いる空間内で相手のいることを確かめるように、こっそりと視線を繰り返し交わしていたが、徐々に熱の籠った執拗な視線へと変わっていった。列をなしていた曖昧な順番が消えると、二人はそれぞれの話し相手を操りながら近づき、微妙な移動を繰り返し、身体を回転させ、戦略家のように会場の位置関係を把握しながら、ゴマすりの同僚や脂ぎった専門家を避けてようやく背中合わせになった。オレリアンは自分の肩にルクレツィアの肩が当たるのを感じ、彼女の身体から笑う時の振動が伝わってきた。二人は手探りで求め合うといきなり指を絡ませた。「行きましょう《アンディアモ》」彼女は囁いた。彼は話し続けていた女性学芸員をためらうことなくその場に残し、彼女は笑みを浮かべながら美男子を捨てた。彼女は石階段へオレリアンを導くと〈ドゥノン翼〉を走った――ヴィヴァン、ヴィヴァン・ドゥノン（ドミニック・ヴィヴァン・ドゥノンはルーヴル美術館初代館長。仏語のヴィヴァンは「生きている」の意）、なんという名前だ！――そして、彼はある晩、彫刻のあいだで愛し合っていたカップルに遭遇したことを思い出した。その時、彼は驚いたものの、彼らの邪魔をしたいとは思わなかった。二人は外に出ると、ぴったり身体を寄せて駆け足で街を横切り、すでに夏の夜のように暖かく明るい春の夜に酔いしれた。不意に、クロック・ムッシューが絶品だったボブール近くのバー、〈ラ・フュゼ〉を思い出した。混んでいるけど、なんとかなるだろう。二人はアクセスしづらい隅の席を指さされ、そこに辿り着くために、店内の客の半分は立ち上がらなければならなかった。狭いテーブルの下で、二人の膝は触れ合い、夕食中、ほとんど気づかないほどのわずかな接触を続けた。彼は少し渋めのプイィ・フュメのボトルを頼んだ。彼女が絶えず笑っていることで、彼を大胆にさせた。ウィットの効いた彼の言葉が彼女を笑わせ、真珠のような白い歯を見せた。彼はどうしようもなく彼女に欲情していた。
二人の会話は速度を落とし、言葉数も減り、アルコールのせいで発語が難しくなっていた。二人は立ち上がって会計を済ませると、通りに出た。夜の涼しさが二人を包み込んだ。ボブール広場を横切る時、女の子たちのグループが光る輪でフラフープを楽しんでいた。少女たちはラジカセの音に合わせて身体をうねらせ、身体に沿って火の輪を自由自在に上下に動かしていた。砕石を敷きつめた石畳から頭の上で組んだ両手まで、彼女たちの四肢を大きなうねりが駆け抜けた。輪は抗しがたく上昇していく中、膝と腰のくぼみでしばし時間を取り、土星の輪のように夜を切り裂く催眠的なLEDのラインを、集まった人々の網膜に焼きつけた。オレリアンは、フラフープの回転リズムが遅くなり、何らかの衝撃か、異常をきたしてバランスを危うくした瞬間、息をのんだ。骨盤のほんのわずかな動きと、見た目にはわからないほどのわずかな力で、回転が再開するたびに驚かされた。二人はじっとそれらを眺めていた。

リヴォリ通りでタクシーを拾った。セダン型自動車の中で、スピーカーからバンジャマン・ビオレの曲が流れ、トーキョーの椅子に座ったことについて歌っていた。「ノー・マンガ、ノー・ボンゴ、トーキョーの椅子」曲の旋律は弾むようであり、同時に憂いを帯びていたが、少し悲しげな子供の流行り歌のようでもあった。「夢を見ても意味がない、夢は戻って来ない……決して」ルクレツィアは彼の肩に頭をもたせかけた。彼は自分を苦しめてきた質問を思い切ってしてみた。「ガエタノはどう？」彼女は高らかに笑った。「心配しないで！《ノン・ティ・プレオクパーレ》」オレリアンはクレールを思い、ダフネ、それからガエタノのことを思った。タクシーは十七区の外れにある鉄骨造のモダンで高い建物の前で二人を降ろした。その近未来的な建物は直角を禁止する厳しい設計仕様書に応えるような設えになっていた。アパルトマンは十四階の長い廊下の先にあり、バルコニー付きの大きなワンルームで他の賃貸物件でもよくあるように、家具はほとんど置いていなかった。ベッドとして床にマットレスが直に置かれ、窓の前にはハープとスツールがあった。部屋の隅には簡易キッチンがあり、それで全部だった。

ドアが後ろで閉まると、ルクレツィアは彼の首に腕を回した。急に真顔になり、瞼が降りて、半ば開いた挑発的な口を彼に向けた。オレリアンは優しく頬と頬骨にキスをした。彼女は清らかな始まりに微笑んだ。彼は額、眉、唇の端にキスをした。この意図的なためらいが彼女を喜ばせた。じらされた彼女は熱っぽくなっていた。彼女は彼の指先で身体をうねらせると、彼は彼女の震える肌に抑えきれない欲望を感じた。

それから彼は唇を重ね合わせ、激情を抑えながら両手で彼女の腰を掴んだ。服を脱いでいる間も、あたかもこの口と口を離してはいけないゲームでもするかのように、あたかもすべてが崩れ落ちてしまうかのように、唇を重ね合わせ続けた。

シースドレスは足首にかかり、ブラウン色の乳輪の乳房、白っぽい腹部、ブロンズ色の陰毛が露出していた。彼は彼女の身体を見たくて後ずさりしようとした。彼女を見たくてたまらなかったが、変に思われるのを恐れて堪えた。ルクレツィアの手が活発に動き、気づくともう彼も裸だった。

二人はベッドに倒れ込んだ。

その夜、オレリアンは美を知った。

目、手、口を駆使して彼女の全身を駆け巡った。震える起伏の上をマッピングするかのように指を動かし、指先は小さなくぼみでさ迷った。

彼は匂いに酔いしれた。首の甘い匂い、脇の下の酸っぱい匂い、性器のムスクの匂い。彼女の口を味わい、燃えるような親密さを覚えた。両手いっぱいに乳房と尻の肉をつかみ、重さを量った。彼は愛撫を続け、貪るような好奇心で何一つ忘れることがないように、大きな目をずっと見開いていた。

彼女がアレを口の中に迎え入れると、すぐにとろけてしまいそうだった。抵抗したものの、あっという間に降参しそうになったので撤退した。小休止が必要で、彼は自分の頭を彼女の腰に当てて前後させた。腹部、へそ、さらには腰のくぼみにキスをした。彼は自信を回復した。

二人は寝転がり、彼女が上に跨った。馬に跨る騎手のように。逆光のせいで彼女は青い影に浮かぶ曲がりくねった不透明なシルエットに過ぎなかった。彼女の髪を通して街の明かりが見えた。大きく開いた瞳孔は彼女の輪郭を求めたが何も見えない。ああ、彼女を見たかったのに！

二人は再び転がった。彼は静謐な光の輪の中に彼女を寝かせると、彼女の表情は青みがかった明かりに照らされた。二人は動きをゆっくりさせる。彼は汗の滴が玉状になって落ちていく彼女の肌のきめ、こめかみに張りついたブラウンの髪、ピアスで穴の空いた耳たぶを永遠にクローズアップで捉えた。彼は彼女の半分開いた唇を縁取る輪郭、震える鼻翼を捉えた。彼がより強烈な眼差しを送ると彼女は瞼を閉じた。自由奔放に熱を帯びた彼の瞳は決して満たされることがなかった。

彼は手のひらで彼女の太ももの内側を押し、大きく開かせた。新たな熱意で彼女をくたくたにさせた。目を閉じるともう何が何だかわからなくなった。彼女の指の関節にキスをし、情熱的に、貪るように彼女の胸のかたちを探した。自分自身が彼女の中に消えていくのがわかった。太ももが喘ぎ、滴らせていた。塩と金属の味を感じ背中をすくめた。肩に彼女の爪が突き刺さり、首には熱い喘ぐ息を感じた。巻きつけられた腕が首に重くのしかかるが彼は堪えた。二人の呼吸が速いテンポで呼応した。さらに深く、彼は欲望を推し進めた。心臓の鼓動が、胸が高鳴った。膨らんだ喉がぴくぴく動いた。彼女は叫ぶのを堪え、短く瞼を開いた。彼女の目はひっくり返り、真珠の白さだけを覗かせた。

二人の身体に痙攣が走った。流動的な呼応する動きの後に、しゃっくりが起こり、引きつるようなぎくしゃくした動き、連続的で短い無呼吸が続いた。彼は片方の手で、彼女の乳房の一方を押しつぶした。

彼はようやく目を閉じると、かすれた息を吐きながら尽き果てた。寒気が波のように手足を襲い、即座に彼を衰弱させた。小さくなりぐったりして、横になり、そのまま眠りに落ちた。

初期状態

オレリアンはハープの澄んだ音で目を覚ました。夢を見ているのではないと確信するまでにしばらく時間がかかった。ルクレツィアはシルクショーツだけを着て楽器を演奏していた。彼女の繊細な胸を見るとすぐに幸せな気持ちになった。長い首の端で頭をわずかに傾げ、髪を後ろにまとめてカジュアルに結い、肩の上にはいくらか髪が散らばっていた。彼は再び画家のパルミジャニーノを想った。彼女の穏やかな表情にはどんな意思も感じられず、眉をただ時おりひそめるだけで、それは蝶の羽ばたきのように儚いものだった。彼女の手は物憂げな優雅さで弦から弦へと飛び移り、まるで重力から逃れた二人のバレリーナのように振動から身を離し、垂直方向の振り付けを披露した。彼は彼女がオペラ『ランメルモールのルチア』の魅力的ないくつかの場面を繰り返し奏でるのを聞きながら午前中を過ごした。二人は昼の少し前に再びセックスをした。それからバティニョール界隈のビストロでランチをするために外へ出かけた。ダフネから何度か連絡があったが無視していた。十五時頃、二人がアパルトマンに戻ると、オレリアンはようやく館長へ電話をかけた。公式訪問についで早口で打ち合わせをした。館長は火曜日までにすべての準備が整い、《モナ・リザ》がガラスケースの向こう側、つまり本来の場所に戻ることを確かめたがった。電話を切った後、オレリアンはガエタノと話をしたかったけれど繋がらなかった。彼は大統領訪問の段取りを知らせ、そして作品のニス塗り作業の状況を確認するためにいつ会えるのかを尋ねたかったので何度かメッセージを送った。しかしメッセージに返信はないままだった。オレリアンはガエタノがアトリエで忙しくしているか、あるいは仕事を終えて、家で休んでいるのだろうと思った。にもかかわらず、彼は少し心配だった。ルーヴル美術館に駆けつけるべきで、当然そうすべきだったが、ルクレツィアの快楽から身を離すのが難しかった。

イタリア女性はアイロン台を広げ、洋服にアイロンをかけながら鼻歌を口ずさんでいた。オレリアンは彼女をこっそり観察するためのアリバイ作りとして、ナイトテーブルに置かれていた推理小説を手に取った。彼女は細いストラップ付きの薄手のワンピースを着ていた。そして時おりつま先立ちになるとステップを踏んだ。彼のことをほとんど意識せず、アパルトマンの片づけに気を取られていた。彼は本当に欲情をかきたてられたが、表に出さないようにしていた。その夜、彼はトマトをいくつか買いに外出し、チーズ屋、それからニコラ（フランスのワインショップチェーン）に立ち寄り、そこで髭を生やしたヒップスターが、友人のワイン生産者から届いている亜硫酸塩を含まない自然派ワインをこっそり勧めてくれた。二人は夕食をとり、ワインは素晴らしく、ネットフリックスで映画を観ることにしたものの、オレリアンの手はすぐにルクレツィアの湿った部分に夢中になり、再びセックスをした。日曜日、彼は彼女の部屋をやっとの思いで後にした。あの部屋に住みつき、彼女を眺めながら暮らすことで満足できたかもしれなかった。美について考え、研究し、記録し、書きまくり、彼女との通信記録を残し、特権的な観察者の立場に身を置いて、彼女に関する理論を展開し、彼女の専門家となり、自分自身が彼女の参考資料とさえなるかもしれず、こうしたことは名誉ある人生計画であり、普段から美術館で行っていたことと本質的には違っていなかった。

美はまだ眠りについていた。彼女の頬は柔らかい枕に埋もれ、コレッジョ（ルネサンス中期の画家）風のベッドシーツの皺は尻のつけ根まで大きく開いた背中を露わにしていた。一定間隔の短く可愛らしいいびきが寝がえりを知らせた。彼女の額にキスをし、そっと気づかれないようにアパルトマンのドアを閉めた。修復士から何の連絡もないことが心配だったが、ルーヴル美術館に直接行くのをためらい、結局、自分のアパルトマンに戻った。十四時頃、ようやく親指を立てた謎めいた絵文字をガエタノから受け取ったものの、だからと言って、完全に安心したわけではなかった。このことが午後の残りの時間に影響を与え、十八時頃には胸騒ぎを覚えて、〈パヴィオン・ド・フロール〉へ向かった。夜警の二人が任務に忠実に入り口に立っていた。オレリアンに気づくと館内へ入らせた。十八時三十二分、彼は《ラ・ジョコンド》を修復するアトリエに入っていった。

後ろでドアが閉まるとすぐに身体の警戒信号が働いた。最初は軽い警鐘に過ぎなかったが、すぐに強烈な警戒感が全身を覆い、ここで何かがうまくいっていないこと、少なくとも予想されたようにはいっていないことを、考えるより先に身体が察知していた。異常に熱したこめかみ、悪寒による震えが一斉に生じ、熱さと寒さの矛盾するメッセージが形成された。麻痺した頭はクッションの下に埋もれたように感じられ、まるで濃密な空気が重すぎて音の広がりが妨げられたかのように、自分だけが取り残されてしまっていた。混乱して思考がかき乱され、心臓の鼓動が極限まで高鳴った。スペクトルの最高周波数に残るホワイトノイズは聞き取れなかったが、逆説的に耳をつんざくようなものだった。視野は異常に狭まり、空間自体を歪ませた。壁は無限に広がって床は溶けて無くなった。ドアから部屋の真ん中にあるイーゼルまでの寄木細工の道だけが残り、遠くに、虚空の上を渡す吊り橋のような細い帯があった。

極端に慎重な足取りで絵に向かって進んだ。互いの持つ磁力で引きつけ合うかのように。しかし彼の視力ではそれを絵として再現することができず、脳がそれをどう解釈すれば良いのかわからず、あたかも角膜と頭蓋骨後方の視覚野の間の視神経が道の最中で迷子になっているかのように、ただ明るい色の染みに向かって進んだ。既知のものと未知のもの、馴染みのものと異質なものが入り混じり、転倒してすべてを巻き添えにしてしまうのを恐れ、足がもう動かなくなるのを恐れながら、絵に向かってゆっくりと進んでいった。足がへなへなになり、不本意にもこわばって、すでに乱れ始めていた運動機能の連鎖が崩壊寸前であるのを感じた。鈍い音が熱したこめかみを叩き、動悸が救い難いスリラー映画のサウンドトラックのように不安をかきたて胸を圧迫した。転倒しないよう意識を集中させ、イーゼルと憂慮すべき不確実性に向かって、全神経を緊張させた。壁は言葉では表せない不明瞭さの中に姿を消し、アトリエの周囲全体が消え、化学薬品や工具の詰まった金属製キャビネット、額縁、丸められた画布、ラミネートされた説明書の貼られた大きなコルクボードも一緒に消えていた。恐らく、まだ一メートル先にあるスツール以外に寄り掛かれる場所はどこにもなかった。ほっとした手でそれを摑むと、百年ぶりかのように、指でしっかりとクッション入りの土台をぎゅっと挟んだ。ようやくそこに座り呼吸を整えた。そして深く息を吸い込むと、声がもれ、汗が滴り落ちた。

　イメージがようやく網膜に固定された。

　目の前にあるのは、金曜日の夜に見たものと似ても似つかなかった。《ラ・ジョコンド》の色は刺激の強い原色で揺れていた。澄み渡る紺碧が空を震わせ、頬の血色は桃色を呈していた。袖は卑猥なほどこれ見よがしに黄金色に輝き、髪は燃えるような褐色を放った。山の奥から発せられる眩い光が作品全体からほとばしっている。浮彫りのコントラストで、刺繍が絵から浮かび上がり、巻き毛の一本一本があらゆる次元で区別されていた。眼差しは液体のように輝き、ほぼ緑色に近い半透明の琥珀色をしていた。それぞれの色調が光を求めて容赦ない争いを繰り広げていた。唇では血が高鳴り、喉が震え、若い女性の指に脈が打った。生まれて初めて呼吸する新生児の大きな叫び声のように、恐ろしいほどの生命力がモナ・リザを捉え、眩しい現実に放り込んだ。

　ガエタノは絵具層に触れる直前まで、絵から古いニスをすべて取り除いていた。イーゼルの上の急いで殴り書きされた紙に、彼はシンプルに次の言葉を残していた。「これが初期状態だ《エッコ・ロ・スタト・イニチアーレ》」

「これが初期状態だ《エッコ・ロ・スタト・イニチアーレ》」、不吉な墓碑銘のように。

オレリアンは口をあんぐり開けたまま、目を丸くして茫然としていた。イメージが大脳半球に刷り込まれ、疑い深い脳が受け取ったメッセージが幻覚でないかどうかを確認し、瞳孔が異常可能性を探して素材を念入りに調べていた。網膜上に林立する錐体細胞と桿体細胞がこれら数十億の光子を捉えて電磁エネルギーを神経インパルスに変換し、これらの生体電気信号が視神経を通じて脳髄の最も遠い場所にある頭葉に運ばれ再び分析される。そして、それらが大脳皮質によって解読され、疑いが晴れるまで無限に同じ情報——幻覚的で不適切に彩度の高い色——を平等に配信し続けた。この確認作業は容赦がなく、恐ろしい時間だった。幻想や誤解ではなく、器官は相当のストレスがあったにもかかわらず、異常なく完璧にその役割を果たしており、視覚情報を妨げるものは何も無かった。ここではすべてが明瞭で完璧なまでに明晰だった。これこそが《ラ・ジョコンド》の新しい色だったのだ。

その時、彼は足元で落とし穴が作動して巨大な深淵に向けて口を開いたか、あるいは虚空に蝕まれた頼りない橋が感情の重みによって断ち切られたかのように思えた。自分が落下していくのを感じ、心臓は重力を失い、引きつった目は眩暈を起こした。彼は腹の底から息を吸い、気管支の中に空気が勢いよく流れ込むと、シューと大きな音を立て、瞼を閉じ、できるだけ長く息を止め、それから全力で吐き出した。耐え難い痛みがわき腹を襲った。不安から生じる明らかな発作は張りのない長くて恐ろしい内なる叫び声を引き出し、それが頭の中で際限なく響き渡り、空っぽになっていた頭蓋の壁で飛び跳ねた。自分を囲むすべてがぐらつく中、彼は身を屈め、胎児の姿勢で安らぎを見いだそうとした。

こうしてすっかり姿を変えてしまった絵の前で、彼は膝の間に頭をうずめ、虚脱し、生気なく、黙していた。

どれくらいの時間が経っただろう？　オレリアンが意識を回復した時、反射的にダフネに連絡しなくてはと思った。しかし携帯を摑んだところですぐに考え直した。現状が示す責任の所在はただ一つ。彼なのだ。ガエタノを探しに行ったのは彼だった。ガエタノを監視するのも彼の責任。痛ましいほどに失敗させてしまったのは他ならぬ自分自身なのだ。

想像力をほんの少し働かせれば、これから起こる事態を容易に想像できた。彼は《聖ミカエル》の修復スキャンダルが辞任に繫がったフレデリック・ヴィヨのことを思いだした。とはいえ、辞任なんて些細なことだった。《ラ・ジョコンド》に取り憑かれてバランスを崩した人の中には、耐え難い冒瀆を正そうとするものが必ず出てくるだろうし、この芸術破壊行為の代償として、学芸員の血が求められないとはいったい誰にわかるだろう？　イタリア人や外交政策を間違いなく混乱に陥れるリスクについては言うまでもない。大統領の訪問はどうなる？　ダフネは？　クレールは？　クレールは何を思うんだろう？　彼の不始末に相応しい罰はあっただろうか？　いずれにせよ、もし彼が危機を脱したとしても、額に刻印された失敗と罪悪感の重みに永遠に屈しなければならないだろう。彼はすでに自分のアパルトマンがマスコミに包囲され、狂人のようにつきまとわれ、まともな社会生活は送れず、業績は遠い記憶の中へと追いやられ、笑いと中傷の的になり、自分の幽霊がルーヴル美術館の廊下と、若い学芸員たちが夕食をとっているところに、不吉な伝説となってつきまとっているのが目に浮かんだ。脳裏に、しかめ面を浮かべ、嘲笑的な仮面をかぶった知人や見知らぬ人の顔がぐるぐる行き来した。唾を吐かれ、罵倒され、侮辱されるのを予感した。

彼はガエタノと連絡を取ろうとしたが、思った通り、留守電に直接繫がった。アトリエを出ると、パヴィオンを抜けて、ルーヴル美術館を後にし、歩いて家に帰った。セーヌ川を渡る時、茶色い波が見えた。彼には何事にも勇気がなかった。

解決

明快な解決策を思いついたのは朝の四時三十分頃のことだった。彼は暗がりに浸る部屋の天井をじっと見ながら、解決策について長い間考え続けていた。そして夜明けと共に決心した。彼は七時に〈パヴィオン・ド・フロール〉の前に着いた。そしてアトリエに隣接する物置に入っていった。横断幕、のぼり、タッチパネル、キャプションの中に、『《ラ・ジョコンド》の復活』展に使った資材を見つけた。彼は緩衝材に包まれたヴァディムの複製品を手に取った。それから修復作業のアトリエのドアの前に行くと、夜勤を終えた警備員たちが、あくびを何度か抑えながら彼を中に入れた。オレリアンは静寂に包まれた部屋の中へと入っていった。ドアが蝶番で動きを止め、ロックの掛け金がカチッという音を立てるのを待ってから絵の方に向かった。ガエタノの作品を前にして、彼は一瞬たじろいだ。色彩の過激さが前日よりも少し落ち着いていたのだ。いずれにせよ……外から警備員と話すシグリッドの声が聞こえてきた。それから彼は素早い動きでイーゼルの上にあった本物の絵とヴァディムの複製品を交換し、ポプラの木で出来たオリジナルの画板をアトリエの隅の壁に立て掛けると、キャンバスに裏打ちされるのを待っていた大きな木枠によって半分隠した。一分もかからないうちに、彼はオリジナルと複製品を取り替えたのだ。

ドアが開いた時、彼はイーゼルの前でじっとしていた。シグリッドは少し前に歩み出た。「オレリアン、ここにいたのね」彼女は彼が何か思いに耽っているようだったので、空気を乱さないよう興奮を抑えて囁いた。「ついに、ニスが塗られたのね!」彼女はさらに近づいた。「なんという美しさ！　ガエタノは昨日の夜遅くまでいたみたい、警備員たちが話していたわ。時間がかかったのね。長い間、一人で対峙してきたモナ・リザの元を去るんだから、想像に難くないわ！」オレリアンは同感だというように頷いた。二人は何も話さず、しばらく物思いに耽っていた。綿密な検査を行うには絶好のタイミングで、危険な雰囲気が漂っていた。オレリアンは何か言うことを探したが、言葉がなかなか出て来ず、沈黙したままでいた。彼は複製品を称賛しているシグリッドをこっそり観察した。落ち着いた表情に表れるほんのわずかな躊躇いも、眉間のわずかな皺も、笑みに浮かぶわずかな緊張も見逃さなかったが、疑っているような様子は微塵もなかった。しばらくして彼女は手を重ねると、イーゼルに向かってもう一歩近づいた。「なんという試み！　なんと美しい調和でしょう！」彼女はため息をついた。それから、オレリアンの方を振り返ると、額装職人に来てもらって、ルネサンスの額で画板の衣装替えをしましょうと提案した。

オレリアンは複製品が額装されて〈国家の間〉のガラスケースに戻される前に、すべてをストップさせる時間はまだあると考えていた。彼はいつでも絶望のジェスチャーを発動出来、シグリッドもオリジナルが実際にどうなったかを目の当たりにすれば、彼の絶望を理解してくれるだろうと思った。受け入れ難いことを受け入れるために、戻る時間はまだあった。彼は逡巡し、明晰さを欠いていた。空気が必要だった。彼はようやくアトリエを後にすると、途中で額装職人とすれ違った。

第三部

絵画、それは見るものではなく、つき合うものだ。

ピエール・スーラージュ

外交

イタリアの首相は欄干を越えて、堅い木板の許す限り作品間近まで近づいた。首相は首を傾げ、眉間に皺を寄せてそれを見つめた。若きフランス大統領も負けじと腕をついて素早い動きで欄干を跨いだ。毎回、大統領は体力と若さを証明することで優位に立とうとしたが、これは往年のオバマから学んだ教訓だった。欄干の向こう側で、代表団全員が首相の判決を待っていた。しばらくして、彼はガラスケースを指差してこう尋ねた。「開けてもらってもいいですか《ポッシアモ・アプリルラ》?」

オレリアンは頷き、柵を迂回しながら大統領たちに加わると、傍観者でいたくなかったダフネもすぐに続いた。彼は搬送係に合図し、皆はガラスケースを下ろすために後ずさりした。敬虔な静謐さの中で、イタリア政府首脳は顎を上げ、ゆっくりと人差し指を立てて、作品から数ミリのところまで近づけた。指は琥珀色のカールした髪をかすめ、それから優雅な父性的な仕草で、顔の輪郭を指の背でなぞった。オレリアンは絵を見る勇気がなかった。彼は思わずアルプス山脈向こうの政府首脳の腕を制止しようとしたが、まさにその瞬間、首相は自ら腕を脇に沿って下ろした。

彼は再び顎を少し上げるとしばらく呼吸を止め、それからこう口走った。「ラ・トロヴァ・カンビアータ」

興奮気味の熱心な若い女性通訳が柵をくぐって加わると、絵画と欄干の間の限られた空間に五人がいることになった。

「首相は《ラ・ジョコンド》が変わったとお気づきです」

「モルト・カンビアータ！」首相は言った。

「すごく変わりました！」通訳は首相のイントネーションを真似して言った。

重い沈黙が流れた。時間をかけて表明した首相の言葉で、皆の動きが止まった。

「よりフレッシュになった」

沈黙。

「より清らかだ」

長い沈黙。

「もっと若い」「もっと若いですか《レイ・エ・ピュ・ジョーヴァネ》？」通訳は確認した。

「若い《ジョーヴァネ》」首相は認めた。

それから首相は代表団の方を振り返り、ゆっくり彼らを眺めると、モニカ・ベルッチと視線を合わせた。

「レイ・エ・ピュ・アトレンテ」

小さな集団は一様にほっとため息をついた。

「モルト・アトレンテ」人々は彼が何のことを話しているのかわからないまま頷いた。「モルト・アトレンテ……」

「とても魅力的だ」通訳が顔を赤らめて言った。

「おめでとう《コングラトゥラチオーニ》、成功だ！」

フランス大統領は嬉しそうに歯を覗かせた。二人は熱い握手を交わした。オレリアンがガラスケースを閉じさせると、代表団は〈国家の間〉を去っていった。

一行が〈クール・カレ〉に戻ると、イタリア首相はオレリアンを待つために速度を落とした。

「あなたは幸運ですよ。ムッシュー」彼は驚くほど完璧なフランス語で言った。

「幸運、ですか？」オレリアンは突然身体に熱を帯びて尋ねた。

「そうだよ。このような複雑な修復を完璧に表現するアーティストと出会えたあなたは幸運だ。同胞の中でも、これほど繊細かつ緻密にこの仕事をやり遂げられる者は彼をおいて他にはいない」

二人は黙って歩を進め、それから首相は言った。

「それにしても、どうして彼は今日いないんだい？」

「ガエタノは秘密の多い人ですから」オレリアンは口ごもった。

「控えめだね！　別に驚かないよ」

世界の轟音

その夜、オレリアンは誰もいないアパルトマンに戻った。アトリエを出てから大統領たちに向けた公式なお披露目まで、朦朧とした状態でさまよい、現実否定のヴェールは破れ始めていた。彼はしばらく居間の中を歩き回ったが、高まる動揺を鎮めることはできなかった。ルクレツィアに電話をかけたが繋がらなかった。彼は彼女の腕の中で我を忘れたかった。彼女の優しさに安らぎを見いだし、彼女の美しさをより深く知り、恐怖心をいっさい忘れて眠りにつきたかった。差し当たって、この巨大な不安を解消する別の治療法は見当たらなかった。たとえ束の間であれ、この安息に願いをかけた。彼は彼女の家に行くことにした。家を出て大通りでタクシーを呼び止め、二十分後に彼女の家のある通りで下車した。少し離れた別の交差点と勘違いしていて、彼女のアパルトマンを探すのに時間がかかった。彼は若いカップルが入る隙に玄関ホールに滑り込んだ。日本庭園もどきの真ん中に寂れたゴムの木が植えられていた。最初に来た時は気づかなかったもの。小さな噴水が涸れていることからもわかるように、この設えは恐らくもっと野心的なはずだったが、手入れが十分に行き届かず、結果として雰囲気を落ち着かせるどころか、かなり不安を煽るものとなっていた。

十四階までエレベーターで上り、廊下を抜けるとチャイムを鳴らした。彼はじっと動かず、足音に意識を集中させたが、誰もドアを開けはしなかった。共用部は不気味で、人感センサーに連動した自動消灯スイッチはタイマーの設定が厳格過ぎて、照明が定期的に落ちてしまい、廊下はすぐに真っ暗闇になった。彼は再び照明を点灯させようと腕を動かさなければならなかった。しばらくすると老婦人が踊り場に出て来た。「何をされていますか？　昨日、若い女性がトランクを持って出て行ったわよ。ほら、帰ってちょうだい！」

オレリアンは家に戻りたくなかった。ここ数日の激しい感情から、取り返しのつかないことをしてしまったという自責の念が突如襲いかかり、極度の疲労と緊張という対照的な状態にいっぺんに陥った。彼は人通りの少ないルクレツィアの街をしばらくぶらついた。これほど住まいが密集しているにもかかわらず、建物の周りにひと気がないことに違和感を覚えた。彼はバティニョール界隈に戻ることも、タクシーを呼び止めることもせず、自分のシルエットを真夜中の影に溶け込ませ、夜間労働者、日中嫌いの孤独な散歩者、犬を連れた人、ホームレス、貧しい人のシルエットと混ぜ合わせながら、外環道の境界である街はずれまで歩いた。何も考えず、行き先も選ばず、ただ偶然に身を委ね、欲望を空っぽにして。

彼は街の醜さに面喰った。街の暗くて野蛮な表情に。多種多様な建物が立ち並んでいたが、唯一共通しているのは醜さだった。彼の住む地区ではドアノー風の魅力を醸しだす街灯でさえ、ここでは生々しい暴力的な光を道に投げていた。ありとあらゆる色を圧倒する単色の黄色い光。ただ緑色は違った。緑だけは夜に抵抗していたのだ。大きく穴の空いたゴミ箱の緑、ひっくり返った工事用フェンスの緑、運命に見放され骨抜きにされたヴェリブ（パリ市提供の貸出自転車）、キックボードの緑。それでも、彼はこの街が醜く、混沌とし、幽霊が跋扈していることに何となく慰めを覚えた。あたかも自分自身の苦しみを大局的に捉えるのに役立つかのように、あるいは他人の悩みに自分の悩みを溶け込ませることが出来るかのように。

エピネット（十七区内にある地区名）の外れをさ迷っていた時、ふと《最後の晩餐》についてもう一つの逸話を思い出した。豊かな黒髪のジャーナリストが話してくれた不思議な話で、それを聞いた当時、オレリアンはまだ駆け出しの学芸員だった。レオナルド・ダ・ヴィンチがイエス・キリストを描いてから数ヶ月が経った頃、画家はユダのモデルを探し始めた。彼はミラノ中をくまなく探し、治安の悪い港、運河沿い、売春宿、飲み屋街、刑務所の中まで探しに行ったがなかなか見つからなかった。それから、ある日、レオナルドは濃い暗がりの中で想像していた通りの、ぼろ着をまとい、悪い仲間と一緒にいるユダの顔を見た。男の顔には、キリストを裏切った者が背負うありとあらゆる不吉な表情が浮かんでいた。彼は目の前に生身のユダを見ていたのだ。レオナルドが翌日アトリエで会いたいとその男に声をかけると、彼はびっくりしてこう応えた。「喜んで行きますよ。でも、先生、あなたはもう俺を描いていますよ！」男はきっぱりそう言い、画家は怪訝そうな顔つきをした。「思いだしてください、数ヶ月前のことを……先生は、壁画のキリストのモデルとして俺を描いたんですよ！」オレリアンはジャーナリストがこの話の結びの効果を確信しながら、口笛を吹くような声で話していたことを覚えている。これはヴァザーリの言葉と違って歴史的な信憑性を持つものではなかったが、このエピソードはなぜだかオレリアンの心に響き、こうして街外れをさ迷う間、彼の不安をしばらく紛らわせてくれた。

ナヴィエ通りの近くで、オレリアンは奇妙な服装の若いグループに遭遇した。グループの先頭に立つ中性的な外見の人物は、猫のような瞳孔を彼に向けた。直角に交わる路地から来た別の若者グループは、興奮気味に早足で歩き、何人かは缶ビールを手にしていた。その内の一人がヒョウのようにそっと素早い動きで行く手を塞ぐ車を乗り越えた。数メートル進むと、オレリアンは三番目のグループと危うくぶつかりそうになった。二人の少年と一人の少女で、靴底が道路に触れるたびにバスケットシューズが光った。オレリアンの視線が少女の視線と交わると、彼はそこに招待状を読み取った。興味を引かれて踵を返し、三人の後を追った。

やがて多数の影が集結した。彼らはかつて鉄道路線だったプティット・サンチュールを挟むライプニッツ通りとベリヤール通りを並行して進み、その後ポトー通りを過ぎた辺りで廃線跡に降りた。さらに他の者たちが、まるでゾンビの軍隊のように夜霧を抜けて鉄道レールの地平線から現れた。恐らく百人近くになっていたが、奇妙な静けさが漂っていた。堀の側面には落書きがいっぱいされていた。一つに〈私たちは幸せな写真を持つ悲しい世代（*We're a sad generation with happy pictures*）〉とあった。目の前に、石壁が裂け、開口部からかすかな光輪が広がっているのが見えた。彼らは一列になってその裂け目に吸い込まれていき、壁は一人ずつ飲み込んでいった。オレリアンは閘門《こうもん》のような狭い空間にいた。鈍くて深い低音が耳に届いた。彼は網目状に張り巡らされた巨大な配管やダクトに沿って、地球の最奥部へと繋がる金属製の大きな階段を降りた。ぶんぶん唸る鼓動が建物を不気味に振動させていた。彼は赤と青に明滅する少女の発光バスケットシューズを追い、それが唯一の目印だった。彼らは巨大なコンクリートの礼拝堂の中にいた。オレリアンは音と群衆に巻き込まれた。

コンパクトで動きのある人間のマグマは激しく重たいキックビートに身を委ねていたが、曲はきらめく〈スティールパン〉（ドラム缶から作られた音階のある打楽器）のメロディーで和らげられ、ソウルフルな強弱を加えたコーラスによる中毒性のあるリフレインが全体を温めていた。彼は似たような音楽を一度も聞いたことがなかった。これらの奇妙な音の組み合わせが、集まった人々の中にメランコリックな多幸感を拡散させた。彼自身気持ちが高ぶり、コードが進むに連れて鳥肌が止まらなくなった。ＤＪの姿は見えず、音は床下から、あるいは参加者の身体から聞こえてくるようだった。

集まった人々はオレリアンの知るパンクでも、ゴスでも、テクノでもなく、どんな分類にも当てはまらないグループで、多様な集団だった。若者が中心ではあったが、様々な年齢層の人々が自然発生的に集まっているようだった。何かの組織を示すものも、マークも、ロゴも何もなかった。人波の中からいくつかの特設ステージが氷山のように現れた。あるステージの上に、ボブール広場でフラフープをつけていた少女の一人がいるのに気がついた。彼女はＬＥＤの輪ではなく、本物の炎が輝く輪に取り替えていたが少しも動じていなかった。オレリアンにはすべてがちぐはぐで混乱し、異様に映った。何も理解出来なかった。

　群衆をかき分けて進んだ。もう光るバスケットシューズを見失っていた。彼はもはや心臓の鼓動とビートのそれを区別することができなかった。

　ストロボ照明（暗闇の中でパチパチ点滅する照明）が光っている間、眼下には、目が眩むほど豊かなティントレットの《天国》の光景、溢れんばかりの怒りに満ちたダ・ヴィンチの《アンギアーリの戦い》の光景が広がっていた。オレリアンはこの狂乱の最中に隔てのない肉体の塊に美的感情を見いだしている自分を否定できなかった。調和と混沌が美のコインの表裏であるならば、恐らく優雅さを追い求める人と、不協和音や混沌、喧噪に目を向ける人は、同じ幻惑を追い求めているのだろう。恐らく辿る道が違うだけで。

　オレリアンはひどく歳を取ったようにも、ひどく若返ったようにも感じ、どちらでもないような気もした。彼には、現在を生きているという感覚があった。懐かしさのない現在、そこには過去も未来もなく、究極の現在があり、あたかも、今まさに生きている時代の正確なその瞬間に立ち、タイムラインの先端にいるかのようだった。しかし同時にまたこの出来事は何の痕跡も残さないだろう。時間の目印にはならない。どこにも文書として残されない。ここに参加した人々の記憶にさえ、痕跡を残さないだろうという感覚があった。ただ漠然とした捉えどころのない記憶だけで、夢よりはいくぶん現実に近いという程度の印象しか残らないだろう。

　オレリアンは目を閉じると、一瞬、強烈に世界の轟音とシンクロした。

早朝、オレリアンはアトリエへ向かった。ミッションが終わり、二人の警備員はもうその場から去っていた。ドアは開いていた。空っぽのイーゼルが部屋の真ん中に置かれ、絵の不在を恐ろしいほど印象付けた。ガエタノがこれ見よがしに瞑想に浸ったスツールは依然として目の前にあった。ポプラの画板を探した。首筋が不安で熱くなった。壁に立て掛けられた大型の木枠の陰に画板がわずかに顔を覗かせていた。彼は灯台を頂く岩の出っ張ったブルターニュの風景を描いたカルフールのショッピングバッグを見つけると、そこに《ラ・ジョコンド》を仕舞った。絵はショッピングバッグから大きくはみ出していた。彼ははみ出し部分に上着をかけたが、それを見る勇気さえなかった。計画が特にあったわけではなかった。彼は〈パヴィオン・ド・フロール〉の反対にある自分の事務所に運ぶことにした。息を止めて、五十メートルあるかないかの距離を進んだ。ほんのわずかな距離がとても遠くに感じられた。到着するとすぐ、彼は書類で一杯になったスティールラックの一番下の棚に絵を滑り込ませた。息を呑んだ。彼は犯罪には向いていなかった。

消えた魂

た。

〈国家の間〉に入った時のオメロの喜びは計り知れなかった。どれだけ寂しい思いをしてきたか。彼はヴェロネーゼとティツィアーノのキャプションに羽ぼうきをかけるのを忘れ、子ヤギのような軽やかさで《ラ・ジョコンド》に近づいた。オメロは堅い木製の欄干を乾いた布で形だけぞんざいに拭くと急いでそれをかいくぐった。脱脂液を羊皮にスプレーし、手際よく、二回、三回とガラスケースの表面を拭き、それから空虚に飛び込むような不安から動悸を激しくさせ、作品に目を向けた。

オメロは言葉には表せないほどの喜びで修復結果を見た。そして彼の澄んだ眼差しに送られてくる多くの新たな細部に没頭した。ニスを除去したことで黄色の色合いが減じ、雰囲気が少し冷たくなっていたために、彼は何かで覆いたくなった。彼は前よりももっとそれを愛した。可能な限り長く仰ぎ見ていた。後ろの方で、別の清掃員が忙しく仕事をし、部屋の清掃に割り当てられていた四分が過ぎていた。作品の前で観想に浸っていると不意に呼びかけられた。その時に願ったことはただ一つ、翌日に対面の続きをすることだった。続く数日間、彼は作品を貪るように見ていた。飽くなき眼差しで見つめた。彼はもはやキャプションの埃を払うことすらしようとせず、〈グランド・ギャラリー〉から〈国家の間〉まで足早に歩き、ガラスに三滴の脱脂液をふきかけると急いでガラスケースを拭き、残りの時間ずっと《ラ・ジョコンド》を鑑賞し、誰かに見られている気配がすれば布で拭く振りをした。

しかし、次第に再会の感動は複雑な感情に変わっていった。どうしてだかわからないが、何かがオメロの心にひっかかっていた。彼は絵をより注意深く観察し、記憶を辿って、今目の前にあるものと自分の記憶を対比させた。もちろん色合いは別にしても、女性の顔に走るひびや網目まで、すべてが厳密に元の位置にあり、彼が記憶しているものと同じだった。彼は細部に至るまで、確かに自分の愛していた繊細さや感度を見いだしていたが、それでも、もう魔法は効かなくなったかのようだった。肖像画を覆う新たな明晰さが、作品から抗いがたい神秘性を失わせてしまっていたのだ。こうした認識の変化がただ色彩の変化によって起きていたのかどうかはわからない。全体として色彩は抑えられていた。より安らぎを覚える色調となっていたことは確かで、雰囲気は以前より明るくなっていたが、にもかかわらず、何かが決定的に欠けていた。より深いところで。それは絵画の素材、その輝き、その密度と関係があった。いわば、絵画の肉体に関わることで、あたかもかつて絵に活力を与えていた、目に見えない生命の息吹がその場から去り、今では完璧に模倣した生命の無いデスマスクのようだった。それは飛んで消えてしまった魂と関係があった。

オメロの本能が語りかけ、本能は確信となった。恋をしているのか、もう恋をしていないのかを知るのと同じように、彼は《ラ・ジョコンド》の魂がもはや〈国家の間〉にないことを知った。そこにあるのは《ラ・ジョコンド》ではなかった。証明するように言われても、そんなことはできなかっただろうけれど、いずれにせよ、彼は絶対的な確信を抱いていた。

内省

続く数週間、オレリアンはまともに眠れなかった。夜が夢うつつの短いエピソードで断片化され、悪夢と汗だくの目覚めを繰り返した。休むことができず、心身ともに疲弊しきっていた。何度も警察に出頭しようと考えた。強烈な妄想が膨らんだ。ルーヴル美術館の廊下を歩いていると、警察が自分を捕まえに現れるのではないかとびくびくしていた。彼は人と接触する機会を怖がるようになった。絶えず警戒し、この継続的な警戒心が彼をひどく疲弊させた。

あの出来事がどのように起きたのかについてよく考えた。四十五秒とかからないうちに、自分は犯罪者になった。きっと多くの場合でこんな感じなのだろう。一般に想像されている犯罪は、個人の中でじっくり熟成し、卑劣さを繰り返しながら開花していくものと考えられているが、実は用意周到である必要はないのかもしれない。たぶんただそれが起きるタイミングを待っているだけで、ホホジロザメが波頭でサーファーを捕まえるように、表面には現れない人格の深層から湧き出てぎりぎりの状況でさっと運び去るのだ。恐らくそれは多くの場合単純な行為に過ぎず、誤った方向へ導く平凡な動きなのである。恐ろしいほど簡単に、人は運命を永遠に変えることができるのだ！

修復後、オレリアンはメディアから結果についてコメントを求められた。嘘をつき続けることは耐えがたく、時々自分が卒倒してしまうのではないかと恐れた。東京―大阪間でたった七分の遅れが出た時にすら、取り囲む記者の前で跪き頭を下げ、沈痛な面持ちで「不徳の致すところです《メア・クルパ》」と口ごもりながら涙した切腹《ハラキリ》寸前の日本のＪＲの責任者たちに自分の姿を重ね合わせた。

罪の意識に追い打ちをかけるかのように《ラ・ジョコンド》の新しい色は見事に受け止められた。ジャクリーヌ・シャンパーニュと彼女の雑誌『ル・シュヴァレ』が始めた議論は潮が引くように静まっていった。マスコミは一斉に大絶賛し、抑制した介入に難癖をつけたがる人たちもいるにはいたが、オレリアンは絵にいかなる危険も及ばないよう取り組んだと説明し、この残酷なアイロニーに苛まれた。

ルーヴル美術館の来館者数は激増した。この点からも《ラ・ジョコンド》の修復戦略は大成功だった。かつてないほど多くの熱狂的な鑑賞者が駆けつけ、モナ・リザの鮮やかな肌に酔いしれた。来館者の循環に関する課題を除けば、CAMPの予測と一致する素晴らしい結果となった。ダフネは完璧に勝利した。彼女の眩い笑みが見出しを飾り続け、LinkedInの彼女のアカウントに投稿された自信漲る引用も認めざるを得なかった。「運を呼び寄せ、幸せを抱きしめ、リスクに向かって進め。人はあなたのそういう姿を見るのに慣れていくはずだ」（詩人ルネ・シャールの『朝の人々の赤さ』からの引用）

アトリエでお披露目した時に称賛した専門家たちですら、ガラスケースの中に入れられた絵を見ても、誰もあの時の絵と違うものだとは想わなかった——ベルトランでさえ平然と観ていたのだ。美術館という文脈において、このことはとうてい想像の及ぶものではなかった。

不思議なことに、ガエタノの失踪を心配する者はいなかった。オレリアンはこの件に関わりたがらない美術館幹部をよそに、自らが不在者の代弁者となり、それが完璧にうまくいったように思えた。メディアから修復士を出すよう要求されると、彼はインタビューの矛先をいつも喜んで取材に応じた館長に向け、ジャーナリストたちはたいていそれで満足していた。少なくとも《ラ・ジョコンド》について短い取材にもまるで応じようとしなかった非協力的なイタリア人スターの取材を諦めるのに十分だった。いずれにせよ、誰もが彼が少しおかしな人物であることを知っていたし、生放送中に瞑想するひどいエピソードを思い起こせば然もありなん。

オレリアンは何度かガエタノに連絡を取ろうとしたが、修復作品の発見の翌日からずっと、オペレーターのはっきりした声に繋がった。「おかけになった電話番号は現在使われておりません」フィレンツェ一味は蒸発したのだ。ガエタノ、ジュゼッピーナ、ルクレツィア、そして、最後の女性はオレリアンに、痛ましい煩悶、燃えるような苦い思い出を残していった。

オレリアンは自身の犯行現場で生き延びるのに忙しく、ことの真相を解き明かすことは依然として困難だった。考えれば考えるほど、ずっと前から仕組まれていた計画なのではないかという仮説が頭をもたげた。オレリアンは夜な夜な洋服を着たままベッドの上で横たわると、イタリア出張から修復の最後の瞬間に至るまで、留守電に残されたガエタノのメッセージ、ジュゼッピーナの警告、彼らとの会話の一つ一つを思い返しながら、計画を追跡する手がかりと口ぶりを追いかけた。

すべてが計画されていたという考えに立つと、ルクレツィアとの短くも鮮烈な関係の真偽についても、身も凍るような疑惑が脳裏を過った。ガエタノが絵画のニスを除去している間、ルクレツィアは気晴らしのための餌に過ぎなかったのではないかという考えはオレリアンの胃を捩り、彼はフランス絵画展示室の共用トイレに駆け込んで嘔吐した。自分の親密で真剣な思いまでもが裏切られたかと思うと、イタリア人の本当の目的を見いだしたかのように彼を苦しめた。

しかし真相は深い謎のままだった。ガエタノは確かに十八世紀の修復士ロベール・ピコーについて口にしていたが、オレリアンがそこから導き出せたのは、ガエタノが誇大妄想的精神錯乱に囚われて、修復士という職業の芸術的性格の復権を目指したかったのではないか、ということだった。あるいは、オレリアンが知っていた彼の緻密な方法とはまるで違う自己流のやり方、その方法に従って動いていたのか、あるいは、世界に向けてメッセージを発信したかったのか、そうだ、恐らくそう、メッセージ、でもそれはどんなメッセージだったか？

オレリアンが絵の近くで見つけた〈これが初期状態だ〉という不可解な言葉は断定的な調子を帯びていたが、そこから書かれている以上の何かを読み取るのは難しかった。ただ、これは人類の望みというよりはむしろ個人的な熱い探求心から、芸術的かつ技術的な究極の挑戦に挑み、それを達成し得たことを讃えているように響いた。

オレリアンがこの物語の当事者であり、イタリア人の失踪を心の底から心配していたとしても、自分が犯した詐欺事件の足跡を残すようなリスクを冒してまで、警察に知らせようとは思わなかった。したがって、言いづらいことではあるが、修復士と彼のアシスタントたちが、可能ならば、このまま永久に姿を消してくれるのが彼にとっては都合が良かったのだ。

ガエタノは自分の最後の作業が無残な結果に終わったと知った時、何を思っただろう？　というのも、彼が目にしたものは、修復という名のマラソンで最終コーナーにさしかかってから準備した驚愕のバージョンとはまったく別ものだったからだ。予想とプレビューに完全に合致した適度に修復された絵画を二本のロウソクのように挟み込む大統領たちの写真を、彼が世界中の人々と同じ時刻に目にした時、椅子から転げ落ちたとしても無理はないだろう。オレリアンはこのイタリア人が、皆が熱狂しているのは偽の絵画だと言って世界に暴露しようと再び姿を現すのではないかと不安になった。しかしそれをすることはガエタノの思惑に反していた。そもそも彼が立ち去ったのは、自らの行動を説明したくなかったからなのだ。オレリアンはこの根拠のある考えにすがった。ガエタノが匿名で新聞社に投稿しないまでも、もしオレリアンが彼の立場だったらそうしたかもしれないが、似たような突拍子もない情報は編集部にたくさん寄せられていたに違いなく、情報は真剣に受け止められねばならないだろう。いずれにせよ、詮索好きのジャーナリストがどこかでコーヒーカップを手にしながら、コルクボードにピン止めされた人物写真の前で頭をかいている姿を思うと冷や汗が流れた。

結局のところ、オレリアンが願うのはたった一つのことだけだった。《ラ・ジョコンド》とレオナルドからスポットライトを逸らすこと。彼は出来るだけ仕事が正常に戻るのを望んだ。貸し出し要求は山積みで予定より遅れており、運営管理部門は絵画部門の今後の計画についても懸念を抱いていた。オレリアンは現代の時代感覚にマッチすると思い、ペルジーノ、デル・サルト、リッピの女性たちが作品に与えた影響に関する展覧会を提案したが、ダフネはそれを突っぱねた。「本気なの？　ミューズよりもっと、現代風のテーマはないのかしら？」不用意だったと彼は認めた。

仕事をしながらも、苦悩が消えたわけではなかった。なぜならガエタノは任された任務の範囲を大きく超えて、《ラ・ジョコンド》の姿を不可逆的に変質させてしまい、これは破壊行為《ヴァンダリスム》というよりも業務上過失――これはとんでもないことだった――に相当した。そしてオレリアンについて言えば、彼は意図的に絵画の最高傑作を模造品に置き換え、それ以降、恥知らずの嘘をつき続けてきたが、これは法律の観点からすれば、はるかに深刻な事態だった。そして彼はこの考えを何とか抑え込もうとしていたが、数ヶ月、一年、長くても二年すれば、人はいつかそのことに気づくだろうということは内心わかっていた。

点検の際に《モナ・リザ》が贋作であることがわかってしまうだろう。そして調査が行われることになる。彼は尋問されるだろう。他の人たちと同じように。そして、それまで何の役割も果たしていなかった監視カメラのテープを探しに行くのだ。管理室のモニターには、奇妙に変形した買い物袋に描かれたベノデの灯台が、灰色のシルエットによって運ばれていくのが映し出され、それは不自然なほどこっそりと、あまりに急ぎ過ぎているように感じられるだろう。映像が保存されていなければ良いのだが。どのくらいの期間、記録は保存されているものなのだろう？　彼はそれについて何も知らず、考えたくもなかった。

　オレリアンは国のために、ある意味、外交危機を避けるために、公共の利益のために、そして何よりも美意識を守るために行動したのだと自分に言い聞かせることで、罪の意識から逃れようとした。何十年もの間、様々な場所で虐待され、冒瀆され、攻撃され続けてきた美、誰にとっても優先事項ではなくなってしまった美。冷たい怒りが自分の内にふつふつと沸き起こり、母親の口調で内なる声が刺激されると、怒りの水門がぱっくり開くのを感じた。そして彼はあらゆる方向に向かって、思い込みの激しいどこかバカバカしい復讐心で、都市を今のような異質で未完成な集合体にさせてしまったポンピドゥー政権とジスカール政権を呪い、落書きと古典絵画、ラップとオペラ、ブレイクダンスとバレエを同列に賛美した左派のミッテラン政権を罵った。オレリアンは地球上にプラスチックの海を氾濫させた製造業者、磁気の使用を諦めたスイッチメーカー、一方を有利にさせる基準を満たすためにクロームメッキを放棄し車体デザインを犠牲にした自動車メーカー、天然無垢の木材の感触を合成ポリマーの弾力性のある感触に置き換え、卑しく安っぽい精神で、素材をＪＰＥＧでプリントし誤魔化したキッチンメーカーに同じように批判をぶつけた。彼は型崩れしたジョギングパンツや、レザースニーカーを商業化したファッションメーカー、もはや比率《プロポーション》についていかなる知識も持たず、愚かな生産主義によって人生の醍醐味となるはずの装飾や装飾品を軽蔑してさっさと処分してしまった建築家を非難した。彼は美を放棄した世間に怒りを覚えた。古色を帯び、色褪せていく美しさは、翌日になればさらに美しくなることを人は知っている。クレールの美しさ、彼女との別離から生じる神秘と豊かさにこそ、真の美があるのだ。

　何も起こらなかったので、日に日に不安は薄れていった。家にいる時、電話やドアのチャイムが鳴るたび、恐怖を感じることはあったが、それ以外にはあまり気にならなくなっていた。

未編集フィルム《ラッシュ》

修復が終わって二ヶ月が経った頃、ガエタノを追っていた撮影チームから三時間余りの最初の編集映像《モンタージュ》がオレリアンの元に届いた。まだ音楽も無く、ポスプロもされておらず、このフィルムにはアトリエで働くイタリア人のもの静かな様子や、溶剤で柔らかくなったニスをメスで削り取るやや痛々しいクローズアップショット、より広角の視点で捉えられたラボの様子が未編集フィルム《ラッシュ》のままに繋ぎ合わされていた。専門家たちが次々に登場し、刺繍の細部や消えていく輪郭、修復後に起こり得る結果の予測について、あれやこれやと雑談している姿が映っていた。明るく協調的なオレリアンの姿が何度も登場し、彼は社交的で情熱に溢れ、気配り上手で、オープンで、作品の前で心底から楽しんでいるように見えた。これが外の世界が自分に持つイメージであると思うと、彼は嬉しい驚きを感じた。

　映像が進むに連れて、ガエタノが独り言を口にするのを聞きながら、クローズアップで撮影された横顔、皺だらけの肌、仕事に集中する鋭い視線が頻繁に映し出された。質問はカットされていたため、彼が質問にきちんと応えているかどうかは定かでなかったが、それは制作側の意図したものだった。たぶんそれが起点となって、その後、彼は混乱した饒舌に委ね、ある主題から別の主題へ次々に飛び移りながら「真実を見ぬくのを邪魔する障害物」に話を戻した。ある夜、ガエタノが残した留守電のメッセージから、オレリアンはすでに彼の性格にこうした一面があるのを知ってはいたが、ガエタノに長い間抱いていたイメージとはかけ離れていた。明快でしっかりと論理を組み立てながら話し、言行一致を完璧なまでに貫く男というイメージをオレリアンは抱いていたのだ。

映像の右下隅にあるタイムコードを確認すると、ガエタノの独り言は修復作業の後半で多く発せられ、進行に合わせてその度合いを強めていくことに気づいた。すべてが聞き取れるわけではなかったが、イーゼルの前に一人でいるガエタノは嫌がらせをされていると訴えていた。美術館に意気地がないこと《サン・クーイユ》、美術館がジャーナリスト、専門家、批評家の前で頭が上がらないことを非難した。ブルジョワの文化的安らぎが邪魔されないように取り計らい、すべてが政治的であること。自分が拘束されていること。ガエタノは「もし自分の心ひとつであるなら」ということを口走ったが、その後に続く沈黙は重たい意味を持った。しかし彼は「すべて順調《ヴァ・トゥット・ベーネ》」な状態に回復したため、これらの思いは消え去ったようだった。ある時、彼は「新たな夜明けに照らされた影」について話していた。オレリアンは彼が作品造形についてのみ語っているのではなく、修復という職業について語っているのではないかと思った。

この監督は才能がわりとあったようで、ガエタノのマスクを凍りつかせた不穏で特異な表情を長回しで撮り続け、彼の言葉を見る者に印象付ける方法に長けていた。時おり、イタリア人は滑稽な拡大鏡を持ち上げると、中に自分の姿を探すかのように、狂った強烈な表情でレンズをじっと見つめた。焦点がぼやけ、ガエタノの鼻は変形し、その様子は少しグロテスクだった。

彼は地面にしっかり足を固定したくて靴を脱いだ。土踏まずと左手の関節を結ぶ運動連鎖について話をした。ガエタノはレオナルドと同じ左利きだった。自分の才能を確信し、ためらうことなく、恐れることなく、絵画に取り組んでいた。時おり、彼は手を休めて耳を澄ませた。作品に耳を近づけると、綿棒が支持体に触れる音で、残るニスの厚さを計った。彼は機械より先に結果を予想することに喜びを感じ、二十四マイクロメートルと予想すると、実際、検査技師が調べた結果、二十四マイクロメートルだった。彼は爬虫類のように舌を伸ばして溶剤を味見した。

時々、彼はくそをするぞと叫びながら立ち上がった。スツールに戻ると、自分の便について簡単に説明した。立派、脆い、捩れていた。彼は工具を手に取りながら目を細めてそう言った。彼が最初のうち何を言っているのかわからなかったが、〈俺のクソ《ミア・メルダ》〉と言ったのではっきりしたのだ。彼は頻繁に卑猥な言葉を口にした。腹へった、おっぱいが欲しい。そして、ラファエロがフォルナリーナ（ラファエロの恋人の通称。イタリア語でパン屋の娘の意）を求めるかのように切羽詰まって、ジュゼッピーナの消息を尋ねようと携帯電話を手にした。しかし、修復が進むに連れて、こうした際どい言動はほとんど見られなくなった。

またガエタノは別の面も見せていた。彼が駄弁を弄さないでいる間、滑らかで機敏な手を絵の表面に走らせながらとても素早く作業を行い、それは修復作業の最後の数週間の痛みを伴うのろさとはまるで対照的だった。驚くほど易々と、ゆったりとしながら、同時に正確な動きで、彼は溶剤に浸した綿棒を当て、溶けて柔らかくなったペースト状のニスをメスの刃で拾い上げ、布で拭くとすぐにこの催眠術をかけるようなバレエを再開した。オレリアンは彼がこんなに集中して猛スピードで仕事を進めているのを見て、ニスのすべてを取り除くのに一週間あれば十分だと理解した。

時には優雅で魅力的、時には気難しく苦悩するこの男は、ラファエロのスプレッツァトゥーラ（自分の労を見せず易々とやっているかのように見せる所作）とミケランジェロの恐るべきオーラの間のどこかに立ち、二人の間を行ったり来たりしながら、人を惑わせ、魅了した。

修復された《ラ・ジョコンド》がアトリエでお披露目された時の様子が未編集フィルム《ラッシュ》の最後に映し出された。カメラは委員会メンバーの顔を一人ずつクローズアップした。それぞれの感情は明らかだった。トラッキングショットの最後に、心からの喜びを溢れさせたオレリアンの安堵した表情と、ガエタノの深い皺が刻まれた暗い表情を同じフレーム内で対峙させ、その後、モナ・リザの笑みにフォーカスした。

オレリアンは、ガエタノの独り言、卑猥な脱線、カメラ目線など、物議を醸す可能性のあるすべてのシーンの削除を求めた。

ルーフトップ

「一時間後に迎えに来る」メディは念を押してトラップを閉めた。「馬鹿な真似はよすんだよ！」メディがそう叫ぶのを二人が聞いた時には彼はすでに屋根裏へと姿を消していた。

メディはルーヴル美術館に暮らしていた。美術館と来館者の安全を守る特別部隊パリ消防団第四十三中隊は、約十五人の消防士を美術館に常駐させていた。メディもその一人だった。火災時の作品の避難訓練計画や、《ミロのヴィーナス》周辺で起こる混乱への対処についてエレーヌの窓口となっていた。人が密集する夏場に火事が起きれば、観光客に多数の死者が出る恐れがあった。

エレーヌはメディに屋上へのアクセスを求め、彼は了承してくれた。理由はわからなかった。メディはリスクを冒していたのだ。彼女は皆が総じて彼女の願いに応えようとしてくれていることを感じていた。説明はそれで十分だった。

メディは素早い足取りで、オメロとエレーヌを連れて美術館のフロアを抜け、屋根裏部屋へと案内した。それから狭い螺旋階段を上っていくと、突然、屋外に出て呆気にとられた。足はトタンの上にあり、頭は空を向いて、驚く二人の眼下には、光で剪定された街が広がっていた。パリの街は常に予想を裏切らず、いつだって鮮烈な印象を残した。

エレーヌはゾラを思いだした。お気に入りの小説『獲物の分け前』のこと。この作品の中で、オスマン（十九世紀の政治家。ナポレオン三世によってセーヌ県知事に任命される）が大通りで都市を切り開き、サッカールはインサイダー取引でとんでもない金持ちになった。ゾラはサッカールについて「刑務所行きか、百万長者になるような名前」と形容した。そしてこの時代に、パリはパリとなり、エレーヌの目に世界で最も美しい都市となった。彼女はオスマン男爵がファラオ的な仕事をした当時、パリ市民は果たして都市改造に賛成だったのか、それともこの変化に反対していたのかを考えた。

二人はそこに佇み、静かに物思いに耽った。空気は快適で、六月に入り続いていた晴れやかな日が夕方の暖かさの中へとゆっくり消えていった。穏やかな風がエレーヌのドレスを震わせた。彼女はさり気なく着飾っていた。期待しているところがあったのだ。セーヌ川の上空で、カモメがエキゾチックな鳴き声を上げている。オメロは少し身を起こした。しばらくして彼女は沈黙を破った。

「頼まれたものを持ってきたわ」

彼女はクラフト封筒をオメロに渡した。

セルジュは何も質問しなかった。彼はテープを見もせずに取り出した。二週間分の記録に目を通すのは無理があった。彼女自身、中身を見ていない。〈パヴィオン・ド・フロール〉はエレーヌの担当ではなかったのだ。何百万もの映像が毎日サーバーに保存されている。よほどの理由がない限り、特に何か探しているのでもなければ、それを見る時間が誰にあっただろう?

彼女はオメロがそれをどうするつもりなのか、まるでわからなかった。彼は説明もせず、彼女が尋ねるとはぐらかした。いずれにせよ、彼女は断ることができず、彼と会う機会にもなったので、協力した。

「ここだけにしといてね、信じてるから」

「ありがとう」オメロは言った。彼は封を開けずに封筒を手に取った。

彼は嬉しそうだった。

二人はしばらく何も話さずにいた。彼女はトタンの上に腰を下ろした。彼女の目は燃えるような紫色の空を背景に青味を帯びた屋根が見える景色に飽きることがなかった。

「元気?」エレーヌが尋ねた。

「元気だよ」

「今も彼女と一緒なの?」エレーヌは自分が傷つくかもしれないとわかっていながら、思い切って聞いた。

「彼女?」オメロははぐらかすように微笑み、少し考えた後「いや、彼女はもう……行ってしまった」と応えた。

「行ってしまった?」

「うん、そうだと思う」

エレーヌは眉をひそめた。

「はっきりしてないの?」

「いや、わかってるんだ」彼はまるで夜明けに心安らぐ海岸の形を見分けようとする船乗りの眼差しをしながら、トタンの上を行ったり来たりした。「確かだよ。彼女は行ってしまった」

エレーヌの顔が輝いた。彼女はしばらく沈黙し、希望に満ちた甘美な幸せに身を委ねた。

「あなたはどうするの?」

「彼女に会いに行く」

希望は潰えた。


エレーヌはこの瞬間を台無しにしたくなかった。彼女は北西の方角に目を向けた。その先にあるラ・ガレンヌ（パリ郊外のラ・デファンスに近接する街）と子供の頃に過ごした家を見ていたのだろう。それはきっと夜中のある時だったに違いない。彼女はこの平和な郊外で気ままで幸せな日々を過ごしていたが、思春期が近づいた頃、いとこに誘われてパリ八区の彼女の家で週末を過ごした。父親のシトロエンBX

の窓から見える、成功と豊かさを約束する石の建物が連続する姿に、彼女は自分の住む世界の狭さと首都からの誘いの声を感じていた。いつか自分もパリに住んでみたいと思った。彼女はパリ中心部から一キロ離れるごとに人生はその輝きを失っていくという、誤りではあるが、消え去ることのない考えを育んでいた。彼女はラスティニャック（バルザックの『ゴリオ爺さん』に登場する青年）であり、ベラミ（モーパッサンの『ベラミ』に登場する美青年）であり、リュバンプレ（バルザックの『幻滅』に登場する青年）だったのだ――それにしても古典文学にはパリに上京して野心を打ち砕かれる女主人公が決定的に欠けていた。今では、友人のほとんどが緑豊かな眺めや貴重な数平米を追加できるように、高くなり過ぎた都市を離れる年齢になっていたが、彼女はまだ刺激ある都市に暮らし、働き続けていることに思春期の頃と同じ誇りを感じていた。

「それで出発するの？」

彼は笑顔で応え、彼女に微笑むと、エレーヌは解放された気分になり、ネガティヴな感情はすべて消え去った。

オメロは彼女の近くに座った。エレーヌは彼の肩に頭を預けた。

彼女は夢見心地な声で囁いた。「もう一つの別の人生で何をするのか、考えたことある？」二人は黙りこんだまま、遠くを見つめていた。

エレーヌは仕事が好きで、几帳面で真面目な性格に合う、とてもやりがいのある仕事だった。多くの人にとって、作品が社会にもたらすものを説明するのが困難な時代にありながら、彼女は作品に対する責任に深い意義を見いだしていた。そして美術館の堅固な外観とは裏腹に、そこでは常に何かが起こり、常に動きがあった。親が子供をサマーキャンプに送り出すのと同じような不安を覚えながら、準備された作品の貸し出しを行い、逆に、家族を増やす作品の買収では、新しいメンバーに居場所と心の拠り所を作らなければならなかった。そして修復では焦燥と不安が入り混じった気持ちで辛抱しなければならなかった。彼女はとりわけ大規模な展覧会の構成、細心の注意を払って行う展示、搬送係と職人たちの阿吽の呼吸、組織の厳しい仕組み、誰がいつ何をするかを最適化する駆け引きが好きだった。彼女は集団に漲る負けん気、オープニング前夜の興奮、明け方まで続く疲労感、そして一度ならず不可能を成し遂げえた時の充足感が好きだった。彼女はルーヴル美術館で働くことが好きで、美術館を我が家のように感じるのが好きだった。

「私だって同じことすると思う……」彼女はそれからためらいがちに加えた。「でも、一緒にいてくれるでしょ」

彼は恥ずかしげに微笑んだが、何も応えなかった。彼女は再び打ち寄せる悲しみの大波に必死で抵抗した。

彼女は気を取り直して言った。「それでどうするの？」

彼は彼女に顔を向けて立ち上がると、目の前にしゃがみ込んだ。

「目を閉じて」彼は優しい声で言った。

「目を閉じるの？」

「そう」

彼女は新たな〈オメロ流〉に少し不安を感じながらも面白がって従った。彼女はずっと密かにキスを待ち望んでいたのだ。

「準備はいいかい？　よく聞いて！　君は今、ブラジルのマナウスにいる」

「マナウスに……」

「そう。夕方で空気は暖かい」彼はゆっくりと厳かに言葉を発した。「君は広場を横切ると、カラフルなドームを頂くバラ色の立派な建物に向かう。君は鮮やかな黄色のロングドレスを着ている。目の前で扉が開く。それからベルベットの敷かれた大きな階段を上っていく。一人きりで」

「一人きりで？」

「特別に、君はその夜、一人きりなんだ。恋人は家にいる」

「私に恋人がいるの？」

「もちろん。そうして君は二階のバルコニー席の少し脇の方に座る。豪華な装飾天井に圧倒されながら」彼の話し振りが少し速くなった。「君は会場を俯瞰し、オーケストラと集まった人々をじっくり観察する。彼らはスーツとカクテルドレスを着ていてとても美しい。君の心はわくわくして震えている」

エレーヌはオメロの口からこんなに多くの言葉を聞くのが初めてだった。彼女は彼の深い声を満喫した。彼女は思春期の震えを背筋に感じながら囁いた。

「続けて……」

「幕が上がると、目の前に鬱蒼とした森、神秘的で深いブラジルの森が広がっている。つる植物が舞台に溢れ、色とりどりの鳥が木から木へと飛び交っている。大きな岩が真ん中に置かれ、脇には小さな滝があり、澄んだ水が流れている。滝の足元には、オーケストラの指揮者が手袋をはめた手を空中にかざしている」

エレーヌは瞼を閉じたまま、指揮者の姿を見ることはできなかったが、自信に満ちた表情で手をかざす仕草を真似ていた。

「ざわめきはロウソクが吹き消されるかのように突然止んだ。深くて、重い沈黙が流れている。今、聞いて……」

「聞いているわ、オメロ」

「フルートの音、聞こえる？　沈黙に刺さる柔らかくて熱を帯びた音。それから乱れた音が次々に続いていく。君はメロディーを聞き分ける。ハープの煌めき。続いてオーボエとバイオリン。ようやくオーケストラの演奏が始まるんだ。君は間もなく目を開ける」

「今？」

「いや、ちょっと待って！　目を開けると、彼が見えるはず」

「誰を見るの？」

「森の精霊。不思議な生きもの、牧神さ！　牧神は昼寝から目を覚ますんだ。準備はできた？」

「うん！」

「じゃあ、目を開けて！」

「開けていいの？」

「うん、開けて！」

　オメロは彫刻が施された立派な煙突に腰をかけ、伸びをして奇妙に身体をくねらせる生き物の真似をした。腕を順番に伸ばしていき、眠りから目覚める振りをした。エッフェル塔が頭上を追いかけてきた。彼が高所から少しコミカルに滑り落ちると、エレーヌは『ジャングル・ブック』に登場するクマを思いだした。彼はトタン屋根の上で軽い足取りで数歩踏み出し、その後、二回のジャンプで、屋根の周りを仕切る石の欄干に達した。彼は欄干の上でバランスを取りながら得意技を続けて見せた。彼のシルエットはマグリットの空にくっきりと浮かび上がって見えた。虚空に身を突き出すオメロを見ながら、エレーヌは漠然とした不安を覚えたが、夕方の幸福感によって霞んでしまった。彼の身振りはクラシックバレエだけでなく、コンテンポラリーダンスからも多くの要素を取り入れていた。とにかくとても個性的で妙な美しさがあった。彼はダンサーの身体つきではなかったけれど、それ以外のすべて、ああ、それ以外のすべてを持っていた！　エレーヌは笑い、子供の頃のように無邪気に大笑いした。オメロは街を支配していた。彼はドビュッシーの牧神であり、好奇心旺盛で怠惰だった。彼は人生の混沌を体現し、奇妙に輝いていた。

彼女はカポニ夫人のバレエレッスンを思いだした。水曜日の午後のトゥシューズやチュールスカート、ロッカールームの磨かれた木の匂い、父親がシニョンを結わくためのピンとネットを上手く扱えずにイライラする瞬間、そして苦労する父親を可哀想に思って手を差し伸べる母によってシニョンが出来たのでほっとしたことを思いだした。彼女はチュチュを買ってもらったばかりのオペラ座の子ネズミたち（オペラ座バレエ学校の生徒たち）の九十九%の少女たちと同じようにエトワールを夢見ていた。その夢は幸いにも七歳というかなり早い時期に潰えていた。彼女は『リトル・ダンサー』『赤い靴』、それから『フットルース』『ダーティ・ダンシング』を観た時の興奮を思いだし、すべての振り付けを暗記していた。カポニ夫人なら、オメロ流ダンスを何と言っただろうか？　指先まで意図がこもれば優雅さが出るだろう、と夫人なら言うはずだ。

オメロはしなやかな足取りで戻り、エレーヌの耳元で囁いた。
「もう一つの僕の人生で、ブラジルにいるオメロは南米一の偉大なダンサーになっている」

オマーン

　ジュゼッピーナは船に戻った。白いポロシャツとネイビーのショートパンツを着た美青年がホストカラーのモノグラムタオルを手にして彼女を待っていた。ルクレツィアはチークデッキの上に直に仰向けになって本を読んでいる。ムサンダム半島のグリーンの海がフィヨルドを縁取る山々のオレンジがかった黄土色とコントラストを描いていた。ジュゼッピーナはデッキを数歩進んでデッキチェアに腰を下ろし、陽の光を一身に浴びた。

　彼女がタバコに火を点けるとしばらくパチパチと音を立てた。彼女はパリを離れてほっとしていた。パリではずっと神経質になっていたのだ。パリは評価されすぎだ。五分くらいいるのは良いけれど、結局、太陽が恋しくなる。陰鬱な表情に、灰色の屋根。精神科医はきっと商売のネタに困らないだろう。それに、パリはガエタノを危うく殺すところだった。彼女は恋人を失うと思い、色彩に溺れた彼を絵の中で失うだろうと思った。今までにも複雑な作業をしてきたが、今回は危うく命を落とすところだった。すんでのところだった。

　彼女は至高の幸福感に浸りながらタバコをふかした。本当にタバコが美味しかった。禁煙などとても出来ない。彼女はオレリアンを不憫に思った。彼女は心配で、オレリアンに声をかけていた。ガエタノにばれないことを望みながら。オレリアンの疲弊した表情から、彼が自分の任に堪えられず、恐らく《ラ・ジョコンド》に手を入れて欲しくなかったことがわかった。彼女は慰めるためにオレリアンの髪に手を通してあげたかった。彼が自分を見る視線が好きだった。彼の純粋な眼差しには欲望が宿っていたけれど、彼はそれを感じてしまう自分を煩わしく思い、それを認めたがらなかった。オレリアンは今とても困っているはずだ。彼女は深くタバコの煙を吸い込んだ。本当に困っているはずだ。

ガエタノは舷窓から顔を出し、下にいる彼女たちに向かって叫んだ。「さぁ、あと五分だよ！《ラガッツェ、トラ・チンクエ・ミヌティ》」

彼は彼女に微笑みかけた。彼女は目を閉じた。暑さのせいで快感が身体中を駆け巡った。彼女は美しくも悲劇的な二人の最後の情事を思い出していた。彼女はアトリエで青ざめたガエタノを見つけ、彼は作品の前で黙ったまま、猛烈に観察し過ぎていたために、自分自身が化石となり、たぶんもうそこにはいなかったのではないか。彼が目を開けたまま死んでいると思った。彼女は彼の股間に手を置き、もう一方の手で頬に触れた。彼女は囁いた。愛してる、戻ってきて。彼は動かなかったが、硬くなっているのを感じた。彼女は彼のベルトを外して解放し、スカートをたくし上げ、こっそりと下着を脇に除け、彼の上に滑り込んだ。彼女は絵のせいで少し動きにくく、動きを抑えていた。いずれにせよ、それは天国に昇る行為ではなく、死んだ者を生者の中へと呼び戻す行為だった。それを救出作戦と呼んで差し支えないだろう。何回か痙攣が起こり、彼女は彼からかすれたオーガズムのうめき声を引き出した。その時、彼女はミイラとセックスをしているように感じた。そして彼がとても年老いていることに気がついた。

ガエタノの声で彼女は我に返った。彼はいらいらし始めていた。

「今行くわ！《アリーヴォ》」彼女はタバコの火を消した。ルクレツィアも推理小説から目を離さないまま物憂げに立ち上がった。パリを発ってからというもの、ルクレツィアの表情にはメランコリックな霧がかかっていた。もし彼女がいなくなってしまったら、ジュゼッピーナは寂しく感じただろう。

二人が階段を数段上った先の、船のデッキを見下ろす大きなパノラマラウンジにガエタノがいた。船員が飲み物を持って来てリモコンを操作すると、天井から自動で黒いパネルが降りて来た。ガエタノは滑らかな革のシートに沈みこんだ。痩せてはいたが、体調は良さそうで、自信溢れる笑顔を見せていた。二人は彼の隣に座った。画面がちかちかした後、一瞬固まり、アルジャジーラの女性アナウンサーが見出しを読み上げた。王子の娘の誕生、原油価格の安定、修復された《ラ・ジョコンド》のガラスケースへの帰還の順だった。

王子の娘はサルマと名づけられ、体重は3・2キロあった。ジュゼッピーナはお腹を撫でた。まだ話すには時期尚早で、今はその頃合いではなかったが、彼女はアントネッラという名前を気に入っていた。彼女は何度もその名を言い聞かせた。男の子だったら、ラファエロにするつもりで、というのも、これほど美しい名前も、これより優れた画家もいなかったから。しかし彼女には女の子の予感があった。彼女は物思いに耽っていて、ニュースが頭に入って来なかった。赤ん坊と原油価格の話題が終わると《ラ・ジョコンド》に移った。彼女は背筋を伸ばして座り直すと、ガエタノのうなじに指を這わせた。

自分たちがいた場所だ。

カメラはまずルーヴル美術館の中庭と、輝くピラミッドのパノラマ映像を見せた。アラビア語のコメントにいくつか馴染みのある単語があり、ジュゼッピーナはいつかこの言葉を話せる日が来るのだろうかと思ったが、見通しは怪しかった。それから二人の国家元首が《サモトラケのニケ》の下で握手を交わすと足取りを合わせて階段を上る姿が映し出された。オレリアンの姿が画面上に現れた時には、胸が締めつけられたように感じた。彼はマイクに向かって二言三言、言葉を発し、興奮した様子を伝えようとしていたが、逆に彼は不安げに見えた。彼女は少し気恥ずかしさを覚えた。

集まる人々の中に、モニカ・ベルッチの聖母のような顔が覗いた。今、関係者たちは手すりの後ろに群がり、出来るだけ作品に近づこうとせめぎ合っていた。いくぶん滑稽な映像だった。搬送係がガラスケースを開けた。刺激的だった。罪悪感も伴って、刺激的だった。カットが入り、それから《モナ・リザ》がクローズアップされた。

こんちくしょう《ポルカ・プッターナ》！　これはいったいどういうことだ！

テレビの前で一斉に雷に打たれたのかと思った。唖然として口を開け、目をかっと開き、呼吸は途切れた。心臓がここから出て行けと言わんばかりに胸を打ち鳴らし、硬直した手足はコントロールの利かない痙攣を起こしていた。状況の理解出来ない二人の女性は深淵に突き落とされ、不安げな様子で視線を交わすと、青ざめたガエタノを振り返った。二人とも、修復作業を終えた《ラ・ジョコンド》を見ていなかったが――ガエタノは一人で作業をしていたから――、予想していたのとはまるで違っていたのだ。それはガエタノの語っていた作品とは違っていた。彼は修復後の絵は完全に別物だと言い切っていたのだ。セルリアンブルーの空、新鮮なピンクを帯びた肌、ヴェネチアン・アンバーの巻き毛、見事な立体的効果、そこから生じる鮮烈な真実について、彼は熱く話していた。これらの色を見なくちゃいけない、色がすべてを正当化するとガエタノは主張し、大きく円を描く身振りをした。しかし三人の見ていたテレビに映しだされていたのは、代わり映えのしない控えめな装いの、臆病で取るに足りない輝きに過ぎなかった。

何が起きたのだ？

ガエタノは瞼を閉じて、まるで船室の空気をすべて吸い込むと決めたかのように、ゆっくりと、とても深く呼吸をした。ジュゼッピーナは膨らんだ彼の鼻孔に空気が際限なく流れ込む様子をありありと思い描き、いったいそれをどこに溜めておけるのだろうかと不思議に思った。無限に思えた。彼はようやく息を吐き出した、いや正確には、息を吹き出していた。最初は冷ややかな笑い、続いて神経質な笑いに変わり、精神錯乱一歩手前で何とか堪えていた。彼が矛盾する無数の感情に打ちのめされているのが見て取れた。地中海の風のように、彼の気分は変化した。

ガエタノが呟いた。「オレリアーノ……」

激情が収まったように彼は跳び起きた。ジュゼッピーナは彼の肩に手を置いたが、乱暴に振り払うと、決然とテレビを消してデッキに出た。彼女たちは茫然自失のままパノラマラウンジの窓からガエタノを眺めた。彼は乱暴な足取りでチークデッキの上を叩きながら船の前方に進んだ。ポロシャツを脱ぐと、残りの服も全部脱ぎ捨てた。彼は船首まで進むと手すりを乗り越えた。二人の女性は駆け寄ったが、数メートル手前で立ち止まった。ルクレツィアは彼の方に近づこうとしたが、ジュゼッピーナが制止した。イタリア人は甲板の手すりにつかまり、傾いた裸の身体を斜めに空中にせり出し、筋張って乾いたその船首像はオマーンの海の暖かい風に吹かれた。彼が手を離すと前方に傾き、彼女たちの視界から消えた。

モナ・リザの表情の上で時間が止まったように、彼女の微笑が現れようとしているのか、消えていこうとしているのか、どこに向けられているのかわからず、まさにこの瞬間、同じような不確実性がガエタノの存在を包み込んだ。ジュゼッピーナはルクレツィアの肩が自分の肩に押しつけられるのを感じた。二人は近づくと、正面の手すりの向こうに頭を突き出した。波紋の穴は塞がり、船体の動きが起こす静かな波ですでに覆われていた。彼女たちの眼差しは不思議な渦を描く緑色の海中をくまなく探し、不安で際限のない時間が刻々と過ぎていった。

ジュゼッピーナが彼を見つけた。あたかも辺獄《リンボ》から現れ出るかのように、海の奥底からガエタノのウナギのような身体が水面に浮かび上がった。船首から数十メートル先のところで、たくさんの泡の中から現れた。彼は一方の腕を大きく回し、もう一方の手は力強い流れで水中をかいていた。彼は無限のターコイズブルーに白い溝を掘っていた。海のキャンバスにメスの跡をつけたのだ。

グリーンツーリズム《ラグリトゥーリズモ》

オレリアンは入り口前の石の階段に出ると、中庭から丘のふもとまで、ブドウの木の間を曲がりくねった道がジグザグに続いているのが見えた。彼は今でも時々この道を不安げに眺めた。この道を通じて自分の運命に混乱がもたらされるのではないかと考えた。ここは数年前、黒い肌をした肥満気味の背の低い男が上って来たところで、男は紫とターコイズブルーを大胆に組み合わせたプーマのナイロン製トレーニングウェアを着、肩から斜めにスポーツバッグをかけていた。オレリアンはその男の奇妙な印象を思い出した。毅然とした足取りは速く、バカンスに訪れた人たちとはまったく違っていた。バカンスの客は道を上る時、次々現れる景色に感嘆の悲鳴を上げ、息を切らして汗をかき、喜びと疲れを感じていたのだ。しかし、その男は自信を持って疲れを知らずに前進し、たちまち目の前に飛び出してくると、あと数センチというところで立ちどまり、オレリアンは近すぎると思って半歩後ろに下がった。男は何も言わずにオレリアンを見つめると、礼儀正しく、いたずらっ子のような笑みをちょっと浮かべたが、その意味を解読するのはほとんど不可能だった。長くてばつの悪い時間が過ぎ、オレリアンはとうとう彼に何をして欲しいのかを尋ねた。男は返事をせず、笑みを浮かべながら素早くオレリアンを迂回すると、半開きのままになっていたキッチンのドアから家の中へと入っていった。オレリアンは急いで後を追ったが、男の動きは素早かった。男はダイニング兼リビングルームとして使われていた広々とした涼しい部屋にいた。そしてその空間をぐるっと眺め渡すと書斎に通じる通路に気がついた。オレリアンが制止する間もなく、男はその通路を抜けて彼女を見た。彼女は男の目線と同じ高さの壁龕《へきがん》の中で、空から神の指が射すような北方の光束に照らされていた。

男は怯えたように後ろに跳ねて退き、膝をついた。彼の視線は信じられないといった様子でオレリアンと絵の間を何度も行ったり来たりした。彼は気持ちを高ぶらせて目を輝かせていた。しばらく沈黙に耽り、表情は純粋な至福の喜びで満たされていた。オレリアンは冷静に状況を理解しようとした。そして後ろの暖炉に立て掛けてあった銅製の火かき棒に近づいた。男は彼の行動を察知して思いとどまらせた。「そんなことはよした方がいいですよ」、男は完璧なフランス語で簡潔に言った。それがたとえ良くないアイディアであったにせよ、オレリアンはどうしてそれを踏みとどまったのか自分でも理解できなかった。男は立ち上がると絵から数センチのところまで近づいた。ためらいがちに手を伸ばし、触角のような指先で極めて慎重に素材をかすめた。「わかっていた」男は呟いた。オレリアンは変な気恥ずかしさを覚えて視線を逸らせた。「この色……彼女はまったく違うのに、すごく似ている。すごく似ているのに、まったく違う」彼は呪文のように何度も言葉を繰り返した。すると突然、彼は向きを変え、本来の落ち着きを取り戻した。

「僕は毎日彼女と会いたい。そのためにここに住むつもりです。宿泊代は払います。毎日、一人で、彼女と一時間過ごします。二人きりで」彼は絵を指さした。「例外なく毎日。これが条件です。交渉の余地はありません」

「なぜ私がそんなことを許可しなくてはならないのでしょう?」オレリアンは応えた。

「なぜ許可しないのですか?」男はそう言い返すと、バッグから四つ折りにした紙を数枚取り出した。印刷された画像にさっと目を走らせると、肩にショッピングバッグをかけた自分がふらふらとアトリエから出て行く姿を認めた。

オレリアンの表情がひきつった。

「どうやってこれを見つけたんですか？」彼は口ごもると、すぐに自分の言葉を悔いた。

男は何も応えなかったものの、あたかもオレリアンを理解できるかのように、まるでこの狂気の沙汰を理解できるかのように、そのような宝物を盗んでそれに値するすべての愛を惜しみなく捧げるために自分の手元に留め置くことが出来るなら、まるでそうすることがごく自然で最も賢明なことであるかのように、オレリアンに微笑んだ。

オレリアンは申し出を受けるしかなかった。そして敷地の隅に借りていた小屋の一つを貸し与えた。〈グリーンツーリズム〉でいっぱいになる夏になると男は野外のハンモックで寝ることにした。最初の幾晩かオレリアンは火かき棒を何度も頭に過らせながら男を殺すこと、男の身体を酸に浸すことも考え、厄介払いのための計画をいろいろ練っていたが、それらはとても可能だとは思えず、この侵入者にどう対処すべきかわからなかった。それに、男は控えめで感じが良く、愛想の良い丸顔には好感が持てた。信頼したいと思わせる顔つきだったのだ。彼は最初の頃、近隣のワイン生産者のところで繁忙期のアルバイトを見つけた。それからオレリアンはいくつかの些細な仕事を担わせ、男は徐々に小さな土地の維持に専念するようになった。二人は仕事を分担した。草むしり、ツゲとオリーヴの木の剪定、バンガローでの様々な日曜大工、子供たち向けのプールに使っていた石の受水盤の掃除、丘の中腹の斜面にある芝の草刈り。男は芝刈りトラクターをアクロバティックな巧みさで運転することに特段の喜びを感じているようだった。二人は互いが負担にならないように気をつけ、身振りも言葉も控えめにしながら一緒に暮らした。彼らは自分たちの過去についていっさい話さなかった。話したところで、いったい何になろうか？

毎晩、十七時頃、男は書斎を訪れた。オレリアンは善意から歓迎の気持ちで、わざと扉を少し開けたままにしておいた。いずれにせよ、男はそこに入るのにオレリアンの許可を求めなかったのだけれど。オレリアンは自らを安心させようと一度儀式に参加したいと思ったが、自分の存在が望まれていないことを察した。そこで彼はいったん立ち去る振りをしながらそっとその場に戻った。そこで見たのは祈りのような、正確には、瞑想とも、トランス状態とも違う、むしろ穏やかで熱を帯びた鑑賞のようだった。いずれにしてもその男の態度からは絵画を危険にさらすようなものはいっさい感じられなかった。オレリアンは彼が一人きりでいることの必要性を理解し、以降、それを尊重した。

なぜならオレリアンは《ラ・ジョコンド》が一対一の親密な状態で鑑賞されることを前提として描かれており、二人ではすでに一人多いことを知っていたからだ。彼は観光客のひと目見たいという欲求から《ラ・ジョコンド》を救い出し、たった一人に身を捧げることで、本来の存在理由を見いだしたのだ、という思いに至った。

発見の翌日、オレリアンはその輝かしい色をまとった絵を二度目に見た瞬間から、自分は今までに一度だってこんなに絵を好きになったことがないと感じるほど、この絵を好きになるだろうと確信した。それでも、取り替え計画を諦めることができなかったのは、恐らく無意識のうちに大衆の不誠実で無関心な視線から《ラ・ジョコンド》を救い出したいという願いをすでに心の内に抱いていたからだろう。

何ヶ月にも亘《わた》って計画は熟成し考え抜かれ、「もし」や「ひょっとしたら」という疑問を自らに問いかけた。そしてある日、彼は決心した。マルブランシュ通りのアパルトマンを売りに出し退職することを。

彼は大臣の言葉を思い出した。「ここまでやっておいて、このまま行かせるわけにいかないでしょう！」数週間後、彼女は彼のジャケットの襟に芸術文化勲章のメダルをつけた。「フランス国家の名において、ありがとう」彼女は感動を隠さずに囁いた。「これからどうするの？」という質問には、研究に専念するつもりですと応えた。大臣はうなずいた。わかりました。研究はもちろん重要です。研究者は必要ですが、それにしても残念です。彼女は長い間彼を両腕で抱きしめた。あたかももう二度と会えないのではないかと予感しているかのように。オレリアンは密かに彼女に深い愛情を感じていた。

ルーヴル美術館の同僚たちが〈国家の間〉で別れのパーティーを企画してくれた。ダフネは彼の緻密さと実入りの少ない遅々たる仕事ぶりを表現巧みに褒めそやしながら、結局は褒め言葉とも穏やかな叱責ともとれるような言葉を並べた。それから、誰もが偽の《ジョコンド》の前で握手を交わしに来た。時おり、彼女の方を振り向いて「よくやったね！　心からブラボー！」と言った。彼はこれらの言葉に後ろめたい気持ちを抱きながら頷いたが、皆はそれを彼らしい謙虚さと受け止め、好感を覚えた。その日の彼は自分で想像するより、皆に愛されていると感じた。

〈国家の間〉を去る時、オレリアンは《モナ・リザ》の複製画を最後に見ながら、デル・サルトがラファエロの描いた《教皇レオ十世の肖像画》の完璧な模造品を作成し、ジュリオ・ロマーノ（ルネサンス中期の画家、建築家）がそれを発見した時に口にした言葉を思い出した。人のやり方をここまで模倣する才能があることにおいて、私はこの作品をオリジナル以上に評価する。ヴァディムは本当に素晴らしい仕事をしていたのだ。

　別れのパーティーの翌日、オレリアンは〈ポルト・デ・リオン〉からその他の私物と一緒に、本物の《ジョコンド》を持ち出した。可笑しくも皮肉なことに、彼が靴ひもを結んでいる間、受付係が絵の入ったバッグを持っていてくれた。同日の夜、バルヌが彼にメッセージを残した。相当額でアパルトマンの買い手が見つかったことに驚いたと言う。契約書はすぐに署名され、オレリアンは売却を待ちながら私物を片付けた。所有するほとんどの本は安価でジベール・ジョゼフ（学生がよく利用するパリの古本屋）に譲った。ダ・ヴィンチの『絵画論』、ヴァザーリの『芸術家列伝』、ボッカチオの『デカメロン』の旧版は手元に残しておいた。オークションにかけられたささやかな作品コレクションはサンギーヌ（赤みを帯びた色で彩色されたデッサン）や、小ぶりの絵画が二つ三つ、ベルナール・パリッシー（ルネサンス期に活躍したフランスの陶芸家）の皿で、結構な金額になった。彼はこれらで得た収入をいくつかの口座に振り分けた。質素に暮らすことで、貯蓄に余裕を持たせたのだ。


　彼は新参者としてここにやって来た。土地を探すためにこの地をしばらく旅して回り、そしてルチアーノとモンテマーニョの間のモンタルバーノの高台にあるこの農地を見つけた。ここが、ガエタノが子供の頃に住んでいた家でなかったかと想像するのが好きだった。土地の端にいくつかのバンガローを設置した。バンガローはキットで届けられると、無口で慎重な三人の若い男によって五日間で組み立てられた。芝と数本のオリーヴの木を植え、受水盤を改修してプールを作った。オメロがオレリアンを見つけた時、彼は《ラ・ジョコンド》と一緒に幸せな極貧生活を送っていた。

　オレリアンはインターネットの貪欲で尽きることのない大波からその絵を避難させ、刻一刻と世界中の人々に容赦なく降り注ぐ視覚の洪水からそれを遠ざけることに成功したと思い、微笑んだ。

彼はこれこそまさにレオナルドを恐怖させたもの、つまり画家が終末をもたらすものと信じていた洪水であると考えた。恐らくこの洪水はダ・ヴィンチが人生の晩年にクロ・リュセ城で描いたような、荒れて泡立つ水の横溢ではなく、目が離せないほど豊かで濃密な連続するイメージの奔流だった。何十億もの形と色、何十億ものピクセルが、気を惹き、驚かせ、絶えず魅了するように構成され、人々は無尽蔵で消化しきれない圧倒的な流れに襲われ、世界の一部であることを放棄しない限り、この消化不良から逃れることができなくなった。そしてこの洪水は、人類、人類の知性、生きる力や存在する力、考え、感動し、愛する能力さえ奪っていくだろう。それは人々を現実から引き剝がし、二度と顔を上げる必要がないように、首を曲げ、永久に視線を一方向に固定させて画面を通じて見ることを強いるのだ。

オレリアンは子供時代のノートを思い出した。当時の彼は視覚創作物のすべてを貪欲に自分のものに出来ると信じていた。そして今、彼はこの飢餓感をたった一つの作品に向けられると思い、再び微笑んだ。この絵で十分なのだ。彼はこの絵を見るたびに自分を驚かす何かを見いだしていた。

修復された絵画の眩しさから人類を守りたい、人々にショックを与えたくない、と自分に言い聞かせながら、オレリアンは良心の呵責にさいなまれないようにしてきた。しかし今では人々がすべてを飲み込んでいくように、このことも消化していくだろうとわかっていた。ペイのピラミッドとビュランの円柱はそれを証明していた。恐らく《ラ・ジョコンド》の新しい色の場合でも同じことが起こるだろう。

オレリアンは渓谷を眺めながら思考を巡らせた。松と刈り取られた草の匂いが鼻孔の奥を刺激し、芝刈り機のモーター音が止むと、自然はいつもの静寂に戻った。そよ風がホオズキの花を揺り動かし、空っぽの軽い殻が茎から離れて地表で旋回した。暖かい気流の熱風に乗ってトビがさりげなく優雅にゆったり漂っていた。今夜は誰もこの道を上って来ないだろう。辺りには美がいたるところにあり、限りがなく、永遠であり、美を損なわせるものは何一つ無かった。イトスギは垂直に立ち、洗礼者の指と同じくらいしっかり天を指していた。丘の中腹のブドウ畑の先には川や植え込みがあり、赤いレンガ屋根の集落に続いていた。遠くではアルノ川が谷底を蛇行しながら流れていた。オレリアンの目前にはレオナルドの絵にあるような原始的な風景ではなく、人間の進歩に合った、豊かで安心感のある手入れをされた景色が広がっていた。

それでも、修復された《ラ・ジョコンド》の背景とオレリアンの目前に広がる風景は同じ光、同じ神秘的な明るさ、同じ天上の雰囲気を宿していた。レオナルドの意図をあれほど忠実に再現できるのはトスカーナ人だけだった。トスカーナの空の無限の光のニュアンスを故郷の自然の起伏に転写するには、巨匠の目に彼《ガエタノ》の目を合わせる必要があった。彼《ガエタノ》の目はこの楽園《ペイ・ド・コカーニュ》に何千回も陽が上るのを見てきたはずである。黄金の光が空を抱きしめ、水を輝かせ、山々の頂上に反射し、丘の斜面では惜しみない光合成を行い、その粒子を生命の色で満たしたに違いなかった。時間が不透明な霧で覆っていたものを世界に向けて明らかにし、夕暮れを昼に置き換えるために、ガエタノはここで生まれなければならず、絵を損なうことなく、絵に真実を取り戻すために、芸術の天才でなければならなかった。

するとすべてが腑に落ちた。若い女性の慈悲深い微笑は輝く光へと導かれ、彼女の自信と魂の静けさが現れ、輝かしい未来の希望へと導いた。

喜びの約束へ。

喜びの約束《ウナ・プロメッサ・ディ・ジョイア》。

オレリアンはもう少し待った。するると突然、空が赤く染まった。目の前で微笑む緑のトスカーナに太陽が沈んでいった。

謝辞

私は最初の読者であるオロールとバンジャマンに感謝したい。二人の絶対的な支援によって、この本を出版するに至った。フィリップの歓迎と信頼に、そして編集部のブノワ、メラニー、テレーズ＝マリーに、それから、レオナルド・ダ・ヴィンチへの情熱を伝えてくれた父に感謝したい。

学芸員の仕事や作品修復に関する特有の課題について、寛大に教えてくれた学芸員たち、《ラ・ジョコンド》を見守るルーヴル美術館の学芸員ヴァンサン・ドリューヴァン、オルセー美術館の学芸員ポール・ペランとマリー・ロベール。また修復技術について教示してくれた修復士のソフィ・ド・ジュシノーとオザンヌ・ダランティエールに感謝したい。

最後に、感謝という言葉ではとても伝えきれないエレオノールに。忍耐強さ、信頼、愛を通じて、彼女は私を毎日明るくしてくれた。この本は彼女に多くを負っている。私もまた。

訳者あとがき

二〇二四年夏に行われた雨降りしきるパリオリンピックの開会式は、その演出について世界中で物議を醸したが、フランスの歴史や文化的背景を知らなければ理解し難い面もあり、過去と現在を突き合わせながら敢えて議論を巻き起こすような刺激的な表現も含まれ、ある意味、とてもフランスらしい演出だったと言えよう。覆面を被った謎の聖火ランナーがルーヴル美術館の屋上からギリシャ彫刻の並ぶ〈カリアティードの間〉へと侵入し、ルーヴルが誇る彫刻や絵画の傑作群、《サモトラケのニケ》や《ミロのヴィーナス》、ラ・トゥールやアングルの作品の前を次々に通り抜け、辿りつく先は〈国家の間〉。しかしそこに展示されてあるはずの《ラ・ジョコンド》は作品を覆う分厚い防弾ガラス製の展示ケースが破壊され、そこにない。この演出は本作にも詳細に描写される、一九一一年に起きた「モナ・リザ盗難事件」からの着想だ。

この事件によって《モナ・リザ》は《モナ・リザ》になった。

『モナ・リザのニスを剝ぐ』は世界で最も知られる美術館が舞台の、世界で最も知られる絵画《ラ・ジョコンド》の修復を巡る物語。舞台は〈芸術の都〉パリからルネサンス発祥の地〈花の都〉フィレンツェへと続き、現在と過去を巧みに織り交ぜながら、歴史的資料に裏付けされた知識とユーモアのバランスが絶妙で、読者を小説世界へと力強く引きずり込んでいく。
ルーヴル美術館の絵画部門ディレクターである学芸員のオレリアンは、マーケティングの女王として知られる新館長ダフネから《ラ・ジョコンド》の修復を命じられ、途方に暮れる。《ラ・ジョコンド》は制作から長い年月を隔て、表面を覆うニスの酸化によって緑がかり変色していたが、今までに何度も修復の話は持ち上がっていたものの、本気でこの仕事に向き合おうとする館長はいなかった。失敗は絶対に許されないのだ。修復士候補の選定が思うように進まず、暗礁に乗り上げる中、オレリアンは天才修復士として知られるガエタノ・カザーニに会うためにフィレンツェに向かい、いよいよ《モナ・リザ》の修復に取り掛かる。

　これがこの小説の本筋になるのだが、副筋として並走するのが、オメロの物語だ。彼はブラジル人の父親とモロッコ系移民の母親との間に生まれた子で、父親は早々に母と子を捨てて姿を消し、母親はオメロがまだ若い頃にガンで亡くなった。身寄りのない孤独なオメロは無口で自分の世界に籠もりがちであったが、不幸な境遇を他人に見せることもなく、母親の家政婦の仕事を引き継ぎながら、パリの裕福な家庭で執事のような仕事を真面目にこなし、ひょんなきっかけからルーヴル美術館の清掃員の職を得ることになる。そこで美術作品の傑作と触れていくうちに至高体験を繰り返し、やがて《モナ・リザ》と恋に落ちる。そしてオレリアンとオメロというまったく異なる人生を歩む二人の人間ドラマが小説のラストで交わり、思いもよらぬ結末を迎える。

　冒頭近く、ビヨンセを髣髴とさせる現代のスーパースターが、五〇〇年前に誕生したスーパースター《モナ・リザ》に対峙する場面が印象的だ。作家の念頭にあるのは、実際にルーヴル美術館を貸し切りにして撮影されたビヨンセ&ジェイ・Z——ザ・カーターズ——の、六分余りのミュージック・ビデオ『エイプシット（APESHIT）』（二〇一八）。この映像はビヨンセ&ジェイ・Zの二人が《モナ・リザ》と向き合い、三者でトライアングルを形成する意味深長なシーンで幕を閉じるのだが、小説内の異教の巫女のようなスーパースターの踊りの描写を、映像と比べてみるのも一興だろう。

エマニュエル・マクロンと思しきフランスの若き大統領は装いを新たにした《モナ・リザ》を前にイタリア首相と肩を並べ、健脚を活かして颯爽と欄干を飛び越え、往年のバラク・オバマのごとく若さをアピール。ディオールに復活した想定のデザイナー、エディ・スリマンが眉無しモデルを起用してクロ・リュセ城で秋冬コレクションを発表すれば、《ラ・ジョコンド》を運ぶ搬送係の作業着はジャックムス。遊び心に溢れたこうした同時代的で洗練された描写も、アートディレクターである作家ポール・サン・ブリスならではの作品の魅力の一つとなっている。

この物語には絵画を始め美術作品が随所に溶け込み、全編を通じて壮大な絵画を見ているような気分にさせられる。五十五から成る短い章に付されたタイトルも全体を俯瞰して見れば、《ニスを剝ぐ》という大きな主題に纏められた、絵画のタイトルのようにも思えてくる。ポール・サン・ブリスはキャンバスの上に繊細なタッチで色付けし、様々な色を重ね、絵画を描くかのように小説を書き進めていく。自責の念に打ちのめされたオレリアンはルクレツィアの肌に癒しを求めるが、そこにいるはずの彼女はもういない。パリ十七区の外れを途方に暮れてさ迷い歩くオレリアンの目に飛び込んでくるのは、夜に抵抗していた〈緑〉。大きく穴の空いたゴミ箱の緑、ひっくり返った工事用フェンスの緑、運命に見放され骨抜きにされたヴェリブやキックボードの緑。そして彼は闇夜で赤と青に明滅する少女のバスケットシューズの光を追いかけながら、やがて聞いたことのない音楽の鳴り響く、老若男女で溢れた異様な空間、異世界に紛れ込む。眼下に広がるのは隔ての無い肉体の塊。それはダ・ヴィンチの《アンギアーリの戦い》、あるいはティントレットの《天国》の世界。

所蔵作品数、来館者数、総面積、どれをとっても世界最大規模を誇り、二千人を超える職員を擁するルーヴル美術館は世界トップの知名度を博し、さらにその花形である絵画部門のディレクターを務めるのがオレリアンだ。彼はコンサルタントによる怒濤のプレゼンテーションに気持ちが落ち着かない。煙に巻き、不安を煽りたてるコンサルタントのジャルゴンやアングリシスムの雨あられ。目もくらむような時代の変化から自らを守るために入職したはずのルーヴル美術館で、まさかこんな意味不明の言葉に振り回されるとは……記憶の番人であるはずの、作品と静かに向き合い、忙しない日常から時間を取り戻す空間であるはずの美術館が、時代の変化からもはや逃れることができない。変革の大波は〈ナッジ理論〉を身に着けた極めて現代風の女性新館長の姿をして、あるいは頭脳明晰集団マッキンゼーの姿をして、ダムが決壊するがごとくに押し寄せる。

館内での滞在時間を短縮するための、人流をスムーズにする多様な提案がコンサルタントから次々と繰り出され、オレリアンは頭を抱えるが、《ラ・ジョコンド》を前に来館者が長蛇の列を成し、自撮り棒を振りかざしてごった返す実態を鑑みれば、あながち的外れな提案でもなく、オレリアンの同僚たちは心乱さず話を受け止めている。オレリアンは変革の大波の中でもがき苦しみ、海中でバタバタと腕を滑稽に振り回し、意識を失う寸前、見上げるのは波で歪んだ、ゆらめく、ふにゃふにゃしたポテトチップスのような太陽だ。

世界中の優れた頭脳が、SNS、アプリ、プラットフォームの開発に勤しみ、しのぎを削る3・0時代において、情報伝達のスピードはコミュニケーションの質に劇的な変化を与え、時間の質そのものを変えていく。生活様式が変わり、ものの見方が変わる。そのスピードはあまりに速く、その渦中に生きる我々がそれと気づかないほどだ。ゾエが無限に続く画像の列を親指でどんどんスクロールしていくように、過剰に溢れるイメージの洪水は我々をいったいどこに導いていくのか。現代社会において、果たして〈美〉はどこにあるのか。イメージが次々に消費されていくこの世界から、ルネサンスの傑作のように、後世五〇〇年後まで生き残る作品は誕生するのだろうか。美術館の在り方はどうだろう。抵抗は可能なのか。ルネサンスが起きた時の、産業革命が起きた時の、それに匹敵するくらいの、あるいはそれ以上の圧倒的な変化が、今、起こっている。「美術館は社会を映し出す鏡」と作家はインタビューで応えているが、当作品の捉える射程は美術館を大きく超えていく。

本作にも引用されるダ・ヴィンチの言葉「知れば知るほど好きになる」にある通り、芸術を愛するためには知らなければならない。この知識を前提とする発想はオレリアンのような美術館の学芸員の仕事、美術愛好家、さらには今でも世界中に読者を持つ『美術の物語』の著者、美術史家エルンスト・H・ゴンブリッチの仕事の根底に流れるものである。しかしヴィヴァルディを聴きながら〈カリアティードの間〉を自動洗浄機に乗って縦横無尽に駆け抜けるオメロは、キャプション、音声ガイド、書籍などの知識とは全く無縁に作品と対峙する特異な存在だ。彼は本能的に、衝動的に作品を感じ、心を躍動させ、生命力を漲らせ、やがて恋にまで落ちてしまう。通常、鑑賞者が美術作品に向き合う時、内面に感情を波立たせる等、受け止める側に変容を引き起こすが、オメロの場合、自らの変容だけでなく、眠り込んでいた彫刻群に次々と息吹を吹き込んでいく。オメロの興奮、歓喜と共に彫刻たちが騒めき、一緒になって踊り始める姿は圧巻という他ない。オメロは美術作品との超越的な親密体験の中で、二千年の歳月を超えて作品たちと魂を交流させる。その姿はオレリアンが芸術作品を愛する姿とは対照的である。

ここで、ルネサンスの父と称されるジョットの作品を前に「ファッキン・レーザーズ！」と口走るアメリカのスーパースターの姿を思い出してもらいたい。彼女はオレリアンが絵画の解説を始めようとすると、自ら絵画部門ディレクターの同行を要請していたにもかかわらず、あろうことか唇の前に人差し指を当てて解説を拒否、《モナ・リザ》を前に身体を揺らし踊り始めるのだ。思わず吹き出してしまいそうなコミカルな場面であるが、とても象徴的なシーンとも言える。

他方で、歳を重ねても尚、アポロンのように鍛え抜かれた、オリンピック選手のような身体を持つガエタノは、修復に着手する前に作品を愛撫する。彼は長い指で絵の素材に触れ、絵画の表側と裏側をゆっくりなぞり、画板に耳を当て、匂いを嗅ごうとさえする。挙句の果てには修復中の《モナ・リザ》の前でセックスを始めてしまうのだ。ガエタノが絵画と向き合う仕方は、先の二人と違い、より直接的で、肉体的、官能的だ。三者が美術作品と対峙する各々の仕方を比較考察してみれば、美とは何かを問う、この作品の本質により近づくことが出来るかもしれない。

原書のタイトル《*L'allègement des vernis*》は長い時間の経過と共に酸化し、変色した「ニスの除去」という意味の美術用語である。邦題とは異なり「モナ・リザ」の言葉はないが、原書の表紙には実際の作品よりも少し明るく色づいた《モナ・リザ》の胸元から微笑する唇までが掲載されており、タイトルと合わせて、この小説が《モナ・リザ》の修復にまつわる物語であることが示唆される。ニスは絵画の保護を目的として、また瑞々しさを残し、色に深みを持たせるために最後の仕上げとして使われる。そしてニスを塗ることによって作品の透明度を高めることが出来るため、細部を厳密に再現することを使命とする模倣者《コピスト》たちによって、ニスが上塗りされることも多かった。しかし透明度を高めるために新たに塗られたニスも長い歳月を経て変色し始める。つまり《ラ・ジョコンド》からニスを除去するという修復行為には、ダ・ヴィンチが描いた原初の輝きを取り戻し、変色したニスによって暗い海の奥底に沈み込み、緑がかった《モナ・リザ》を救い出すという意味が込められる。

加えて「ニスを除去する」「ニスを剝ぐ」という言葉には「(モナ・リザの)仮面を剝がす」という二重の意味も含まれているが、同時に〈allègement〉という語の〈alléger〉には「軽やかにする」「軽減する」、転じて「自由になる」「解放される」というポジティヴな語感があることから、《モナ・リザ》の前で列を成す大勢の来館者から彼女を解放するという意味にも取れるだろう。また、新館長ダフネの、ルーヴル美術館はアカデミックな知識の重みから解放されて「ありとあらゆる感覚、世界中のあらゆる風、すべての魂に解き放たれる」べきとする考え方や、あるいは、美術の知識や歴史とは無関係に全身で芸術を感じ取る、この小説の中で最も自由な存在であるオメロの姿を内包しているタイトルとも言えるだろう。このタイトルは実に豊かな響きを持つのだ。

修復の問題はチェーザレ・ブランディが向き合うように、時間にまつわる哲学的な問いを深化させると同時に、創作者と作品を存続させようとする修復士との緊張関係を孕んでいる。十八世紀のフランスで、初めて絵画の〈移転〉を成功させた修復士ロベール・ピコーは実に王室筆頭画家以上の待遇を受けていた。彼は自分自身を芸術家と考え、ルネサンスの巨匠ラファエロの作品を修復した後、画家の名前の隣に署名する。「二人の芸術家の衝突が危険であることは、諸君も容易に想像できるかと思いますが、同じ作品を分かち合うとなればなおさらだからです！　生命の息吹を与える者と、命を引き延ばし、こう言って良ければ、永遠の命を授ける者と……一方はすぐに、もう一方が同等であると思うでしょう……」オレリアンの先輩学芸員に当たるベルトランは学生に向かってこう解説をする。本作において、ピコーをモデルとして描かれたのがガエタノだった。天才修復士のガエタノは時に芸術家より芸術家らしく振る舞い、同郷のレオナルド・ダ・ヴィンチの傑作《ラ・ジョコンド》に挑んでいく。

画家と修復士との関係は、作曲家と演奏家、あるいは作家と翻訳家との緊張関係に敷衍して考えることも可能だろう。優れた修復士がいなければ、画家の描いた傑作が今日まで残っていたかどうかは疑わしく、残っていたにせよ、今目にしている作品とは違ったものになっていたはずだ。同じ曲でも、演奏家によって音色が大きく変ってくることは周知のことながら、翻訳についても、原作を演奏する訳者によって物語の奏でる音色が大きく異なってくることは、古典の新訳が次々に刊行され、一冊の著作に対し、多様な翻訳本が出版されていることからも明らかだ。

ポール・サン・ブリスは一九八三年一月生まれ。パリ在住。映像作家、アートディレクターとして活躍。二〇二三年一月にフィリップ・レ社から出版された本作『モナ・リザのニスを剝ぐ』は作家のデビュー作になる。出版から時を置かずに、次々と文学賞を受賞し、オランジュ文学賞やムーリス文学賞を始め、実に二十を超える文学賞を受けている大注目の作品である。

作家はフランソワ一世に呼び寄せられたレオナルド・ダ・ヴィンチが晩年に過ごした、フランス中部の町アンボワーズにある〈クロ・リュセ城〉のオーナー一族として生まれ、幼い頃からダ・ヴィンチに親しむという特異な環境で育ってきた。またフランスの人気作家であり、歴史研究家の故ゴンザーグ・サン・ブリスはポールの叔父に当たる。

結びになるが、この汲めども尽きぬ豊饒な作品に出会えたことに感謝したい。翻訳という仕事を通じて、私は様々な立場の魅力的で謎めいた登場人物たちに心を寄せ、共感した。そしてパリ、フィレンツェへと旅を繰り返し、現代とルネサンスを行ったり来たりしながら、自らの人生に想いを巡らせた。

フランス語圏を除けば、この日本語訳が恐らく世界で初めての海外出版になるだろう。まずはその喜びを作家と分かち合いたい。そしてちょうど三年前の秋に新潮社の前田誠一さんと西荻窪のフレンチレストランで、氏の手がけた『芸術新潮』のルーヴル美術館特集号（二〇〇四年一月号）について話が弾んだことを思い出すが、その時、作家は遠く離れたパリの地で、この作品の執筆に取り組んでいたのだろう。この作品の出版に情熱を注いで下さった前田さんに心より感謝申し上げたい。そして本作との出会いから現在に至るまで、作品体験を分かち合い、私の仕事を支え続けてくれた妻に感謝したい。彼女の支えがなければ、この作品を日本の読者に届けることは出来なかっただろう。

本作がより多くの日本の読者の心に響き、今まで美術に関心の無かった人々が、この物語の魅力に取り憑かれ、美術館に赴く姿を想いつつ。

二〇二四年十一月

吉田洋之

L'allègement des vernis
Paul Saint Bris

モナ・リザのニスを剝《は》ぐ

著者
ポール・サン・ブリス
訳者
吉田洋之
発行
2024年12月20日

発行者　佐藤隆信
発行所　株式会社新潮社
〒162-8711 東京都新宿区矢来町71
電話 編集部 03-3266-5411
読者係 03-3266-5111
https://www.shinchosha.co.jp

印刷所
株式会社精興社
製本所
大口製本印刷株式会社

乱丁・落丁本は、ご面倒ですが小社読者係宛お送り下さい。
送料小社負担にてお取替えいたします。
価格はカバーに表示してあります。

ISBN978-4-10-590198-1 C0397

CREST BOOKS
Shinchosha

赤いモレスキンの女

La femme au carnet rouge
Antoine Laurain

アントワーヌ・ローラン
吉田洋之訳

バッグを拾った書店主のローランは
落とし主の女に恋をした——。手がかりは
赤いモレスキンの手帳とモディアノのサイン本。
パリ発、大人のための幸福なおとぎ話。

CREST BOOKS